Barbara Noack

Valentine heißt man nicht

*Eine Ehegeschichte,
vorwiegend heiter*

Was halten Sie vom Mondschein?

Eine Kampener Feriengeschichte

Zwei Romane

Ullstein

ein Ullstein Buch
Nr. 23703
im Verlag Ullstein GmbH,
Frankfurt/M – Berlin

Ungekürzte Ausgabe

Umschlagentwurf:
Hansbernd Lindemann
Illustration: John Schreiner/
The Image Bank

Taschenbuchausgabe mit freundlicher
Genehmigung der F. A. Herbig
Verlagsbuchhandlung GmbH,
München

Printed in Germany 1995
Druck und Verarbeitung:
Ebner Ulm
ISBN 3 548 23703 7

Juni 1995
Gedruckt auf alterungs-
beständigem Papier mit
chlorfrei gebleichtem Zellstoff

Von derselben Autorin
in der Reihe
der Ullstein Bücher:

Geliebtes Scheusal (20039)
Die Zürcher Verlobung (20042)
Ein gewisser Herr Ypsilon (20043)
Italienreise – Liebe inbegriffen (20046)
Danziger Liebesgeschichte (20070)
... und flogen achtkantig aus dem
Paradies (20141)
Der Bastian (20189)
Flöhe hüten ist leichter (20216)
Ferien sind schöner (20297)
Eine Handvoll Glück (20385)
Drei sind einer zuviel (20426)
Das kommt davon, wenn man verreist
(20501)
Ein Stück vom Leben (20716)
Täglich dasselbe Theater (20834)
Der Zwillingsbruder (22333)
Eines Knaben Phantasie hat meistens
schwarze Knie/Ferien sind schöner/Auf
einmal sind sie keine Kinder mehr
(23273)
Der Bastian/Drei sind einer zuviel
(23409)
Brombeerzeit (23347)

Die Deutsche Bibliothek –
CIP-Einheitsaufnahme

Noack, Barbara:
Valentine heißt man nicht : eine
Ehegeschichte, vorwiegend heiter ; zwei
Romane / Barbara Noack. –
Ungekürzte Ausg. – Frankfurt/M ;
Berlin : Ullstein, 1995
(Ullstein-Buch ; Nr. 23703)
Lizenz der Herbig-Verl.-Buchh.,
München
ISBN 3-548-23703-7
NE: GT

Barbara Noack

Valentine heißt man nicht

Eine Ehegeschichte,
vorwiegend heiter

So etwas wie eine Einleitung

Ich weiß schon, was Sie jetzt denken. Einleitungen sind meistens langweilig.

Meine Einleitung wird Sie dazu noch herrlich verwirren, weil so viele Namen in ihr vorkommen. Die Namen meiner zahlreichen Familie. Zuerst will ich aber unsere Kampfstätte vorstellen: Ruine Marschall, Stendhalstraße 7–9, Berlin-Grunewald.

Sie ist verspieltes Marzipanrokoko und sieht so aus, als ob man sie schon einmal hochgehoben, wieder fallen gelassen und die übriggebliebenen Teile zusammengekittet hätte. (Aber daran ist nicht unser turbulentes Familienleben, sondern der Krieg schuld.)

Französische Fenster öffnen sich auf eine Terrasse mit dicklichen Steinputten, die Blumenkörbchen schwenken und Blockflöte blasen, unbekümmert um die Tatsache, daß ihre Köpfe seit Jahren im Gras liegen. Die ganze Ruine wirkt wie ein Form gewordenes, im zwanzigsten Jahrhundert komponiertes Schäferliedchen – ein bißchen Sanssouci und ein bißchen kitschig.

Es ist gerade Mittag und die Luft erfüllt von trägem Spatzenschilpen, Blätterseufzen und wütendem Tellerklappern aus unserem geöffneten Küchenfenster. Dort mißhandelt Anna Krieger den Abwasch, und wenn ich nachher Scherben im Mülleimer finde, sagt sie bestimmt, es sind die Hunde gewesen. Die Spaniels haben bei uns an allem schuld. Sie zerschlagen nicht nur das Geschirr, sie verbrauchen den ganzen Kaffee, verbummeln Philips Autoschlüssel und ...

Hören Sie? Eben rief der Pirol. Er ruft seinen Namen »Krischan Füerhoak«, was Kristian Feuerhaken heißt, aber Philip meint, man muß schon aus der Uckermark stammen, um ihn zu verstehen. (Das soll natürlich eine Spitze gegen meine bäuerliche Herkunft sein. Macht nichts.)

Der plattdeutsche Pirol und zahlreiche Spatzen wohnen zusammen mit einer Amsel in den hohen Bäumen unseres Gartens, der dringend eines Friseurs bedarf. Durch seine Struppigkeit zieht sich vom pompösen Schmiedeeisenportal bis zur Ruine herauf ein breiter Scheitel – die »Auffahrt«.

(Es ist zwar alles verwildert und ramponiert bei uns, aber die vornehmen Bezeichnungen von früher, wie »Auffahrt« für den breiten, verunkrauteten Kiesweg und »Gewächshaus« für ein paar Ziegelsteine mit besplittertem Gestänge darüber, haben wir beibehalten.)

Vor kurzem erwartete Philip einen sehr feinen Herrn aus Hamburg. Diesen Besuch nahm er zum Anlaß, sein Besitztum mit Feldwebelblicken zu durchstreifen, und nach dieser Musterung zeigte er sich sehr mißgestimmt und nannte unsere liebe Ruine einen Saustall. Er beschloß ihren Ausbau zum Herbst und ließ sich vom Gärtner einen Kostenvoranschlag für die Instandsetzung des Gartens machen. Nachdem er diesen gelesen hatte, entdeckte er die Reize seiner verwilderten Umgebung und bezeichnete sie fortan als »urwüchsig«, denn urwüchsige Reize kann man logisch vertreten, aber verwilderte –?

Gerade trottet die schöne, sanfte Anette über den Kiesweg und die wenigen Stufen zur Terrasse hinauf, schnuppert kurz an den überhängenden Füßen unseres schlafenden Hausvorstandes und streckt sich nach mehreren Umdrehungen im Schatten seiner Liegekarre aus.

Wenn ich Philip so betrachte – voilà un homme, möchte ich dann sagen. Voilà – ein erstaunlicher Mann, zumindest der Statur nach, wenngleich seine überhängenden Füße und ein wenig infantile Schlafmiene sein Äußeres auch beeinträchtigen. Philip ist kein adonischer Held – nichts mit Prädikaten wie markig, sehnig, strahlend jung. Er ist eher ein Gebäude – etwa Barockstil. Sein Brustumfang liegt schon jenseits jeder üblichen literarischen Brustumfangsschilderung eines Helden, sofern es sich bei diesem nicht um einen Preisringer handelt.

Es muß anstrengend sein und sicher eine Menge Mut und Kraft kosten, um die Hoffnungen nicht zu enttäuschen, die vor allem Frauen (Sie ahnen nicht, wie viele!) in seine Figur setzen. Dabei ist Phil auch ganz gern einmal feige. Wer ist das nicht außer den

Leuten, die Denksprüche über den ununterbrochenen Mannesmut verfassen.

Wegen seines zufriedenen Grinsens und seiner beruhigenden Alltagsintelligenz, die nicht zu hohe Anforderungen an die seiner Mitmenschen stellt, ist er allgemein beliebt. Er hat viele Freunde, auch unter jenen Leuten, die man kennen muß, um »Wer« zu sein. Er ist sozusagen ein Mann mit guten Beziehungen und der noch besseren Einsicht, daß man mit den besten Beziehungen genausogut verhungern kann wie ohne.

Übrigens ist Philip Modefotograf, ein immer bekannterer sogar, und im Augenblick hat er den Schlaf sehr nötig. Denn hinter ihm liegen die anstrengendsten Wochen eines Halbjahres: das Fotografieren der Herbst- und Winterkollektionen der Haute Couture und der Textilfirmen. Das hieß: sechsunddreißig Stunden Arbeit pro Tag.

Zuviel Kaffee und Zigaretten.

Ärger mit der Konkurrenz und den Moderedakteurinnen und seinem steifbeinigen Fotomodell Valentine (das bin ich).

Zu hoher Blutdruck.

Hetztouren nach Westdeutschland.

Als Ruhepol dazwischen ein kriegsinvalides Zuhause, in dem stündlich etwas Überraschendes geschieht:

Der Hund Dickie erstickt um ein Haar im Misthaufen.

Hausdrache Anna Krieger erhält eine Beleidigungsklage von Bäcker Przstulla. (Wir müssen unsere Semmeln jetzt drei Straßen weiter einkaufen.)

Spaniel Boogie buddelt sich in den angrenzenden Garten durch und pinkelt die Tomaten des Nachbarn an. Im Wiederholungsfalle soll Boogie erschossen werden, drohte der Nachbar.

Die Tigerkatze Emma hat sich in der vergangenen Mondscheinsaison mit dem schwarzen Mulle von Bäcker Przstulla eingelassen und verwechselt unser elegantes französisches Bett mit dem Kreißsaal. Anna Krieger ersäuft die Brut bis auf ein rotgestreiftes Kätzchen, das keine Ähnlichkeit mit dem schwarzen Romeo Przstullas hat.

Sie meinen vielleicht, das seien keine Gründe zur Aufregung? Für uns sind es welche, denn wir nehmen unsere kleine, unordentliche, engbevölkerte Welt sehr ernst.

Neulich war der Reporter einer Berliner Abendzeitung hier. Er schrieb einen Artikel über uns, in dem er die Ruine als »Arche Marschall« bezeichnete, in der alles zu finden sei, was nicht aussterben dürfe: liebenswerte Menschen und Tiere.

Das war sehr schmeichelhaft für uns, hätte aber gewiß anders geklungen, wenn Philip ihm nicht einen Kognak angeboten und versprochen hätte, seine Flanellhose reinigen zu lassen, an der Boogie seine Teerpfoten abgewischt hatte.

Anna Krieger hat sich den Artikel ausgeschnitten

und trägt ihn ständig bei sich, um ihn all denen zu zeigen, die behaupten, sie wäre von einem liebenswerten Menschen so weit entfernt wie ein Rabenaas von einem Rotkehlchen.

Philip schläft noch immer. Eben hat er sehr höflich und halblaut im Traum »Wie bitte?« gefragt und sich dann auf die Seite gerollt. Ich gehe auf Zehenspitzen ins Haus.

Im Kaminzimmer blinzelt mich Boogie schläfrig durch das Gitter des zwar schäbigen, aber doch formschönen Windsorsessels an. Auf dem Schreibtisch liegt die Katze Emma und duftet nach Bückling. Und im Schlafzimmer treffe ich Eliza Doolittle und ihre Schwester Demoiselle. An den beiden ist noch alles weich und rund mit drei blanken Schuhknöpfen da, wo einmal Augen und Schnauze sitzen werden.

Eliza hat sich auf meiner frisch gebügelten Wäsche zusammengerollt, und Sellchen pustet friedlich in dem geöffneten Koffer, der auf dem Fußboden steht.

Und da fällt mir ein, daß ich Ihnen noch schnell die Geschichte unserer drei Jüngsten erzählen muß, die Geschichte von Eliza Doolittle, Demoiselle und ihrem verfressenen Bruder Dickie.

Philips treuester Kumpan und ständiger Reisebegleiter war der rote Spaniel Butler. Ein feiner, kluger, tapferer, schöner, unbestechlicher Hund. Seit seinem Tode sogar der klügste, feinste, schönste, tapferste Hund, den es jemals gegeben hat (fragen Sie Philip!).

Ehe Butler in diesem Frühjahr unter den Rädern eines Autos endete, betätigte er sich noch einmal als Bräutigam. Er hat seine Babys nicht mehr erlebt, und wir wollten sie anfangs auch nicht sehen. Philip wollte überhaupt keinen Hund mehr sehen – auch seine Anette und meinen Boogie nicht, dabei konnten die beiden doch nichts dafür, daß er sie nicht so liebte wie seinen Butler!

Und dann kam unsere Hochzeit, der bedeutende Tag, an dem ich Frau Marschall wurde. Und mit der Hochzeit auch die Frage: Was schenke ich Philip? Es sollte etwas ganz Besonderes sein. Etwas Beziehungsreiches. Gewiß, er wollte keinen Hund mehr, aber so ein winzigkleiner, hilfloser Butlerableger –?!

Er sollte nach der Trauung in die Ruine gebracht werden. Heimlich natürlich. In einem königsblauen Hutkarton mit weißen Sternchen.

Es war eine sinnige Idee. Aber leider hatte ich sie nicht allein. Philip beschloß ebenfalls, mir eins von Butlers Kindern zu schenken, und meine Schwiegermutter Elisabeth Marschall, die wir Lieschen nennen, beschloß – eben. Im allgemeinen gelingt es uns nicht, ein Geschenk bis zu seinem Bestimmungstage geheimzuhalten. Diesmal gelang es. Leider.

So kam es, daß in dem Augenblick, als wir, von der Trauung kommend, von links in die Stendhalstraße einbogen, von rechts ein klappriger Tempowagen heranratterte und statt einer gleich drei Hutschachteln vor Nr. 7 ablud. Darin hockten unsere verängstigten Hochzeitsüberraschungen. Sie waren ganz benommen von der Schuckelei im Auto und heilfroh, als ich sie aus ihrer königsblauen Geschenkverpackung schälte.

Keinem von uns hatte der Schreck die Stimme belassen, nur Hans Fichte, unser ehrenamtlicher Tierarzt, Trauzeuge und Philips bester Freund seit der Schulzeit. Hänschen seufzte: »Au fein, jetzt habe ich noch drei Patienten mehr, die ich umsonst behandeln darf.«

Philip beschloß, am nächsten Sonntag eine Verkaufsannonce unter der Rubrik »Tiermarkt« in die Zeitung zu setzen, denn alle drei Butlerkinder wollten wir auf keinen Fall behalten. Nur wußten wir nicht, welches wir abgeben sollten. Von meinem Geschenk Dickie wollte Phil sich aus Zartgefühl nicht trennen. Lieschen hätte ihm nie verziehen, wenn er ihr Präsent – Demoiselle – verkauft hätte. Ich wiederum bestand darauf, Eliza Doolittle, die Phil für mich ausgesucht hatte, zu behalten.

Somit wanderten die drei – »aber vorläufig, Tine!« sagte Philip ausdrücklich – in den Zwinger zu Boogie und Anette.

Das war vor einem Monat. Seitdem beißt und quietscht sich die Hundejugend durch die Ruine, ziept Boogie, stiehlt Anettes Fressen, und einzig dem

Hahn Gustav, der mit seinen fünfzehn Hennen den Hof beherrscht, gelang es bisher, den Babys Respekt einzuhacken.

Jetzt kennen Sie alle Bewohner der Ruine – abgesehen von den Spinnen, Mäusen, Mücken, Ameisen und vor allem den Igeln, die meine vierbeinige Sonntagsschule laufend mit Flöhen versorgen.

Ach ja, etwas habe ich noch vergessen: mich selbst. Ich heiße Valentine, und das verzeihe ich meinen Eltern nie. Valentine heißt man ganz einfach nicht, und wenn, dann nur ab sechzig. Der Name riecht nach Baldrian, Naphthalin und Bärentraubenblättertee – aber wehre sich einer gegen den Geschmack seiner Eltern, wenn er gerade einen Tag alt ist und noch bedeutend größere Sorgen hat als einen Namen! Außerdem hätte mir mein Protest wenig genützt. Ich hatte nie viel zu sagen in meinem bisherigen Leben. Auch in der Ruine nicht. Zu sagen haben mein Mann Philip Marschall und Drache Anna Krieger.

Vor ein paar Tagen machte ich den schüchternen Versuch, das Kaminzimmer umzuräumen, doch Anna schob die Möbel mit so endgültiger Energie an ihren alten Platz zurück, daß ich vorerst keine neue Änderung wage.

Und all die schönen Vergrößerungen (auf Hochglanzpapier!) von unseren Hochzeitsbildern sammelte Philip mit entsetzter Miene von Kaminsims und Schreibtisch ein – mit dem Vermerk: »Die darfst du meinetwegen aufstellen, wenn Vertikos wieder in Mode sind, Tine Schmidt aus Klein-Toppel.«

Valentine Schmidt aus Klein-Toppel, so hieß ich vor meiner Heirat mit dem feinen Haus Marschall, und so werde ich von Zeit zu Zeit genannt, wenn ich etwas Eigenmächtiges unternehme, das dem kultivierten Geschmack meines Mannes widerspricht.

Nebenbei gesagt, war Klein-Toppel ein achtbares, kleines Gut, und wenn wir es behalten hätten, wäre ich eine Partie mit Kühen, 4 Pferden, Landbesitz und kompletter Aussteuer gewesen.

Sehen Sie, jetzt sind Sie ganz verwirrt von all den Namen, die Ihnen noch gar nichts sagen, und darum wiederhole ich schnell noch mal: Philip Marschall ist mein Mann und Held, Valentine Marschall, geb. Schmidt, das bin ich, Anna Krieger ist unser unentbehrlicher Hausdrachen, Anette, Boogie, Dickie, Eliza Doolittle und Demoiselle sind unsere Spaniels, Hans Fichte ist unser Onkel Doktor med. vet. und herzhafter Freund, Gustav unser Hahn, Emma unsere Katze mit dem losen Lebenswandel und Krischan Füerhoak unser Sommergast.

... und jetzt muß ich die Koffer packen. Denn morgen fahren Philip und ich an die See. Es ist unsere erste gemeinsame Reise, auf der ausschließlich fürs Familienalbum fotografiert wird und nicht für Modefirmen. Sie glauben gar nicht, wie sehr ich mich darauf freue.

1. richtiges Kapitel

Seit einer halben Stunde geht Philip die stille Seitenstraße an der Eilenriede auf und ab und auf und ...

Seine ein wenig abfallende Schulterlinie ist zwar modisch, drückt aber vor allem Verlassenheit aus, und im Augenblick trägt sein Gesicht einen »Schadet-mir-gar-nichts-Ausdruck«. Man hat ihn mit der fetten Hündin Antje auf die Straße geschickt, denn oben stört er.

Oben, das heißt im vierten Stock des trübe verputzten Mietshauses, vor dem unser bis zum Bauch verstaubter Wagen parkt, residiert seine Mutter Elisabeth. Lieschen Marschall ist eine zierliche, kapriziöse Dame, der man jede Extravaganz zugetraut hätte, nur nicht den barocken, schwerknochigen Philip als Sohn.

Sie sieht aus wie ein Porträt von Latour – weißes Haar, lebhafte, nußbraune Augen, viel Pastelltöne im Gesicht und dazu ein lavendelfarbenes Kleid mit rosa Wickensträußchen. Aber noch jugendlicher darf sie jetzt nicht mehr werden, hat Philip gesagt.

Unsere hannoversche Bleibe ist die erste und unbedachte Station auf der Reise an die Nordsee. Heute mittag sind wir angekommen, und Lieschen versprach uns hoch und heilig, daß wir ganz »entre nous« sein würden.

Zuerst waren wir es auch wirklich.

Ich sagte ihr viele aufregende Komplimente, die sie gern schluckte, und nach dem Essen wollte ich gleich abwaschen. Sonst bin ich weniger eifrig, aber fast neue Schwiegertöchter kehren eben besser.

Und dann klingelte es zum erstenmal. Eine Frau Schnetzer kam zufällig, aber wirklich nur rein zufällig vorbei, und wenn sie gewußt hätte, daß die liebe Elisabeth so lieben Besuch hat, wäre sie natürlich nicht gekommen.

Philip bedachte sie mit einem mißmutigen Gesicht, worauf ihm Lieschen so mahnend in die Wade trat, daß ich, die neben ihm stand, von dem Stoß noch was zu spüren bekam.

Frau Schnetzer sagte zu mir: »Ich hoffe, mein liebes Kind, daß Sie dafür sorgen werden, daß meine liebe Elisabeth jetzt öfter nach Berlin eingeladen wird. Schließlich gehört das Haus, in dem Sie wohnen, ja noch zur Hälfte ihr.«

(Ich wollte nicht fragen, welche Hälfte der Ruine sie meinte, die angeschlagene oder die total kaputt gebombte.)

Lieschen legte den Arm um mich: »Das wird Valentine schon tun«, und dabei lächelte sie (laut Philip) so »verdammt harmlos«.

Im ganzen kamen acht beste Freundinnen von ihr »rein zufällig« vorbei. Elisabeth hatte sie heimlich eingeladen, damit sie mich kennenlernen sollten, und ich fand's ganz nett, den Mittelpunkt der Gesellschaft – sozusagen die preisgekrönte Gans – zu bilden.

Bloß mein Philip... Er saß im Schatten der Nichtbeachtung und kaute an seinem Ärger. Und mußte sich die Ratschläge anhören, die man mir über die Behandlung eines Ehemannes mit Mucken und einer reizenden, liebenswerten Schwiegermutter erteilte.

»Wir sprechen aus Erfahrung, liebe Frau Valentine, aus bittersüßer Erfahrung!«

Ab und zu sah ich Philip auf den Herrn blicken, der elegant und schwermütig aus dem breiten Silberrahmen auf Lieschens Barockkommode lächelte.

Der Herr soll einmal gesagt haben: »Eine Frau ist ein Geschöpf, wert der männlichen Rippe, aus der sie erschaffen wurde. Wenn man aber bedenkt, daß die Freundinnen dieser Frau ihre Abstammung auf die gleiche Rippe zurückführen...« Der Herr sprach aus Erfahrung, aus bittersüßer Erfahrung. Er war Philips Vater.

Als Lieschen und ich zum drittenmal Kaffee trichterten und neuen Kuchen aufschnitten, spürte uns Philip in der Küche auf.

»Du hast sie alle eingeladen, Elisabeth!« grollte er. »Du hast fest versprochen, wir würden ganz entre nous sein. Jetzt sind wir entre demi de Hannover.«

»Demi?« Lieschen legte erschrocken die Hände an die Ohren. »Wenn schon, dann sag lieber ›halb Hannover‹, obgleich es reichlich übertrieben ist. Aber demi! Das klingt unfein.«

Darauf warf Philip seine überlegene Ruhe ab und

sagte eine ganze Menge zwischen den Zähnen, wovon nur der schreckliche Ausdruck »Alte Tunten« in Lieschens Ohr haften blieb. Dieser veranlaßte sie, Philip mit ihrer verfutterten Hündin Antje (einer Schwester von Anette) auf die Straße zu schicken, um mögliches Unheil zu verhüten.

Er tat mir so leid, und Lieschen tat mir auch leid. Es lag ihr alles daran, daß ihre Freundinnen nach diesem Besuch »Nein, was hat die liebe Elisabeth für reizende Kinder!« rufen sollten, und darum rannte ich nicht gleich dem schmollenden Philip hinterher, sondern spielte noch eine halbe Stunde – wenn auch etwas abgelenkt – die reizende Schwiegertochter.

Und dabei muß ich immerzu an meinen Mann denken, der groß, kräftig, angenehm zu betrachten, aber unerfreulich zu analysieren – zumindest sein augenblicklicher Gemütszustand – über das graue Pflaster trabt.

Sicher fühlt er sich verraten und verkauft. Sicher sehnt er sich nach seinem leichtfertig aufgegebenen Junggesellenleben zurück, zu dem der unermüdliche Hans Fichte gehörte, Anna Krieger und vor allem Butler, sein wundervoller Hund. Elisabeths Vorwürfe und Beanstandungen mußten vor dieser starken Festung der Freiheit kapitulieren.

»Entschuldigen Sie mich, bitte«, sage ich endlich und laufe an Lieschens fragenden Augen vorbei zur Wohnungstür, vier Treppen tief aus dem kühlen

Hausflur in die warme, ein wenig dumpfe Abendluft.

Und ich finde, was ich befürchtet habe: einen ruhelos auf und ab tigernden Philip mit dem Schadet-mir-gar-nichts-warum-hab-ich-mich-einfangen-lassen-Ausdruck im Gesicht. Zwei Schritte hinter ihm trottet die fette Antje.

»Phil!« Ich bin atemlos vom Laufen und kann zuerst nicht mehr sagen, nur versuchen, seine Bittermiene fortzustreicheln. Er will noch nicht gleich versöhnt sein, das spüre ich an seiner zurückhaltenden Steifheit. Aber dann ist da endlich eine unentschlossene Hand an meinem Ellbogen.

»Tinchen?«

»Ich bin denen oben entwischt!«

»So.«

»Und ich verspreche dir, daß ich mir niemals Freundinnen zulegen werde, die gute Ratschläge geben, sondern nur Freunde, die nicht hetzen.«

Wir gehen langsam auf das Haus zu, in dem Lieschen wohnt.

»Weißt du, Tin«, sagt Philip. »Es ist nicht unbedingt nötig, daß du dir Freunde zulegst.«

Zu beiden Seiten der Straße wechseln Felder mit Wiesen, rotbunte Kühe mit schwarzweißen. Ein Fohlen schmiegt seinen Kopf zwischen die hölzerne Koppelumzäunung.

Und dann ein Dorf. Es heißt »Esso« oder »Leibnizkeks« wie das vorige, seinen amtlichen Namen verrät es auf keinem Schild.

Zwischen dem dunkelgrünen Laub der Hortensienbüsche in den kleinen Vorgärten taucht ein flachsblonder Jungenkopf auf, und gleich muß ich an das zukünftige Kinderzimmer in der Ruine denken. Es wird im ersten Stock liegen, Südseite nach vorn hinaus. An die Fenster kommen blaue Leinenvorhänge mit breiten, bunten Bauernborten. Die Möbel streiche ich kornblumenblau und ...

»Tine Marschall«, sagt Philip, »deine Miene ist von hundert Gedanken ganz zerzaust. Du hast doch nicht etwa die Ruine mit auf die Reise genommen?«

»Bloß das zukünftige Kinderzimmer. Was hältst du davon, wenn ich seine Möbel blau streiche?«

»Blau ist immer gut, aber ich meine, du solltest dir lieber die Landschaft angucken, statt noch nicht vorhandene Kinderzimmer für einen noch nicht vorhandenen Sohn einzurichten.«

»Ja«, sage ich folgsam.

Es wird schwierig mit den vielen Tieren, wenn Philip II. eines Tages ankommt. Ich werde mich dann weniger um sie kümmern können. Es ist überhaupt nicht ganz leicht mit unserer Sonntagsschule. Ich bitte Sie: fünf Hunde, eine Katze, sechzehn Stück Federvieh, das sind zweiundzwanzig immer hungrige Mägen. Und dann die Arbeit in der Ruine. Anna kann das gar nicht allein schaffen!

»Vorigen Sommer war die Nordsee bis Kapstadt zugefroren«, sagt Philip.

»Ach –«

»Bei Ebbe schmolz das Eis, und bei Flut fror es wieder zu kleinen Buckeln über den Wellen, das sah sehr komisch aus.«

»So.« Ich sehe Philip mißtrauisch von der Seite an. »Hast du da eben nicht was ziemlich Blödes gesagt?«

»Ich sagte, wenn du noch einmal, nur ein einziges Mal, an Kinderzimmermöbelfarben oder an unseren Viehbestand denkst, steige ich aus und fahre mit dem Zug weiter. Das soll eine ernste Drohung sein.«

Ich berücksichtigte sie nicht.

»Ich hätte jetzt nicht fortfahren dürfen, Phil. Ich denke immerzu daran, wie falsch es war, gerade jetzt fortzufahren, wo die Babys noch so klein und dumm sind. Und Anna kann mit ihren Gichtknochen nicht alles schaffen. Ich habe ihr gegenüber ein schlechtes Gewissen.«

»Valentin!« sagt er mahnend, aber ich bin gerade so schön im Jammern drin.

»Du mußt mich verstehen, Phil. Mir ist wie einem Gärtner zumute, der seinen frisch gepflanzten Garten verläßt, ohne zu wissen, ob er auch pünktlich gegossen wird.«

Ich fliege gegen die Windschutzscheibe, so schroff bremst er den Wagen, greift hinter sich in den Fond, zieht seinen Mantel an einem Ärmel und einen international verklebten Koffer hervor und steigt aus.

»Wo willst du hin?«

»Allein weiterfahren, damit du zurück kannst, deine Pflänzchen begießen!« Er ist ernsthaft böse.

»Du bist verrückt, Philip Marschall«, sagte ich.

Er hat seinen Mantel über die Schulter geschlagen, den Koffergriff eine Spur zu forsch umspannt und geht über den Damm in eine Seitenstraße hinein.

Zu dumm, daß wir uns gerade in Itzehoe streiten mußten.

Auf der weiten Landstraße hätte er gewiß nicht soviel Konsequenz aufgebracht.

»Phiiilippppp!«

Jetzt ist eine undurchsichtige Mauerecke zwischen uns, und ich rutsche seufzend ans Steuer durch. Ich begreife vollkommen, daß Phil ausgestiegen ist – schließlich war er das seiner männlichen Konsequenz schuldig, nachdem er mir zuvor damit gedroht hatte. Aber mußte er gleich so weit gehen? Spätestens nach zwanzig Schritten hätte ihm einfallen können, daß er seine Handschuhe im Wagen vergaß, selbst wenn er sie in seiner Manteltasche weiß.

Ob wir nun böse sind?

Ob unsere Ferienreise bereits in Itzehoe ihr dramatisches Ende gefunden hat?

Nein, eigentlich nur meine übertriebene Sorge um

die Ruine und das Interesse an Kinderzimmereinrichtungen.

Auf einmal habe ich große Sehnsucht nach Sonne, Wind, schöner nasser Nordsee und vor allem danach, endlich einmal ganz allein mit Phil zu sein.

Husum – die graue Stadt am Meer, vom Zauber des Sommers vergessen.

In anderen Städten atmen die Häuser im goldenen Abendlicht. Sie dehnen sich gemütlich und blinkern mit ihren Glasaugen. In Husum prallen alle poetischen Vergleiche an den verschlossenen Hausfronten ab. Hier möchte ich nicht sein, wenn ich Liebeskummer habe. Hier nähme ich alles furchtbar ernst.

Im Hotel erfahre ich, wann der Personenzug aus Itzehoe ankommt, und fahre Philips Wagen – ohne ein Huhn oder ein Kind zu überfahren – zum Bahnhof.

Vor vierzehn Tagen habe ich meinen Führerschein mit mehr Glück als Können gemacht, und Phil behauptet, ich krampfe mich noch ums Steuer wie um einen Rettungsring. Das ist natürlich übertrieben.

Auf keinen Fall werde ich ihm erzählen, daß ich auf der Herfahrt vor einer heckenumwachsenen Kurve ausgestiegen und vorgegangen bin, um zu prüfen, ob von der anderen Seite auch keine Gefahr anraste. Es kam aber nur ein beladener Heuwagen, den ich fast kaum rammte.

Der Zug schnauft in den Bahnhof ein und hält mit

quietschendem Ruck. Neben mir schießt eine stinkende Dampfwolke aus der Lokomotive und wikkelt mich sekundenlang ein.

Ich laufe an den Abteilen entlang, stolpere über Koffer und über Kinder, die »Liebe Oma! Liebe Oma!« rufen, bringe eine ganze Familie mit einem Anrempler ins Wanken ... Aber nirgends mein Philip.

Wenn er nun mit einem anderen Zug gefahren ist, zum Beispiel nach Hamburg zurück und von da nach Hannover zu Lieschen, und petzt, was er für eine mißratene Frau geheiratet hat!

Mir ist so schlecht plötzlich. Ich möchte meinen Philip, bitte. Ich möchte mit ihm in der Sonne liegen. Die Ruine ist mir Wurst.

Selbst, wenn ich sämtliche belebten Großstadtstraßen und Kreuzungen vermeide, bringe ich seinen Wagen niemals unverbufft nach Hause.

Phil! Ich möchte vor Verlassenheit heulen – wie Boogie, wenn man ihn angebunden am Gemüseladen vergißt. Und Geld hab ich auch keins, bloß sieben Mark zwanzig. Wenn ich gewußt hätte, daß er nicht kommt, hätte ich niemals einen Kaffee und zwei Stück Torte vorhin gekauft!

»Hallo, Tinchen!« sagt er plötzlich hinter mir.

Ich schieße herum und lese aus seinem satten Grinsen, daß er sich schon eine Weile an meiner wachsenden Ruhelosigkeit delektiert haben muß.

»Hallo, Pfilipf!«

»Auch mal in Husum?«

»Tschä. Muß doch die Stadt zu dem Gedicht kennenlernen, wo ich so gerne mag. Aber hauptsächlich bin ich gekommen, um dir zu sagen, daß ich nun doch beschlossen habe, die Stühlchen fürs Kinderzimmer nicht alle blau, sondern in einer anderen Farbe zu streichen.«

Er küßt mich auf die Nase, und ich bin erstaunt, wie schnell doch der Mensch aus tiefer heulbereiter Ratlosigkeit zu seiner alten »Frohnatur« zurückfinden kann.

Wir gehen zur Sperre. Es dauert eine Weile, bis Philip seine Fahrkarte in der vierten Tasche gefunden hat.

»Übrigens, morgen ist Markt in Husum«, sage ich.

»Na und?« Er guckt mich verständnislos an.

»Ich dachte, es würde dich freuen, zu wissen, daß morgen Markt in . . .«

»Oh, Tine Toppelschmidt«, stöhnt er in meine Rede, »wer hat dich bloß erfunden!«

Vor dem Bahnhof wartet unser Wagen. »Hei levet noch!« sage ich stolz zu Phil, der seinen Koffer hineinhebt, und: »Was werden sich meine Kleider freuen, daß sie jetzt wieder Auto fahren dürfen.«

»Wieso?«

»Die sind nämlich in dem Koffer, den du mithattest.«

»Im Zug saß mir eine junge Friesin gegenüber«, erzählt Philip, als wir nach dem Abendessen zum Hafen hinuntergehen. »Rötlichblond, hochgewachsen und von jener nordischen Klassik, die wir im Geschichtsunterricht, Abteilung Rassenforschung, als Idealtypus hassen lernten.«

»Ja?«

»Sie hat den Geschichtsunterricht und den Kult, der mit ihrem Aussehen getrieben wurde, stolz, friesischblond und ziemlich ahnungslos überlebt.« Und dann sagt er endlich, was ich so gern hören möchte. »Im Grunde war mir die Frau ganz schnuppe. Wichtig war nur, ob du in Husum auf dem Bahnhof auf mich warten würdest. Habe mir Vorwürfe gemacht. Du fährst doch so schußlig Auto.«

»Och, laß man«, sage ich, »es ging ganz gut.«

Wir stehen eine schweigende Weile am Hafen. Die Ewer werden zu starren Silhouetten vor dem bleichen Himmel. Auf dem Mastbaum eines Segelbootes sind Möwen in Reih und Glied schlafen gegangen. Irgendwo dahinten ist das Meer. Es ist nah, aber man kann es nicht sehen, nur riechen.

Morgen früh fahren wir von hier aus auf die Hallig.

»Phil –«

»Hmhm?«

»Ich weiß ein Gedicht über diese Stadt, von Storm. Darf ich's aufsagen?«

Er nickt, und weil ich ein bißchen verlegen bin, spreche ich es ganz leise:

»Am grauen Strand, am grauen Meer
und seitab liegt die Stadt.
Der Nebel drückt die Dächer schwer,
und durch die Stille braust das Meer
eintönig um die Stadt.

Es rauscht kein Wald, es schlägt im Mai
kein Vogel ohn' Unterlaß;
die Wandergans mit hartem Schrei
nur fliegt in Herbstesnacht vorbei,
am Strande weht das Gras.«

»Schön«, sagt Phil und schiebt seine Hand unter meinen Arm.

Es hat noch eine Strophe, aber ich glaube, Philip hat jetzt genug Gedicht gehört, und darum behalte ich es für mich.

Wir gehen langsam zum Hotel zurück.

»Weißt du, Tin«, sagt er nach einer Weile, »man kann nicht mit jedem auf eine Hallig fahren. Als ich damals mit Hänschen Fichte auf Hooge war, äußerte er was ganz Vernünftiges. Er sagte: In Italien sitzt man am liebsten Arm um Schulter, am Rhein Arm in Arm, aber auf einer Hallig muß man sich an der Hand halten können. Eigentlich schade, Phips, daß du keine Frau bist, sagte er.«

Das einzige, was ich von den nordfriesischen Halligen aus der Geographiestunde noch weiß: Sie sind winzige rosa Flecken im hellblau getuschten Wattenmeer der Nordsee und liegen oben links auf der Deutschlandkarte, kurz vor dem schwarzen Querstrich, hinter dem in Hellgrün Dänemark beginnt.

Auf so einem rosa Flecken liegen wir jetzt. Der Himmel darüber ist endlos weit und hoch und bedeutend. Man hört nichts als das klagende Schreien der Möwen, eifrige Bienen über dem Klee und das rauschende Ausatmen der Brandung.

Der starke Wind jagt mächtige Wolkentiere vor sich her.

Aus dem flachen Stückchen grünen Marschlandes, das bei Sturmflut vom Meer verschluckt wird, heben sich auf Erdbuckeln ängstlich aneinandergedrängte Gehöfte, die Warften.

Kein Auto, keine Leuchtreklamen, kein Kino, keine mißtrauischen Gitter vor den Fenstern.

Unser Publikum klackst, blökt, kreischt, und man muß hier geboren sein oder, wie Hänschen ganz richtig sagte, sich an der Hand halten können, um die »lausige Weltvergessenheit einer Hallig« als das zu bezeichnen, was sie in Wirklichkeit ist: endlose, tiefe, beruhigende Einsamkeit.

Und wenn meine Schwiegermutter Lieschen noch einmal abfällig behauptet, die Halligen lägen am Popo der Welt, dann werde ich ihr sagen, daß es dort zwar landschaftlich karg, aber wunderschön ist.

Philip räkelt sich neben mir im Klee. Gerade hat

er festgestellt, daß das vor uns grasende Schaf im Profil seiner seligen Tante Rosenbaum ähnelt, und überlegt, ob die Tante Rosenbaum, als Schaf verwandelt ...

Und jetzt lenkt ein Vogel mit weiten Schwingen unser Interesse von der möglichen Tante ab. Ich weise mit dem Zeh auf ihn.

»Was ist das für einer?«

»Ein Kormoran«, sagt Philip, aber genau weiß er es auch nicht.

»Schöner Name. Wenn ich einmal adelig werde, möchte ich so einen Wappenring haben, und wenn ich mit dem am Finger Lieschen und ihren Freundinnen Kaffee einschenke ...«

Ich nehme mein Bein (es ist eigentlich sehr hübsch, lang und rötlichbraun wie ein Büchsenwürstchen) aus der duftenden Sonnenstille und lasse es über Philips warmen Rücken fallen. »Du hältst mich doch nicht etwa für albern?«

»Ih – wie könnte ich denn«, murmelt er faul.

»Küß mich.«

»Geht nicht, die Tante Rosenbaum guckt her.«

Ich springe auf und scheuche das Schaf. Es trabt schwankend und X-beinig meerwärts, bleibt stehen, wendet den wolligen Kopf und blökt eindeutig.

»Bitte, wie Sie meinen.«

Als ich zu Philip zurückgehe, spüre ich seinen zufrieden musternden Blick zwischen halbgeschlossenen Lidern.

Mein Schatten fällt über seinen langen, kräftigen Körper. Er streckt die Hand aus ...

»Komm her, Valentin.«

... und hält ausnahmsweise einmal still, als ich mit dem Leberflecken auf seiner Schulter spiele.

»Weißt du, Phil, es ist ganz dumm, aber manchmal wache ich nachts davon auf, daß ich geträumt habe, wir hätten nicht uns, sondern aus Versehen jemand anders geheiratet. Und dann kann ich vor Schreck nicht mehr einschlafen.«

Seine Finger kämmen mein Haar gegen den Strich, aber so sanft, daß es nicht einmal ziept. (Ich erwähne das besonders, denn im allgemeinen geht er weniger schmerzlos mit ihm um.)

»Erzähl mal, Tinchen. Wie ist denn der Mann, den du nachts aus Versehen heiratest?«

»Du sollst mich nicht immer hochnehmen, Pfilipf, und nie mehr Tinchen zu mir sagen. Ich bin doch kein Kind.«

»Nein? Nein.«

»Ich bin eine sehr nette, hübsche, junge Frau, bitte. Habe ich eigentlich Sex-Appeal?«

Er richtet den Kopf ein wenig hoch und betrachtet mich der Länge nach, dann fällt er in den Klee zurück und sagt grinsend: »Hast du nicht. Aber ein bißchen vom gewissen Etwas.«

»Ist doch dasselbe.«

»Denkst du! Das gewisse Etwas ist nicht so laut und greifbar und viel feiner. Es ist älter als der Sex-

Appeal und wird noch immer seine Gültigkeit haben, wenn man diesen längst totfotografiert und -geredet hat.«

»Aber das gewisse Etwas hängen sich Soldaten nicht in den Spind, bloß den Sex«, gebe ich zu bedenken.

Der ganze Philip schuckelt vor Lachen. »Möchtest du denn unbedingt im Spind hängen? Na, also. – Gehn wir schwimmen, Tinchen Toppelschmidt.«

Unter unseren Füßen knirschen angeschwemmte Muscheln. Ab und zu bücke ich mich nach besonders schönen Exemplaren und sammle sie in die Tasche meiner Badejacke.

»Was willst du mit dem Zeug?«

»Aufheben, bis es zerdrückt ist, die Reste in eine Schachtel sammeln, obenauf Hallig Hooge schreiben und das Ganze vor lauter Sentimentalität irgendwo im Wäscheschrank deponieren – am besten zwischen deinen Hemden, Pfilipf. Wenn es mir ganz, so ganz besonders schön hier gefällt, nehme ich noch etwas Seegras zur Erinnerung mit.«

»Und vielleicht einen Klacks Möwe?«

»Höchstens den von einem Kormoran, Liebster.«

Er wirft seinen Bademantel ab, pumpt die Brust voll Mut und schlittert den glitschigen Steindamm hinab ins Meer.

»Kalt?«

»Nö, gar nicht. Bloß – im ersten Augenblick.« Er

taucht mit eindruckvollem Wellenschlagen. »Es ist herrlich, Tin! Komm nur!«

Alle, die ihre Scheu vor der nassen, salzigen Kälte überwunden haben, finden sie herrlich – das heißt, sie finden ihren eigenen Mut herrlich.

Ich sehe Strandkrabben auf der grünumspülten Inselbefestigung. Wenn mein Schatten auf sie fällt, huschen sie in die Steinspalten, aber das besagt noch lange nicht, daß sie nicht gerade in dem Moment, da ich meine wehrlosen Zehen auf die glitschigen Steine setze, wieder hervorkommen und ein bißchen zukneifen ...

Im Westen hat die untergehende Sonne den Himmel näher gebracht. In ihrem Orangenlicht wirkt die Hallig lieblicher, sanfter und vielleicht noch einsamer. Langsam und silhouettenhaft zerschneidet ein Radler die Insel von der Backenwarft zur kleinen Kirche. Ich bin auf einmal sehr froh. Frieden, Philip, Sonne, Philip, Meer, Phil, Sorglosigkeit, Phil und immer wieder Phil. So ganz wie jetzt habe ich ihn noch nie besessen.

Es kann nicht anhalten, und es wird vielleicht nie wiederkommen. Ich werde noch ein paar Andenken mehr mitnehmen, zum Beispiel echten, vierblättrigen Halligklee.

Phil, der gerade mit Anlauf die Insel nimmt, findet, daß es aussieht, als ob ich die Wiese lause. Er läßt sich über mich fallen, und ich wehre kreischend die perlende Nässe seines Körpers ab.

»Zimperliese«, sagt er verächtlich und: »Du bist eine Attrappe, Tine Toppelschmidt. Siehst aus wie eine moderne Diana, und dabei bist du wasserscheu!«

»Diana ist noch immer die Schutzgöttin der Jagd, und Jäger waschen sich aus Prinzip nicht gern, also!«

»Du siehst mutig aus«, fährt er unbeirrt, seine Beine rubbelnd, fort, »und dabei nimmst du vor jeder niedlichen Strandkrabbe Reißaus.«

Und jetzt erst bemerke ich sein enttäuschtes Gesicht. O weh, da habe ich doch eine Gelegenheit verpaßt, geliebt zu werden! Aber warum hat er auch so anstrengende Ideale.

Ich springe auf, scheuche alle Angstvorstellungen an Tiere mit krabbeligen Beinen oder scheußlichen Saugnäpfen hinter mich ...

»Wo willst du hin?« ruft Philip verwundert.

»Ich will« – jetzt stippt die eiskalte Nordsee an meinen Magen – »ich will – dir – imponieren!«

Um uns ist nichts mehr als graue, lebhafte See, und darüber sind tiefhängende Wolken mit dunklen Regenfransen. Neben mir auf dem Bug des Motorbootes flattert der Seehundjäger, schraubt sich die bewegte Unendlichkeit näher in den Feldstecher und tippt mir auf die Schulter.

»Da.«

Zu beiden Seiten des Priels sind flache Sandbänke aus dem Meer getaucht mit länglichen, schwarzen Flecken darauf, die wie gestrandete Boote aussehen. Seehunde.

Ich stolpere in die Kajüte hinunter, in der Philip gerade das Gewehr lädt und mit weltmännisch gezügeltem Jagdfieber unsere Milchschokolade ißt.

»Opfer in Sicht!« schreie ich. »Mindestens dreißig Stück!«

»Lot av, min Deern, lot av«, sagt er väterlich und platt.

»Aber zehn sind's bestimmt.«

Das Tuckern des Motors verstummt, das Boot macht mehrere stürmische Verbeugungen, und ich spüre erbleichend, wie sich mein Magen sekundenlang an sich selbst festhält.

Philip lehnt an der Kajütenwand und tut so, als ob ihm das Schlingern gar nichts ausmacht.

»Ist dir nicht ganz extra, Tinchen?« fragt er freundlich. (Immer diese männliche Überlegenheit!)

»Paß bloß auf, daß mein Anteil an der Schokolade in deinem Magen nicht in Stimmung kommt«, gebe ich giftig zurück und fliege – von höherer Macht geschleudert – an ihm vorbei in eine harte, teerduftende Ecke, und wenn Philip jetzt »Siehste!« sagt, dann ...

Aber er verkneift es sich.

Wir streifen Schuhe und Strümpfe ab, krempeln die Hosen bis über die Knie und erscheinen gerade in dem Augenblick an Deck, in dem die Seehunde –

es sind übrigens nur sechs – laut planschend ins Wasser gleiten und seitlich aus der Szene schwimmen.

Gebückt schleichen wir die verlassene Sandbank an, voran der Seehundjäger mit einer langen Hakenstange, hinter ihm Philip, das Gewehr geschultert, und dann ich.

Aus meinen aufgerollten Hosen trieft die Nordsee.

Dort, wo die glatten, schweren Leiber der Seehunde längliche Spuren und auch anderes im Sande hinterlassen haben, legen wir uns bäuchlings auf die Lauer.

Eine Regenbö drischt über unsere Rücken.

Die Männer lassen sich kommentarlos aufweichen, und ich zügle mein Zähnegeklapper eingedenk der Drohungen, die mir früher als einzigem Mädchen bei männlichen Unternehmungen zuteil wurden: »Wenn de heulst, darfste nie wieder mit.«

In schußsicherer Entfernung treiben zwei blanke, kugelrunde Glatzen auf dem Meer.

Der Friese hat die Arme unter die Brust geschoben, die weißen Waden in der Luft gefaltet und schuckelt und robbt so seehündisch, daß ich, wenn ich ein Seehund wäre, ihm familiär mit der Flosse auf die Schulter klatschen würde.

Die eine Glatze fällt auch wirklich auf seinen Lockbetrug herein und gleitet, in kurzen Wellen auf und ab schwingend, sehr, sehr langsam näher.

»Ich habe mal im Varieté einen Seehund gesehen, der jonglierte einen Ball auf der Nase. Niedlich war das.«

Ich hätte das wohl nicht sagen dürfen. Der Friese streift mich mit einem mitleidigen Blick, und Philip drückt die Backe mit bösem Nachdruck auf den Gewehrkolben.

Und plötzlich bin ich auch böse. Dieses blanke, runde Gesicht mit den sanftglotzenden Augen und dem Beamtenschnurrbart, das mich an den Hilfskassierer bei der Pasewalker Stadtsparkasse erinnert – (ich glaube, Neumann hieß er) –, soll sterben, damit sich mein Philip wie ein Pfundskerl vorkommt.

Anette, Boogie, Eliza sind ebenso Hund wie die Robbe Herr Neumann, nur mit dem Unterschied, daß sie statt Flößchen, Pfötchen geben. Wenn irgend jemand es wagen sollte, auf sie zu schießen –! Philip würde Mus aus ihm machen.

Herr Neumann gleitet immer näher.

»Schießen!« zischelt der Friese.

»Gott, ist der süß!« ruft es laut aus mir.

Ein Schuß peitscht ins Wasser. In der gleichen Minute ist der Seehund untergetaucht, und Philip schaut mich anklagend an.

»Dein dämliches Geschrei ist schuld.«

»Ja«, sage ich folgsam und nicht, daß er einen achtel Meter zu kurz gezielt hat.

Die Sonne hat sich zwischen die Wolkenbänke gedrängt und wärmt unsere klammen Glieder. Philip stochert in einer toten Qualle, die wie ein plattgedrückte Petroleumlampe aussieht, und rühmt sich vergangener Schüsse, um die Verfehlung von eben auszumerzen.

Ein Austernfischer läßt sich auf der Südspitze der Sandplatte, die von der steigenden Flut mehr und mehr eingespült wird, nieder.

Kleine Wellen schlängeln sich spielerisch an unsere aufgestützten Arme heran, und ganz plötzlich taucht ein schnauzbärtiger Herr Neumann vor uns aus der Nordsee.

Der Friese beginnt wieder mit dem Animierwedeln, und Philips Finger krümmt sich um den Abzug.

Liebes Seehundkind, türme! Sonst erschießt dich der Kerl an meiner Seite, dein Blut färbt das Wasser bläulichrot, der Friese zieht dich mit seinem langen Haken an Land, schneidet dich auf, und in ein paar Tagen fährst du als Balg, in Salz gepökelt und um dich selbst gerollt, mit uns nach Berlin, um Einholetasche oder sonst was zu werden, das es ebensogut in Stoff, Leder oder Stroh gibt.

Wir lägen günstig, sie bekämen von hier nicht unseren Wind, hat der Seehundjäger gerade in feinem Hochdeutsch gesagt.

Immer mehr Köpfe tauchen aus dem Meer. Drei – sechs – da schon wieder einer. Sie schwimmen gemächlich durcheinander – nach uns spähend.

Und jetzt packt mich auch das Jagdfieber. Ich habe mindestens 38,5.

Aber, aber das Gewissen! Wenn die Viecher doch richtig bissig wären. Wenn man doch auf sie wütend sein könnte. Wenn diese Jagd mit mehr als der einen Gefahr, von der Flut verschluckt zu werden, verbunden wäre!

Warum haben sie so sanfte Augen!

Philip ist starr vor Anspannung. Das erste Opfer schwimmt nah heran und – taucht aus der Schußrichtung.

Wir robben langsam vor der steigenden Flut auf die Mitte der Sandbank zurück. Die Seehunde folgen uns neugierig.

Aber dann passiert das Peinliche.

Dann wird mir plötzlich kreuzübel.

Und ein Wesen, das zwar robben, aber auch aufspringen, rennen und ins Meer kotzen kann, das erkennt selbst das dümmste Seehundbaby nicht als seinesgleichen an.

Als ich mich wieder aufrichte, ist weit und breit kein einziger Herr Neumann mehr zu sehen. Weder Philip noch der Friese hält es für nötig, sich nach dem Stand meiner Gesundheit zu erkundigen.

Der eine hat seinen Haken aufgenommen, der andere das Gewehr geschultert. »Weiber« denken sie jetzt verächtlich, und ich lasse den Kopf hängen.

Ich wollte ihre jagdlichen Unternehmungen diesmal bestimmt nicht stören. Was kann ich dafür, daß mir plötzlich so schlecht wurde!

Mitten in der Nacht werde ich wach. Das Zimmer ist hell vom Mondlicht. Durch das geöffnete Fenster zieht betäubender Kleeduft. Und ich habe einen wilden Appetit auf Ananas. Ausgerechnet auf Ananas.

Im Bett an der gegenüberliegenden Wand schläft Philip lautlos und kellertief. Ich wage nicht, ihn zu wecken.

Er ist noch immer nicht ganz ausgesöhnt mit mir – wegen der nicht geschossenen Seehunde. Und außerdem könnte er mir jetzt auch keine Ananas besorgen.

Ich setze mich im Bett auf. Es ist hellgrün gestrichen und billigste Serienfabrikation – genau wie Schrank und Waschtisch.

Als nach der Jahrhundertwende Bauernmöbel in Mode kamen, reisten die Antiquitätenhändler in die Dörfer und auch auf die Halligen. Für ein Spottgeld holten sie die schönen, steifen, handgeschnitzten Friesenmöbel aus den gekachelten Peseln und lieferten dafür diese Schleiflacktraurigkeiten.

Philip sagt, das sei eine Schande, und er sagt, es sei auch eine Schande gewesen, daß sein eigener Vater zu jener Zeit nicht ebenfalls auf die Halligen fuhr und Bauernmöbel kaufte.

Uuuuh, wenn man auf etwas so einen verzehrenden Appetit hat! Schrecklich ist das.

Das gegenüberliegende Bett knarrt, als Philip sich von der Wand zur Zimmerseite rollt.

»Kannst du nicht schlafen, Valentin?«

»Nein!«

»Was für einen anderen Mann hast du denn im Traum heiraten müssen?« erkundigt er sich gähnend.

»Keinen. Ich kann nicht schlafen, weil ich Ananas essen möchte.«

»Tine!« sagt er bloß.

»Aber wenn ich doch . . .«

Er starrt mich nicht besonders klug an. »Warum?«

Ich stehe auf und steige aus dem Fenster in die Nacht.

»Weiß nicht, Phil. Wenn der Uckermärker in die Großstadt heiratet, wird er eben exzentrisch.«

Ein Kätzchen huscht an mir vorbei den Warfthügel hinab und läßt sich durch das zärtliche Miezmiez nicht zurücklocken.

Vor mir breitet sich die schlafende Hallig aus. Die schmalen Rinnsale, die sie in lauter kleine Wiesenscheibchen zerschneiden, glitzern silbrig. Bewegungslos und schwarz heben sich die unförmigen Leiber der Kühe ab. Und die Stille – diese sternenglitzernde, endlose, duftende Stille!

»Tin!«

Phil steht im Pyjama hinter mir und faßt mich an den Schultern.

»Manche Frauen haben einen ausgefallenen Appetit, wenn sie ein Kind erwarten. Lieschen sagt, sie wollte in der Zeit immer Rollmops essen.«

»So?«

»Und heute vormittag auf der Jagd wurde dir ohne Grund schlecht!«

»Du bist ein kluger Mann«, sage ich.

Philip schwingt sich ins Zimmer zurück und kommt gleich darauf mit meinem Morgenrock und Pantoffeln zurück.

Ich lasse mich ohne Widerspruch anziehen. Zuerst den linken Schuh, dann den rechten. Als seine Hände den Mantel an meinem Hals schließen, sieht er mich mit einem Lächeln an.

»Sagst du jetzt nie mehr Tinchen zu mir?«

»Nie mehr.«

Er nimmt mich auf den Arm, setzt mich aufs Fensterbrett, die Füße halligwärts, und sich daneben.

Es ist eine Weile still zwischen uns.

Die Brandung rauscht, und auf der nächsten Warft bellt ein Hund.

Um mich ist Philips schützende Wärme. Er küßt mich zart auf den Nacken und ein bißchen intensiver auf jene Halsgrube, in der alle Zärtlichkeitsnerven zusammenlaufen ...

... und dabei hat doch meine Mutter Auguste einmal gesagt, daß eine werdende Mutter aufhört, sich als Geliebte zu fühlen!?

Philip fliegt von Hamburg nach Paris, um die Herbst- und Winterkollektionen zu fotografieren.

»Uns« – meinen zukünftigen Sohn und mich setzt er in die Berliner Maschine.

»Am liebsten möchte ich euch eingeschrieben schicken«, sagt er beim Abschied, an meinem Jakkenaufschlag zupfend. Und dann sagt er noch: »Schreib Lieschen nichts von unseren Zuwachsaussichten. Sonst kommt sie postwendend nach Berlin, bleibt bis zur Taufe und macht dich mit guten Ratschlägen aus bittersüßer Kinderkriege-Erfahrung ganz konfus. Schließlich hat sie vor vierzig Jahren auch mal einen Sohn geboren.«

Die Zahl Vierzig jagt einen spürbaren Schauer durch seinen Körper. Sooo alt ist er schon und fühlt sich dabei taufrisch!

Und jetzt ist es Zeit zum Abschied. Zu einem wehmütigen. Ich nehme Abschied von meinem Geliebten. Der Mann, der aus Paris nach Berlin zurückkommen wird, ist vor allem Modefotograf und mit Auto und Gedanken ständig unterwegs.

»Ich dank dir, Phil, es war wunderschön.«

»Ja«, sagt er, »sehr. Wir fahren wieder einmal hin.«

Aber an dieses »wieder einmal« glauben wir beide nicht so recht.

Und dann sitze ich im Flugzeug.

Philip II., jetzt fliegen wir beide zum erstenmal!

Schade, daß du noch gar nichts davon hast. In drei, vier Jahren macht es dir bestimmt mehr Spaß. In drei, vier Jahren fahren wir alles, was es gibt –

Auto, Kinderwagen, Bus, Schubkarre, Fahrstuhl im Warenhaus und Straßenbahn.

Was hast du denn!? Bekommt dir das Fliegen etwa nicht? Phipschen, nimm dich zusammen – wir können doch hier nicht, vor allen Leuten! Was sollen die denn von uns denken! Hilfe – eine Tüte!

Unser Nebenmann ist abgerückt.

Die Stewardeß bemüht sich rührend um mich.

Ich flüstere ihr zu: »Im allgemeinen macht mir das Fliegen gar nichts, aber wissen Sie – ich erwarte einen Jungen.«

Und danach ist sie noch netter zu mir. Ich glaube, ich habe sie in die Ruine eingeladen, aber genau weiß ich es nicht.

Bei der Landung in Berlin geht's mir wieder gut. Ich winke ein Taxi heran, obgleich Philip mindestens siebenmal am Tag sagt, daß wir wegen des kostspieligen Ausbaus der Ruine »verdammt sparen« müßten.

Gerade hebt der Chauffeur meinen Koffer neben sich auf den Vordersitz, da schießt ein Motorrad um das Rasenstück vor dem Flugplatz und bremst scharf. Ich sehe ein rundes, rosiges Gesicht unter zerwehten, dünnen blonden Haaren und eine Hand, die aus der Brusttasche einen zerdrückten Wickenstrauß zieht: Dr. med. vet. Hans Fichte.

Und ich habe gar nicht gedacht, daß man sich über seinen zerzausten Anblick so sehr freuen kann.

»Tine!« Der Wickenstrauß wedelt durch die Luft.

»Kaum höre ich von Anna, wann du ankommst, flugs schwinge ich mich auf meine Fortbewegung und – schön siehst du aus. Berlin gefiel mir gar nicht ohne euch, vielen Dank für die Postkarten, habe sie zwanzigmal gelesen und euch beneidet.«

Ich kenne niemanden, der so viele verschiedene Dinge in so kurzer Zeit hervorschnurren kann wie Hänschen.

Er fährt hinter dem Taxi her und winkt, wenn ich mich umsehe. An den Straßenkreuzungen, an denen wir halten müssen, schiebt er seine Maschine neben mein Fenster. Und freut sich von einem Ohr zum anderen.

»Wie geht es Ruth?« frage ich ihn an der ersten Kreuzung.

Ruth Bäumler ist Hänschens Sprechstundenhilfe mit Familienanschluß, und wir glauben, daß er sich und seinen komischen Rauhhaardackel Erwin eines Tages ganz bei ihr unterbringen wird. Äußerlich könnte sie seine Schwester sein, so blond, rund und rosig ist sie. Aber während ihre Augen vor lauter Rechtschaffenheit hell und klar strahlen, pflegen Hänschens Blicke zwischen lustig gefältelten Augenwinkeln und Lidern den Betrachter vor allem zu wärmen.

»Danke«, sagt er, »es geht ihr gut. Sie hat ein Paddelboot mit in unsere Freundschaft gebracht und zwingt uns jedes Wochenende zwecks Entlüftung und körperlicher Betätigung auf den Wannsee.«

Das Taxi ruckt an und an seinem Motorrad vorbei. Beim nächsten roten Licht ist er wieder neben mir.

»Du –« Eigentlich wollte ich es ihm ein wenig pietätvoller erzählen, in der Ruine, mit Weingläsern zwischen uns, aber ich kann doch keine hübschen Neuigkeiten bei mir behalten. »Hänschen, du kriegst einen Patensohn.«

Grünes Licht. Wir fahren weiter. Hans kann nicht mehr antworten. Dafür läßt er seine Hupe lärmen. Hänschen tutet Salut für seinen zukünftigen Patensohn.

Ich schaue auf die müden Wicken in meiner Hand und – ja, und finde das Leben so freundlich.

2. Kapitel
in dem nichts mehr von Ferien vorkommt, oh, im Gegenteil!

An einen gewissen Herrn Marschall, Philip, in Paris.

»Geehrter Herr!

Haben Sie zufällig das Modemagazin gesehen, das am vorigen Dienstag erschien? Es enthält unter anderem einen bebilderten Artikel ›Fotomodelle privat‹. Valentine Marschall-Schmidt ist darin ein längerer Absatz mit Foto (auf der Couch, umgeben von unserer vierbeinigen Sonntagsschule) gewidmet.

Du erinnerst Dich sicher, daß vor unserer Ehe eine Modereporterin ins Atelier kam, als wir großkarierte Hausanzüge fotografierten. Auf ihre Frage, was ich am liebsten im Privatleben mache, sagtest Du:

›Am liebsten sitzt sie auf den Küchenfliesen und laust Hunde. Lausen ist nämlich eine nervenberuhigende, entspannende Beschäftigung – wie Angeln etwa.‹

›Gott, wie originell!‹ rief die Dame, und dafür, daß Du sie auf die Schippe genommen hast, hat sie sich gerächt, indem ... aber höre, was im ›Modemagazin‹ wörtlich geschrieben steht:

›Der im In- und Ausland bekannte und geschätzte Modefotograf und Mitarbeiter unseres Magazins, Philip Marschall, entdeckte Valentine Sch. vor einem Jahr auf eine entzückende Weise. (Sooo entzückend fand ich sie nicht.) Valentine – eine Gutstochter aus der Uckermark – hatte keinen Mut, sich ihm als Fotomodell anzubieten. Sie stellte sich vielmehr unter einem Vorwand, einen seiner jungen Spaniels kaufen zu wollen, bei ihm ein und hoffte, er würde ihr von sich aus den Vorschlag machen, sein Modell zu werden. Jedoch er machte keinen. So endete ihre erste Unterredung damit, daß Valentine Sch. ohne Hoffnung auf eine neue Verdienstmöglichkeit, dafür aber mit einem jungen Hund namens Boogie, den sie nie bezahlen konnte, nach Hause ging.

Inzwischen ist unseren Lesern ihr rassiges, herbsüßes Profil (mit meiner römisch-Schmidtschen Nase) und ihre schlanke Gestalt, die sich mit der ungelenken Grazie einer zu groß geratenen Frau bewegt, aus zahlreichen Marschallschen Modefotos bekannt geworden. Aus ihrer gemeinsamen Arbeit wurde eine Liebe. Im vorigen Monat haben sie geheiratet.

Was für ein Leben liegt vor den beiden! Interessante Arbeit, zahlreiche Reisen durch Europa, eine Villa voll reizender Tiere! Sind sie nicht zu beneiden?

Als wir Frau Valentine besuchten, saß sie gerade auf den Fliesen ihrer Küche, angetan mit einem schicken großkarierten Hausanzug und verwuscheltem Haar, und lauste hingebungsvoll ihre kleinen vierbeinigen Lieblinge.‹ Es folgen Deine unseligen Bemerkungen über das Läuseknacken, Philip.

Aus diesem Geschreibe entsteht der Eindruck, daß mein Leben an Deiner Seite verwuschelt, großkariert, mit Lieblingen an- und dekadenten Beschäftigungen ausgefüllt ist. (Hänschen bezeichnet passioniertes Läuseknacken bei westlichen Völkern als einen dekadenten Zug.)

Und was unsere gemeinsamen zahlreichen Reisen durch Europa anbelangt – wir sind nördlich noch nicht über Husum und südlich nur bis Düsseldorf gemeinsam vorgedrungen. Ob meine Arbeit interessant ist und ich zu beneiden bin – hier, bitte, urteile selbst:

Seit zwei Tagen liegt Anna mit einem heftigen Hexenschuß und miserabler Laune auf der Couch in der Anrichte und ist fast so anstrengend wie ein Mann, der Schnupfen hat.

Um sieben Uhr stehe ich auf. Lasse die Hunde in den Garten, die Hühner aus dem Stall und Annas erstes Jammer-Rezitativ über mich ergehen. Nach dem Frühstück räume ich zuerst ihr Zimmer auf, denn wenn der Arzt um elf Uhr kommt, muß es um neun tadellos in Ordnung sein, das siehst Du doch ein? Danach ist die übrige Ruine dran – aber nicht bloß so flüchtig obenhin – o nein, Anna hält die Anrichtetür zwecks Beaufsichtigung meiner Arbeit immer offen.

Zehn Uhr dreißig. Ich stürze zum Kaufmann und

Fleischer. Und dann naht das Tageserlebnis: die Visite. Der Arzt bekommt zwei Gläschen von Deinem besten Kognak und eine Zigarre, die er bei flüssiger Unterhaltung am Krankenbett aufraucht – so hat es Anna bestimmt.

Elf Uhr dreißig. Die Hunde scheppern anzüglich mit ihren leeren Freßnäpfen. Ich laufe in die Waschküche und fische für sie stinkendes Fleisch aus einer stinkenden Brühe und gebe mir alle Mühe, nicht daran zu denken, daß eine werdende Mutter auch ohne Duft und Anblick solcher Lekkerbissen ein Anrecht auf Übelkeit hat. Fünf Freßnäpfe werden gefüllt, fünf Paar Hundeohren hochgebunden, das Wettfuttern beginnt und dauert genau von elf Uhr fünfzig bis elf Uhr einundfünfzig. Aber der Duft hängt noch zwei Stunden später in der Küche, und ich ekle mich durch und durch und jage die Köter auf den Hof und will sie nie mehr sehen.

Ab elf Uhr einundfünfzig liebe ich nur noch Katzen. Katzen verabscheuen Verwestes.

Zwölf Uhr dreißig. Anna wimmert, das sei der Dank für all die Jahre treuer Dienerschaft, daß sie jetzt darben und frieren müsse. Seit Tagen regnet es, und wenn ich nicht das Haus heize, dann schießt ihre Hexe bis zum Jahre 2000, hat sie eben gesagt. Ich jage auf den Hof, um Anmachholz zu schlagen, und in die Küche, um Kartoffeln aufzusetzen, und in den Keller, um zu heizen, und wieder hinauf, weil Annas Weitseher unters Bett gefallen ist – dabei, wozu braucht sie einen Weitseher im Bett, ohhh!

Auf der Diele begegne ich Gustav mit seinem hungrig gackernden Harem – und da verlangt man noch Tierliebe von mir! Kaum habe ich die Hühner wieder auf den Hof gescheucht, fährt Hänschen Fichte vor.

Er bleibt bis ein Uhr dreißig, trinkt ebenfalls Kognaks – bei uns wird ja bald so viel gesoffen wie bei Hemingway – und findet es irgendwie ungemütlich. Tine, wie kommt das?

Ein Uhr einunddreißig. Ich fliege in den Keller. Aber der Ofen ist schon aus und das Hühnerfutter durch den Topf gebrannt und Anna völlig geschwächt vor Hunger – bis auf die Stimme natürlich.

Ein Uhr vierzig. Emma bringt mir eine tote Maus als Präsent. Ich mag aber keine Mäuse, weder tot noch lebendig, und ab ein Uhr vierzig auch keine Katzen mehr. Ich laufe, von Gustav und seinen fünfzehn Damen (wann schlachten wir sie endlich?) begleitet, zum Schuppen, hole ihre Futterschüssel, rufe grimmig ›putputput‹ ...

Zwei Uhr fünfundvierzig. Anna ist satt. Die Hühner sind satt. Emma ist satt. Die Hunde schon wieder hungrig. Der Ofen brennt. Die Küche blitzt und riecht wie damals unsere Pasewalker Höhere Töchterschule bei einer Masernepidemie – ich habe sie mit Desinfektionsmittel aufgewischt, um den Hundefutterduft zu bändigen. Jetzt schrubbe ich den Zwinger. Auch das ist keine Beschäftigung, die aufheitert.

Und ich gebe mir alle Mühe, nicht an den reizenden Artikel im Modemagazin zu denken.

Vier Uhr dreißig. Dagy Erksen schaut herein – sie hat schon wieder ein neues Kleid an. Sie kommt gerade aus Paris und bestellt Grüße von Dir, die mich – verzeih meine Kleinlichkeit – im augenblicklichen Zustand verstimmen. Und Dagy ist so liebenswürdig. Aber ich kann nicht nett zu ihr sein. Nicht, weil ich daran denken muß, daß sie einmal Deine Freundin war, Phil, sondern weil sie zu klug war, sich Deinetwegen von ihrem Karl scheiden zu lassen. Sie wußte gut, was ihr hier blüht. Darum hat sie mir die Plackerei mit der Ruine überlassen.

Oh, Liebster, ich bin bitter. Aber es gibt nun mal Augenblicke – weißt Du, Augenblicke, die man bei seinem herzhaften ›Ja‹ vor dem Altar nicht bedacht hat. Man denkt im Brautkleid wohl nie an die Schürze, die man einmal tragen wird. Und was für eine Schürze trage ich in diesen Tagen!

Dagy Erksen blieb zwei Stunden. Meinetwegen, sagte sie. Weil ich, wenn sie da ist, stillsitzen muß, und das hätte ich nötig. Morgen früh schickt sie mir die Flüchtlingsfrau aus Allenstein, die mir in der Wirtschaft helfen soll. Frau Kallweit heißt sie, und Anna, die sie noch nie gesehen hat, weiß schon jetzt, daß die Kallweiten eine Schlampe ist.

Jetzt muß ich die Hunde bürsten. Anna für die Nacht windeln und den lieben Gott recht schön darum bitten, daß sich mein Mann in Paris gut amüsiert.

Valentine,
Gattin des im In- und Ausland bekannten
Modefotografen Marschall, wohnhaft in seiner
›Villa‹ mit vielen reizenden Tieren.

P.S. Elf Uhr. Ich liege im Bett, habe allen ›Villen‹-Schmutz von mir abgebadet und auch mein Inneres von bitteren Gedanken gereinigt. Ich denke an meinen Sohn und an seinen Pappi. Das große Bett ist sehr einsam ohne seinen Pappi, Phil . . .«

Das Bewußtsein eines kleinen, werdenden Menschleins in einem, für das man noch nicht mehr tun kann, als ab und zu seinen Kopf übers Becken zu halten und sich miserabel fühlen, verstärkt die Muttergefühle allem kleinen, hilflosen Getier gegenüber und den Wunsch, es am Leben zu erhalten.

Meine fünf Rabauken waren in den letzten drei Wochen sehr, sehr krank.

Wenige Tage, nachdem Anna Kriegers Hexe endgültig ausgeschossen hatte, brachte Boogie von einem unerlaubten Stadtbummel die Stuttgarter Hundeseuche nach Haus und teilte sie mit einem Gerechtigkeitssinn, den ich sonst an ihm vermisse, mit seinen vier Verwandten.

Als Eliza, Sellchen und Dickie damals in unsere Hochzeitsstimmung platzten und mit entwaffnender Selbstverständlichkeit von der Ruine, ihren Bewohnern, Schuhen und Teppichen Besitz ergriffen, da hegte selbst ich Zweifel, ob ihr Dasein unbedingt zur Vervollkommnung des Ruinenlebens beitragen würde.

Anna aber drohte uns mit Kündigung (der 45. in 28 Jahren, sagt Philip), falls wir die Babys behalten sollten. In den letzten Wochen wußte sie nichts mehr davon. Sie lag mit mir auf ihren breiten Knien vor den fünf Krankenkörbchen, sie war nicht weniger besorgt als ich und lobte Anette, Boogie und die drei Kündigungsgründe sogar. »Die sind was geduldich, nich? Wenn se durchkommen, Frau Marschall, dann päppeln wir ihnen aber ordentlich.«

Hänschen Fichte sah jeden zweiten Tag zweimal nach ihnen. (Ich glaube, er ist das beste Stück Aussteuer, das Philip mit in die Ehe gebracht hat. Außer der wundervollen Anna natürlich.)

Boogie, Dickie und Anette sind wieder gesund. Eliza hat mich heute früh zum erstenmal in den Hacken gebissen, und wenn sie erst Bürsten, Staubtücher, Pantoffel und Büstenhalter in ihrem Körbchen versteckt, dann weiß ich – sie ist über den Berg. Nur Demoiselle macht mir noch Sorge. Ich muß sie ständig vor den Zargeleien ihres Onkels Boogie schützen und vor der Kleptomanie Elizas, die sich auch auf Sellchens Fressen ausdehnt.

Philip sagt, ich sei sentimental. Und verrückt. Ich sollte mich lieber schonen, statt meine Kräfte so unsinnig für kranke Tiere zu vergeuden. Und wo sein Anzug wäre, den er uns vor drei Tagen zum Entflekken gegeben hätte.

»Auweih!« Ich halte meinen Mund mit der Hand fest.

»Typisch! Ich kann Tag und Nacht für euch schuften, und ihr – (Anna und ich sind gemeint) – schafft's nicht einmal in zwei Tagen, drei kleine Flecke aus meinem Anzug zu reiben. Aaaber das Viehzeug, für das habt ihr unbegrenzt Zeit. Mir reicht's!«

Peng! Das war die Schlafzimmertür.

Rumm! Mörtelrieseln; die Dielentür.

Krachbumm! Die Haustür.

Und jetzt klappt der Wagenschlag, aber sanfter. An seinem Auto läßt kein Mann seine Wut aus.

Philip ist in letzter Zeit sehr oft gereizt. Das machen die vielen Geldausgaben, und außerdem habe ich mal gehört, daß Leute, die ein Kind erwarten, allen möglichen unerfreulichen Stimmungen ausgesetzt sind.

Ich nehme Demoiselle auf den Arm und gehe, von Boogie und Eliza und Dickie begleitet, auf die Terrasse hinaus. Es ist ein zauberhafter Nachsommertag. Intensiv und leuchtend, voller Silberstaub und Altweiberfäden, die sich beim Blumenpflücken kitzelnd ums Gesicht legen.

Über mir in der Rotkastanie herrscht reger Betrieb. Man zwitschert sich die Abfahrtszeiten für die Flüge nach dem Süden zu. Krischan Füerhoak hat sich schon vor einer Woche verabschiedet.

... und aus dem Nebenhaus klingt Gesang mit Klavierbegleitung herüber.

Seit einigen Wochen wohnt dort eine bekannte Wagnersängerin. Der Fleischer sagt, sie habe die kleine Villa bereits im Juni gemietet, aber wir merkten bisher noch nichts von ihr. Vor einigen Tagen ist sie von einer Tournee zurückgekommen und bereitet sich jetzt für die Opernsaison vor. (Diese Neuigkeit hat Anna vom Kaufmann mitgebracht.)

Den Zaun, der unsere beiden Grundstücke trennt, ließ sie mit Schilfrohrmatten abdecken, aber ihr Übungsgesang fliegt ungestört darüber hinweg in unseren Garten. Ich glaube, wir bekommen noch Ärger mit ihr. In mir kribbelt es verdächtig, und Anna sagt, sie sei auch schon ganz rammdösig von dem Geträller.

Bitte, halten Sie mich nicht für einen Kunstbanausen.

Ich höre Gesang gern in der Oper und im Konzertsaal. Und im Radio höre ich ihn auch, aber – das Radio kann ich abstellen, wenn ich genug habe – unsere Nachbarin nicht.

Ihr Jodeln quer durch die Oktaven nimmt meine unguten Gedanken so sehr in Anspruch, daß ich zwar einen Wagen vor unserem Tor halten und

Schritte auf dem Kiesweg höre, aber nicht mit Bewußtsein aufnehme.

Darum schrecke ich zusammen, als eine angenehme Männerstimme neben mir

»Du aber wandelst durch den Garten
in stiller Anmut lächelnd hin«

sagt.

Es ist Herr Braun, der Architekt, der unsere Ruine umbauen wird.

Ein Glück, daß er mich bei einer so lieblichen Beschäftigung wie dem Blumenpflücken und nicht beim Scheuern des Zwingers antraf. Dann hätte er sicher nicht so etwas Hübsches gesagt, an dem mich nur das vertrauliche »Du« befremdet.

Er ahnt wohl meine Gedanken und erklärt lächelnd:

»Das sagte Geibel in einem Gedicht an die schöne Klara Hitzig. Es kam mir in den Sinn, als ich Sie eben sah.«

Wer hört das nicht gern, zumal wenn er eine halbe Stunde zuvor verrückt, sentimental und vergeßlich beschimpft worden ist.

Ich lege die geschnittenen Blumen in den linken Arm und gebe ihm die Hand. In seinem Blick lese ich Lyrik. Ein bißchen Geibel und ein kleines bißchen mehr als Bewunderung. Aber es ist ja auch nicht Herrn Brauns Anzug, aus dem ich die Flecken zu reiben vergaß.

Wir gehen zur Terrasse hinauf. Während ich die

Blumen in den Vasen im Kaminzimmer verteile, kniet er sich zu Demoiselle. Schön ist das mit Brauns unangemeldeten Besuchen. Sie fügen sich in meine Hausarbeit ein, ohne daß ich diese unterbrechen muß. Er taucht auf, sagt mir etwas Hübsches so hübsch, daß ich weder als Ehefrau entrüstet noch als Nur-Frau befangen sein müßte. Und ich mag ihn.

Ich mag seine Bewegungen, wenn er die Tiere streichelt oder mit sanften Händen Blumen betrachtet. Von Literatur versteht er auch eine Menge.

Aber die Dame von nebenan!

»Oh, Siegfried! Herrlicher!
Hort der Welt!«

jubelt sie gerade, und am Ende der Strophe warnt sie:

»Zertrümmre die Traute dir nicht!«

»Zertrümmer ihr doch, damit wir endlich Ruhe haben«, brummt Anna, die gerade die Asche aus dem Kamin räumt.

»Morgen beginnen die Maurer«, sagt Jan Braun und schwingt sich mit Demoiselle auf die Terrassenbrüstung.

»Sie beginnen doch mit dem Kinderzimmer, nicht wahr?«

Er lacht. Seine kurze, gerade Nase kraust sich dabei, er sieht wie ein großer, liebenswerter Junge aus, und ich mag ihn. (Aber das habe ich ja schon einmal gesagt.)

Er lacht und sieht mich an und sagt: »Es muß ein bezauberndes Mädchen werden, das da ins Kinderzimmer einziehen wird.«

»Aber ich erwarte doch einen Jungen!«

»Mädchen sind viel reizender«, beharrt er sanft. »Eine so charmante Frau wie Sie dürfte nur Töchter haben.«

»Es ist nicht immer gesagt, daß sich die Eigenschaften der Mütter auf ihre Töchter übertragen –« Und dabei denke ich an meine Mutter Auguste. Wir waren uns gar nicht ähnlich. Sie besaß Energie und hausfrauliche Übertalente und einen gesunden, von keinerlei Sentimentalität getrübten Menschenverstand. Sie war gut, zuverlässig und streng, aber charmant war sie, glaube ich, nirgends. Vielleicht wird meine Tochter wie Auguste.

Doch ich will ja nur Söhne. Große breitschultrige, gutaussehende Philips, die ihre Mutter auf Händen tragen. Wenn ich in zwanzig Jahren mit ihnen und ihrem (hoffentlich) seriösen, ganz gewiß sehr fülligen Vater über den Kurfürstendamm gehe ...

»Mädchen sind viel reizender«, sagt Jan Braun noch einmal. Vielleicht denkt er auch an die von zwanzig Jahren. Aber nein, er meint seine kleine Nichte. »Gestern abend war ich dabei, als sie ihr Nachtgebet sprach: Lieber Gott, mach mich fromm, daß ich in den Himmel komm! – Und dann sah sie mich plötzlich an und fragte: Was soll ich denn da? Ich sagte: Da sollst du, Gott behüte, erst in siebzig Jahren etwas!! Und dann riet ich meiner Schwester, ihr ein anderes Nachtgebet beizubringen.« Demoiselle schlägt ihm mit der Vorderpfote auf die Nase, und er beugt sich zurück, um ihren ungeschickten Zärtlichkeiten zu entgehen.

»Sellchen mag Sie sehr«, sage ich.

»Ich hoffe, daß Ihre Tochter mich auch liebhaben wird.« Er legt die Hündin in einen Gartensessel.

»Mein Junge!« seufze ich.

»Also schön – Ihr Junge.« Jan gibt sich geschlagen.

Ich bin sehr beruhigt. Mein Kind, wes Geschlechtes es auch sein wird, hat vor seiner Geburt schon zwei Onkel, die sich darauf freuen, mit ihm zu spielen: Onkel Fichte und Onkel Braun.

»Laß, ach laß!
Lasse von mir!
Zertrümmre die Traute dir nicht!«

»Ist das nicht ein bißchen störend auf die Dauer?« erkundigt sich Braun.

»Vielleicht könnte man die Traute niederbellen?«

»Ja, vielleicht. Aber wie?« Wir sehen uns einen

Augenblick stumm beratend an. Dann fällt mir Boogies Vorliebe für den Gartenschlauch ein: Kaum stellen wir ihn an, beißt er in den Strahl und kläfft nervenzerreißend.

Es funktioniert auch diesmal wunderbar. Nach einer Viertelstunde sind wir alle naßgesprengt, und Boogie ist stockheiser. Ich stelle den Schlauch ab.

Übrig bleibt von dem infernalischen Lärm nur Brünhildes Gesang:

»Laß, ach laß!
Lasse von mir!
Nahe mir nicht mit der wütenden Nähe!
Zwinge mich nicht mit dem brechenden Zwang!
Zertrümmre die Traute dir nicht!«

»Sollen die Maurer morgen hierherkommen, oder suchen Sie sich lieber doch noch einen stilleren Bauplatz aus?« fragt Jan Braun, als ich ihn zum Tor bringe.

»Ich werde meinen Mann fragen. Er hat hier zu sagen – ich habe hier nur zu tun.«

Braun beugt sich verabschiedend über meine Hand. Sekundenlang darf ich seinen dichten, dunkelblonden Schopf betrachten, dann fangen seine Augen meine Blicke ein.

»Sie werden in den nächsten Wochen viel Unruhe und Schmutz um sich haben. Geben Sie doch Demoisellchen zu mir. Ich werde gut für sie sorgen, und außerdem – außerdem hätte ich gerne etwas von Ihnen.«

Er sieht mich an. Mit einem reizenden Blick. Sein Blick hat Hände, die Blumen rupfen und sie mit behutsamer Bewunderung in meinen Schoß legen. Ich glaube, ich werde ein bißchen rot.

Jan Braun ist der einzige, dem ich Sellchen anvertrauen würde. Sie hätte es gewiß besser bei ihm als zwischen ihren robusten Geschwistern im Zwinger. Sie braucht viel Liebe ganz für sich allein.

Plötzlich muß ich daran denken, daß Phils Freundschaft zu mir damit begann, daß er mir seinen Rabauken Boogie schenkte. Unser Gefühl füreinander ist genauso herzhaft, gesund und manchmal auch so stürmisch wie Boogie.

Und Jan Braun – aber ich will keine Parallelen ziehen. Ich will ... Was hatte er noch gesagt, als er kam? »Du aber wandelst durch den Garten in stiller Anmut lächelnd hin ...«

Warum sagen Ehemänner nicht so hübsche Sachen?

Das Telefon klingelt gerade, als ich das Kaminzimmer auf dem Wege zur Anrichte, genauer gesagt, auf dem Wege zu Philips Fleckenanzug betrete.

»Valentin?« Der Türknaller ist am Apparat. »Ist etwas gewesen?«

»Fast gar nichts.«

»Bist du böse wegen der Türen?«

»Uhmhm. Ich hab den Rieselkalk schon aufgefegt. Aber du darfst die trauten Türen nicht zertrümmern, Phil!«

»Wie bitte!« fragt er.

»Das ist Wagnerscher Stabreim. Unsere neue Nachbarin studiert gerade die Brünhilde.«

»Woher weißt du, daß es die Brünhilde ist?« Er traut mir soviel musikalische Bildung nicht zu.

»Herr Braun sagt es. Er war hier, um uns mitzuteilen, daß morgen die Maurer anfangen.«

»Aber das wissen wir doch längst!« In Philips Stimme wechselt der Ton von Befremden zu Mißtrauen.

»Dann kam er vielleicht wegen der Hunde? Er liebt Sellchen sehr.«

»Nur Sellchen?«

»Vielleicht auch Eliza. Vielleicht auch ein bißchen mich. – Wann kommst du heute nach Haus?«

»So gegen sechs Uhr. Besorge Dill, ich bringe Krebse mit. Aber – Tine!« ruft er, als ich gerade einhängen will. »Die Krebse sind zum Essen, nicht zum Bemuttern, hörst du?«

Wir haben sie gegessen und köstlichen Wein dazu getrunken und hinterher sehr satt und zufrieden auf der lindgrünen Couch im Kaminzimmer gelegen. Philip durfte seinen Gürtel aufmachen (seit kurzem hat er eine Spur zuviel Bauch und eine Spur zuviel Kinn, aber ich hab's ganz gern) und seinen Kopf in meinen Schoß legen.

Ich versenke meine Fingerspitzen in seinem dichten, störrischen Haar. Er grunzt zufrieden wie Boogie, wenn ich ihn kraule.

»Mit Siebzehn trugst du die Haare bis in den Nacken. Du sahst damit aus wie Ete aus Pankow.«

»Hat Anna das gesagt?«

»Das hat sie gesagt. Und noch etwas: Du rasiertest dich bereits, als noch gar nichts zum Rasieren da war, damit was zum Rasieren käme. Deine Dame schwärmte doch so sehr für Männlichkeit.«

Philip richtet sich ein wenig auf und sieht mich interessiert an.

»Hat Anna vielleicht auch gesagt, was ich mit der ›Dame‹ machte?«

»Nun, ihr habt vermutlich den Kamasutra gelesen.«

»Pfui, Spinne, was ist das?«

»Das indische Buch der Liebe.«

Phil zieht ungläubig die Augenbrauen zusammen.

»Hat Anna gesagt, daß wir den Kamasutra gelesen haben?«

»Nein, sie drückte sich schlichter aus. Sie sagte, du wolltest es von der Dame wissen.« Ich streiche mit den Zeigefingern seine dichten Augenbrauen nach. »Anna hat mir auch etwas von dir gezeigt. Etwas ganz Privates.«

»Eh –« Jetzt wird er doch ein wenig unruhig. »Was denn?«

»Die Bollen in deinen Strümpfen.«

Ich beuge mich zu ihm und küsse ihn, und er grunzt wieder zufrieden. »Schön bei dir, Tin. Du lächelst jetzt so, wie Frauen nur lächeln, wenn sie ein Baby oder einen ausgewachsenen Mann im Arm halten. Im Augenblick weiß ich nicht, wozu ich mich zählen soll.«

Sein Atem ging regelmäßig. Mit der Enttäuschung der Wachen, die noch eine Menge sagen möchten, stelle ich fest, daß er eingeschlafen ist. Schade. Er ist jetzt so selten in anlehnungsbedürftiger Stimmung, und da muß er unter meinen sanft kraulenden Fingern einschlafen!

Plötzlich sagt er hellwach: »Tin, wenn ich je wieder in meinem Leben die Leichtsinnigkeit beginge zu heiraten – ich glaube, ich nähme noch einmal dich.«

Über den Rest des Abends berichte ich nicht weiter.

3. etwas konfuses Kapitel

Wochenlang hängt die bonbonrosa Ruine in den Korsettstangen eines Baugerüstes, von dem es immer dann rieselt oder tropft, wenn ich drunterstehe. Wochenlang hämmert und klopft es über unseren Köpfen. Das soll auf die Dauer nervös machen.

Wir gewöhnen uns auch einen scheuen Gang an, denn überall steht irgend etwas Unvorhergesehenes, das umkippen, zusammenfallen und auf alle Fälle ziemlich weh tun kann, wenn es sich auf unseren Kopf oder die großen Zehen begibt.

In den letzten Wochen habe ich Anna zum erstenmal richtig heulen und Philip sich hysterisch aufführen sehen. Und das alles von Wagnergesang begleitet.

Aber die Hunde finden es herrlich. Sie spielen mit den Lehrlingen »Such das Mäuschen« und erbetteln sich ihre Käsestullen.

So ein Ausbau bleibt nicht nur über unseren Köpfen. Er dringt mit grauweißen Staubschwärmen und Schuhsohlen in die Zimmer, belagert den Hof, bestreut die Rosenbeete zuerst mit Puder, dann mit Klamotten. Er beginnt vor dem Gartentor auf der Straße, zieht sich die Auffahrt hinauf und umzingelt das Haus samt Stall, Garage und Zwinger.

Der Dreck ist eine höhere Macht und genauso schwer einzudämmen wie das Meer bei einem

Deichbruch. Aber die Maurer, die ihn verursachen, sind nette Leute und schon ziemlich intim mit uns. Morgens ziehen sie sich vor der schockierten Anna in der Küche um. Zugleich mit ihrem flüchtigen Anklopfen fallen sie in mein Schlafzimmer, sonnen sich mittags auf der Terrasse in der letzten Herbstwärme, und neulich hat Philip ein Gruppenfoto von ihnen gemacht.

Eigenleben kennen wir nicht mehr. Hänschen Fichte hat unseren Zustand kurz und dramatisch zusammengefaßt: »Es gibt keinen Ort bei euch, an dem man ungestört in der Nase bohren könnte.«

Und darum ist Philip mit Anette, Rasierzeug und Bettwäsche ins Atelier umgezogen. Er vermißt bei uns die Konzentration, die er zum Arbeiten braucht, sagt er. Ich glaube aber, der Hauptgrund seines Auszugs ist: Er wohnt nicht gern auf einem Bau.

Gestern haben uns die Maurer verlassen, und Anna hat ihnen etwas Anzügliches wegen des Schmutzes nachgerufen, den sie mitzunehmen vergaßen. Der Jüngste von ihnen sah sich um und tröstete: »Lassen Se man erst die Maler kommen, dann sehnen Se sich noch nach uns zurück.«

Zuvor aber bringt der Tischler die Möbel für das Kinderzimmer.

Jan Braun ist gerade da mit Demoiselle, die keinen Schritt von seinem Auto fortgeht, aus Angst, sie müßte wieder bei uns bleiben und Menschenliebe mit vier anderen Hunden teilen.

Ihre Zärtlichkeit für Braun verletzt mich ein bißchen. Das ist nun die Dankbarkeit meines Zöglings: ubi bene ibi patria.

Hinter dem Auto mit den rohen Kindermöbeln taucht Hans Fichte auf den Hof und macht ein Regengesicht, sowie er Jan Braun neben mir sieht.

Wenn Hänschen eifersüchtig ist, dann kennt er nichts. Wie sein Dackel Erwin einen fremden Hund, so umkreist er mißtrauisch schnüffelnd den Architekten. Er wittert mit vibrierender Stupsnase Brauns Sympathien für mich, und zum erstenmal ahne ich den Preis, den Hänschen für seine ergebene Liebe fordert. Er hat sich damit abgefunden, daß ich seinen Freund Philip heiratete, aber ein anderer Mann darf sich mir nicht nähern.

Am liebsten knurrte er Jan Braun vom Hof hinunter. Der guckt sich erst ein bißchen verwundert Hänschens von nervösem Fingergeschnippe begleitete Gereiztheit an, dann begreift er und verabschiedet sich mit verstehendem Lächeln.

»Ich mag den Kerl nicht«, sagt Hans, als Brauns Wagen vom Hof fährt.

»Aber warum denn nicht?«

»Wie er dich anglubscht! Du bist schließlich eine verheiratete Frau und werdende Mutter. Hör auf zu lachen!« Er stampft, tomatenrot im Gesicht, mit dem Fuß auf, und dann lädt ihm der Tischler eine Schmalwand des Kinderzimmerschrankes auf seine Eifersucht.

Jetzt stehen die kleinen Möbel auf dem Hof, wir sind allein, und ich sage: »Am liebsten würde ich gleich mit dem Einrichten beginnen.«

»Können wir ja, zumindest zur Probe. Wir stekken uns ein Rechteck in der Größe des Kinderzimmers auf dem Hof ab und schieben darauf die Möbel immer rund, bis sie richtig stehen.« Hänschen wischt sich mit dem Handrücken die Stirn und fügt in galantem Tonfall hinzu: »Falls es dir Spaß macht.«

Ich spüre, er möchte Jan Braun voll ersetzen – als Architekt und Charmeur.

Hänschen Fichte – mit dem Charme einer Butterblume. Voller Eifer schleppt er Ziegelsteine, die die Maurer übriggelassen haben, herbei und baut mit ihnen die Umrisse des Zimmers auf. Dort, wo die Türen sind, läßt er ein Loch, und für die Fenster holt er die Petersilien- und Schnittlauchtöpfe vom Küchenbord.

»Ein Heim ohne Blume ist kein Heim, stimmt's, Tine?«

Es macht riesigen Spaß. Boogie und Eliza spielen auch mit, aber sie sind ganz dumm. Sie wollen nicht begreifen, daß man ein Zimmer durch keine Mauer, sondern nur durch ein Türloch betritt.

Im geöffneten Fenster der Anrichte steht das Radio und zerbellt so laut, daß sein Gehäuse knattert, den Abendfrieden. Das ist unsere Rache für »Trautchens« Gesangsübungen. (Trautchen – wegen »Zertrümmre die Traute dir nicht« – ist der im Hause Marschall übliche Name für unsere singende Nachbarin geworden. Auch Anna benutzt ihn.)

Das Kinderzimmer ist bis auf den zerlegten Schrank eingerichtet. Ich habe eine Flasche Bier für Hänschen und ein Glas Milch für die werdende Mutter aus der Küche geholt. Und selbstverständlich einen Aschenbecher, denn – es gehört sich auch in einem Freilichtzimmer nicht, Zigarettenasche auf den Fußboden zu streuen.

Wir zwängen uns in die angstvoll knackenden Kinderstühlchen, die vor dem »Fensterbrett« mit den Petersilientöpfen stehen, und sind mit uns sehr zufrieden.

»Hübsch geworden, nich?« sagt Hänschen und guckt sich selbstgefällig um.

»Hhm. Sehr. Vor allem die Vorhänge.«

»Ja – und das Linoleum«, lobt er.

Ab und zu schüttelt Anna ihren eckigen Kopf aus dem Küchenfenster: »Varrickte.«

»Stimmt, wir sind Verrückte.« Hänschen legt seine Arme auf den runden Tisch zwischen uns. »Aber weißt du, Tine, das ist es.«

Ich nicke, ohne zu fragen, was so ist, denn ich weiß, was er meint.

»Ruth würde über uns den Kopf schütteln. Sie würde sagen: Hans, hast du nichts Wichtigeres zu tun? – Ich mag Ruth sehr, aber sie ist leider zu erwachsen für mich. Ruth ist erwachsen geboren worden. Sie hat bestimmt niemals im Sandkasten eine Villa gebaut und darin zu leben verstanden. Sie hat so gar keine Phantasie, weißt du.« Er dreht seine Bierflasche sinnend zwischen den angestaubten Fingern, dann sieht er mich plötzlich mit schwärmerischer Hingabe an. »Du, Tine, du denkst erst an den Blumenstrauß und dann an den Tisch, auf dem er stehen soll.«

»Das hat mir Phil auch schon oft zum Vorwurf gemacht«, seufze ich.

»Ich würde das niiie tun, im Gegenteil«, versichert er, seine Zigarettenasche achtlos auf das »gute Linoleum« stippend. »Wir beide zusammen, Tine . . .«

»Wir beide zusammen ergäben eine Pleite, Hänschen.«

»Aber eine hübsche.«

»Nein, Pleiten sind nie hübsch. Du bist gutmütig und steckst voller Dumme-Jungen-Träume, ich bin verträumt und kann nicht rechnen. Und gegen echten Kohldampf kommt keine Phantasie auf.«

»Nein.«

»Wir brauchen beide ein Pendant, das für uns rechnet, um Unheil zu verhüten. Phil behauptete gestern, ich sei großzügig mit Groschen, geizig mit der Mark, aber bedenkenlos mit den Hundertern.«

Das Radio posaunt gerade einen Sentimental-Song über die Stendhalstraße und alle anliegenden Grundstücke, und Hänschen läßt träumerische

Blicke in den Hals der geleerten Bierflasche tröpfeln.

»Weißt du, Hans, nicht umsonst stellt man den Blumenstrauß auf den Tisch und nicht den Tisch auf den Strauß. Der Tisch ist wichtiger.«

Wenn ich mich so sprechen höre – die reine Sonntagspredigt. Und das bei einem Glas Milch.

»Hillllfe!«

Um ein Haar wäre Philip mitten in unser schönes Kinderzimmer hineingefahren. Aber Hänschen sprang geistesgegenwärtig auf (wobei der Kinderstuhl an seiner rundgepolsterten Sitzfläche klemmen blieb) und eilte dem Autokühler mit erhobenen Händen entgegen.

»Was treibt ihr beiden Herzchen denn hier?« fragt Phil, nachdem er ausgestiegen ist.

»Wir spielen Kinderzimmer.« Ich gehe in seine ausgebreiteten Arme und küsse ihn auf das Grübchen im Kinn.

»Habt ihr was zu essen für mich?«

»Nur Suppe, Liebster, mit Mörtel gekocht. Sehr zu empfehlen.«

Langsam, die Köpfe prüfend aufwärts gerichtet, gehen wir um die Ruine herum.

»Ich weiß nicht, ich weiß nicht«, sagt Philip grüblerisch. »Früher hatte das Haus auch einen ersten Stock, aber da sah es schöner aus. Vielleicht liegt es daran, daß es früher noch einen Seitenflügel hatte.«

»Nein«, sagt Hänschen bestimmt, »das liegt am

Architekten. Bisher war das Haus eine Ruine, jetzt ist es ruiniert.«

»Ich finde, Braun hat den Ausbau sehr geschickt gelöst«, sage ich.

»Jaja, der Braun«, sprechen beide im Duett, und dann gucken sie sich bedeutungsvoll an.

Da stehen vor mir zwei Männer, ich will nicht sagen, daß sie Lebemänner wären (das hat so einen Chrysantheme-im-Knopfloch-Beigeschmack), aber sie haben fröhlich-unbefangen alles mitgenommen, was sich ihnen bot. Jetzt macht das Interesse eines dritten Mannes für die Frau, die sie lieben, humorlose Moralisten aus ihnen. Und alles, was mit diesem dritten Mann zusammenhängt, verdammen sie schonungslos. Seine Arbeit. Seine Tierliebe. Seinen Charme. Vor allem aber seine literarische Bildung, gegen die sind sie direkt giftig gestimmt ... weil sich ihre eigene durch Lektüren wie »Das Röcheln im Nebel« und »Die grausame Rache der schönen Elvira« nicht eben verbessert hat.

Aber Jan Brauns größter Fehler ist nicht seine Sympathie für mich, sondern mein Behagen an dieser Sympathie.

Sie folgen mir stumm, doch mit spürbarer Abneigung durch den rohen Aufbau.

»Diese Anrichte wird fortan als kleines Wohnzimmer bezeichnet werden und eine Eßnische erhalten«, erkläre ich meiner stummen Begleitung. »Besagte Nische ist unter der eben fertig gewordenen reizvollen, modernen, freischwingenden Treppe gedacht, auf der wir uns jetzt – hoppla Hänschen, nicht stolpern! – in den oberen Stock begeben. Wenn die Herrschaften mir, bitte, folgen wollen? – So. Wir betreten jetzt die erste Etage. Rechts befindet sich der Duschraum für S. M. – S. M. ist die sinnvolle Abkürzung für Sohn Marschall. Das Fenster gibt einen idyllischen Blick auf den Hof frei. Hier tummeln sich in normalen Zeiten die Hühner mit ihrem Ehemann Gustav. Während des Umbaus müssen sie tagsüber in ihrem Stall bleiben und dürfen erst nach Feierabend den Hof betreten, zu einer Zeit also, wo Hühner von alleine wieder in den Stall gehen.

»Darf ich Sie zum nächsten Türloch bitten, meine sehr verehrten bockigen Herren? Dies hier wird das Fremdenzimmer, ebenfalls mit Hofblick. Es wurde für lieben verwandtschaflichen Besuch erschaffen und für einheimische Freunde, die nachts einen polizeilichen Alkoholtest scheuen.

Nun kommen wir links zu S.M.s Residenz. Dort drüben die Bettnische. Der Blick vom Balkon, für den ein kunstvolles Gitter verwandt wurde, das früher S.M.-Großmutter Lieschens Schlafzimmerterrasse verschönte und den Zusammenbruch der Villa nur mäßig verbogen überlebte – ich hole mal Luft, bitte – also, dieser Blick führt direkt ins Laub der Kastanien.

Unterhalb sehen Sie die Terrasse und, von den

Bäumen sichtlich etwas begrenzt, die Auffahrt. Damit wäre die Führung beendet.«

Hänschen klimpert mit dem Kleingeld in der Hosentasche und sieht mich fragend an.

»Oh, nach Belieben.«

Er trennt sich von einem Groschen, und in diesem Augenblick bimmelt die Schiffsglocke am Tor. Wir beugen uns alle drei über das mäßig verbogene Balkongitter.

»Wer sucht uns denn jetzt noch heim?«

»Vielleicht Herr Braun, der bestellen will, daß heute die Kindermöbel gekommen sind.«

»Piiiih – was bist du giftig, Philip!«

Ich sehe durch das gelbe Laub der Kastanien rote Haare und ein lindgrünes, prall mit Dame gefülltes Kleid.

»Wer ist das?« fragt Hänschen neugierig.

»Weiß nicht. Vielleicht ein Mannequin für Kleidergröße 48, Phil, hast du –?«

Aber da ruft Anna schon von unten: »Herr Philip, kommse bütte runter, 'ne Dame möchte Ihnen schprechen.«

Philip folgt widerwillig der Aufforderung, und wir gucken ihm neugierig vom Treppenabsatz nach. Er stolpert fluchend über einen Eimer, dann schließt sich die Tür zum Kaminzimmer hinter ihm.

Übrig an Geräuschen bleibt nur Annas schwerer Briefträgerschritt. Auch das Radio ist verstummt.

»Anna – Anna!« zischele ich die Treppe hinunter.

Sie erscheint an der untersten Stufe, bereits zum Heimgehen umgezogen. (Anna schläft nämlich nicht bei uns.)

»Wer ist denn das?«

»Trautchen von nebenan«, sagt sie.

»Ach nee.«

»Hat die mir vielleicht ausgeschümpft von wegen dem lauten Radjo. Konnt ja schlecht sagen, diß wär unsre Revangsch für ihr Gesinge bei offenes Fenster.«

(Hier muß ich eine Bemerkung einflechten: Bitte, versuchen Sie nicht, Annas Dialekt zu identifizieren. Er ist eine phonetische wie grammatikalische Eigenproduktion, an die deutsche Sprache angelehnt.)

»Wie se nu Herrn Philip anguckt, isse mit'm Mal wie umgetauscht – so hahaha –« Und Anna imitiert das zuckersüße Lächeln unserer Besucherin.

»Wollen wir nicht auch runtergehen?« überlegt Hänschen, der von Natur aus neugierig ist.

»Nein.« Für eine Frau, mit der wir in Streit leben, ist mein Kleid zu schäbig.

Eine Viertelstunde später bringt Philip seinen Besuch zum Gartentor. Wir verfolgen sie aufmerksam vom Balkon aus.

Ab und zu bleibt er stehen und zeigt einmal nach rechts in den Garten und einmal nach links.

»Jetzt macht er Trautchen darauf aufmerksam, wie gut bei uns das Unkraut steht«, flüstere ich.

»Ja. Phips scheint ihren Zorn mit seiner Liebenswürdigkeit ausgebügelt zu haben. Eigentlich schade. Ist doch etwas Erfrischendes, eine Nachbarin zu haben, die man ärgern kann, und das darfst du jetzt sicher nicht mehr.«

Die beiden haben das Gartentor erreicht. Es schnurrt auf, klappt zu, aber kein Philip kommt zurück.

»Paß auf, den nimmt sie gleich mit rüber.«

Wir laufen zum anderen Ende des Balkons. Aber so hoch wir auch hüpfen, die Büsche und Bäume zwischen unseren Grundstücken sind höher und noch zu sehr belaubt, um einen Durchblick in Trautchens Garten zu gewähren.

»Hol die Trittleiter und den Operngucker, er liegt in der Dielenkommode!«

Hänschen rennt und findet beides überraschend schnell. Zuerst steigt er hinauf.

»Kannst du was sehen?«

»Ach, ach, ach«, seufzt er, nachdem er eine Weile begierig an dem Glas gedreht hat. »Sie sitzen auf einer großen Veranda, und Trautchen bringt eine runde Flasche. Mich deucht, einen hübschen kleinen Bocksbeutel, auf den Hans Fichte soviel Appetit hat. Sie stoßen an. Auf gute Nachbarschaft!«

»Laß mich mal rauf.« Ich zupfe an seinem Hosenbein, bis er von der Leiter steigt. »Schön ist das da drüben. So gepflegt. – Jetzt machen sie Licht an.«

Die Dämmerung vertieft sich immer mehr, und

wir gehen auf den Hof hinunter, um die Kindermöbel in den Schuppen zu stellen.

»Findest du sie hübsch?« frage ich Hänschen.

»Mein Typ ist sie nich. Du weißt ja, ich schwärme für rassige Frauen, die einen Kopf größer als ich und bereits verheiratet sind.«

Gegen zehn Uhr betritt Philip schlüsselklappernd und nachdenklich den Kopf wiegend das Kaminzimmer, in dem wir uns böse gewartet haben. Er beachtet uns gar nicht.

»Guten Abend«, sage ich kühl.

Da wendet er sich eiskalt um. »Frau Nessler ist eine reizende Dame, und ich wünsche nicht, daß ihr noch einmal das Radio zu einer so pöbelhaften Lautstärke aufdreht, um sie zu ärgern.«

»Hei!« sagt Hänschen. »Hei! Hei!« sage ich.

»Abgesehen davon macht es einen sehr unerzogenen Eindruck, wenn ihr mit dem Opernglas in fremde Gärten stiert.«

»Hat Trautchen das auch gesehen?«

»Sie machte mich sogar darauf aufmerksam. Es war mir verdammt peinlich. Ich sagte, das wären mein lümmelhafter Laborant und seine Freundin, die heute abend bei uns ...«

»Aaaaach!« schreit Hänschen in seine Rede und springt auf.

»Du hast mich also verleugnet!« rufe ich empört.

»Jawohl, mein Kind. Ich schäme mich ungern für dein schlechtes Benehmen.«

Und was da krachend hinter Philip zufliegt, ist die Schlafzimmertür.

Ich muß weinen. Ich denke an mein armes, ungeborenes Kind und weine immer wilder.

Da legt sich Hänschens warme Rechte auf meine Schulter.

»Laß man, Tine«, tröstet er, »das tritt sich schon wieder fest.«

Bitte beanstanden Sie meine durcheinanderne Zusammenstellung der vergangenen Ereignisse nicht.

Um zumindest einen schwachen Eindruck von dem Gewesenen wiederzugeben, müßte ich nicht nur durcheinanderschreiben, sondern dazu noch meine Hauptsätze auf den Kopf und die Nebensätze kreuz und quer dazwischenstellen.

Denn – genauso war es, als die Maler die Ruine überfielen. Sie begannen nicht in einem Raum, sondern schwärmten gleich am ersten Tag mit ihren Eimern, Töpfen, Besen, Pinseln, Farbtüten, Leitern, Spachteln und was sie sonst noch haben, worüber man stolpern kann, über die ganze Ruine. Von innen und außen.

An allen Orten begannen sie zugleich, abgesehen vom Bad und Kaminzimmer, die erst vor zwei Jahren ein neues Kleid erhielten.

Im Kaminzimmer türmten sich die Möbel von Küche, Diele, Schlafzimmer und Anrichte. Im Bad malte ich nach Vorlage Bauernmuster auf die Kindermöbel und empfing auch hier meine Besuche. Anna und die Hunde hatten sich in der Waschküche eingerichtet.

Trautchen bot uns durch ihren liebenswürdigen Nachbarn Philip Marschall an, bei ihr zu wohnen und zu speisen, aber ich lehnte ab. Wo ich mich erst einmal blamiert habe, fühle ich mich nicht gern auch noch zu Dank verpflichtet. Nur für Dickie nahm ich die Einladung an.

Jeden Mittag zogen wir in die nächste Gastwirtschaft und bestellten »Zweimal Stamm auf den Tisch (für Anna und mich) und zweimal Stamm unterm Tisch (für Boogie und Eliza).« Die feine Anette fraß mittags mit Philip bei Kempinski.

Aber, ich habe ganz vergessen, vom Anbringen der Heizkörper zu erzählen. Übrigens, die Heizungsinstallateure – sehr saubere Leute! Sie haben nur einen handgroßen Fleck in den Fußboden der Anrichte gelötet.

Aaaaber – ihre Bombe! Ich glaube, Sauerstoff und Gas waren drin, und sie schleiften sie immer mit sich herum. Mir gefiel sie nicht.

Ich fragte einen Installateur, was geschähe, wenn –? Da sei keine Gefahr, versicherte er. »Aber wenn sie nun wirklich –?« Na, dann ginge ein Teil Haus in die Luft. »Ist das schon mal passiert?« Doch, sagte er, er habe vor Jahren von einem Fall gehört. Zwei Tote.

Nachts trugen sie die Bombe in den Keller.

Am Morgen waren die Maler gekommen, ich schlief bereits auf Matratzen über dem langgelegten Küchenschrank und Philip – durch einen Sesselturm von mir getrennt – ebenso ungewöhnlich. Das heißt: Er schlief. Ich nicht. Weil ich an die Bombe denken mußte.

Als er sich einmal im Schlaf herumwarf, rief ich: »Phil!«

»Hm.«

»Phihil!!«

»Ja doch.«

»Die Bombe!«

»Na und?«

»Sie tickt.«

»Laß sie ticken.«

»Wenn sie aber explodiert?«

»Ich bin sehr müde!« Das klang streng und unwiderruflich.

»Es wäre doch schade um uns, findstu nich, Phil?«

Keine Antwort.

»Und der Junge! Hat dann überhaupt nichts von der Welt gesehen.«

Schweigen.

»Rabenvater!«

Nichts.

»Und das schöne neue Haus, das sooovie1 Geld gekostet hat.«

Das saß. Hinter dem Sesselturm rappelte es, dann

kamen ein Bums und ein Fluch. »Du kannst einen schwach machen, Tine. Hast du eine Taschenlampe?«

Die Taschenlampe lag links neben meiner Schlafstatt, ich wußte es genau. Aber jetzt war sie nicht mehr da.

Philip fand sein Feuerzeug und eine Kerze und turnte freihändig, anzusehen wie ein Junge, der zur Kommunion geht, über das Möbelgebirge zur Tür.

Es dauerte fast zehn Minuten, bis er – eingehüllt in flackernden Lichtschein, unheimliche Schatten um sich werfend, wieder auftauchte. Stumm bis auf ein paar Flüche, balancierte er sich in sein Nachtlager zurück.

»Na«, fragte ich gespannt, »hat sie getickt?«

Er antwortete nicht.

Ich überlegte, ob ich ihn durch Schluchzen zum Sprechen bringen sollte, aber es gibt Momente, da rührt auch das jämmerlichste Frauenweinen kein Männerherz.

Später gestand er mir, daß er in jener Nacht ernsthaft an Scheidung gedacht habe. Und dabei war ich doch nur um unser aller Wohl besorgt.

Das war die Geschichte mit der Bombe.

Zwei Tage später brach der Streit um die Tapeten aus.

Ich wußte bisher nicht, daß man sich über Geschmacksfragen genauso ereifern kann wie über verschiedene politische Ansichten.

Ich wollte Blümchen für alle Räume, Philip dagegen breite, antike, rotweiße Streifen für die Anrichte, Uni für Kinder- und Schlafzimmer und ein blaues Muster mit ländlichen Szenen, das wie eine Wandbespannung wirkte, für den oberen Flur und das Fremdenzimmer.

Hänschen stimmte selbstverständlich und ohne hinzugucken für meine Wahl, aber obgleich zwei laute Stimmen gegen seine vornehme leise standen, siegte Philip.

An jenem Abend gingen wir betont getrennt zu Bett.

Ach, und dann das Drama mit der pulverisierten Ockerfarbe, die in einem Eimer an der Stelle der Küche abgestellt wurde, wo sonst Emmas Sandkiste stand.

Woher sollte die arme Katze wissen, was Ocker ist und was Sand?

Hänschen kringelte sich vor Vergnügen über dieses Malheur. Er studierte übrigens mit Hingabe und Taschenlampe die alten Zeitungen, die unter der abgerissenen Tapete in der Anrichte zum Vorschein kamen. Er las uns Frontberichte vor und Auszüge aus stolzen Reden. Er fiel uns gründlich auf die Nerven.

Das war an dem Abend, an dem ich nach all der anstrengenden Bauarbeit zusammenklappte und ins Bett mußte.

Die beiden Männer hockten bei mir. Philip hielt

meine Hände, und Hänschen lag auf einer meine provisorische Lagerstatt begrenzenden Boulekommode und streichelte hilflos dort über die Bettdecke, wo sich unter ihr meine Füße abzeichneten.

Von diesem Tage an übten sich beide in Aufmerksamkeit und gutem Betragen. Ich möchte fast sagen, sie stolperten über sich selbst vor lauter Zartgefühl. Das war rührend anzusehen und verbesserte mein Dasein in der Ruine bedeutend. Ich stieg vom Güterwagen in die feine Polsterklasse um.

Jetzt ist nach einwöchigem Schrubben die letzte Handwerkerspur getilgt worden, und die Räume sind bis auf einen fehlenden Wandleuchter hier und einen Sessel da eingerichtet.

Am besten von allen Zimmern gefällt mir S.M.s kunterbunte Residenz. Zwar hängen unter den Tischplatten und Stuhlleisten blaue Farbtropfen, die auf unkundiges Streichen zurückzuführen sind und Philip schon jetzt und seinen Sohn in ein paar Jahren zum Abpolken reizen werden, aber die Bauernmuster sind mir, wenn auch nicht ganz symmetrisch, so doch in der Farbwirkung ausgezeichnet gelungen.

Ich finde mein Werk so schön, daß ich Sie am liebsten alle einladen möchte. Aber kommen Sie lieber erst im Mai, wenn die Kastanie vor dem Balkon rot blüht und – wenn Philip II. eingezogen ist.

Ach so, ja, unsere Adresse: Marschall, Stendhalstraße 7–9, Berlin-Grunewald.

Wir stehen übrigens im Telefonbuch.

4. Kapitel
in dem Sie Philip als Hausfrau kennenlernen

Heute geben wir unsere erste Gesellschaft in der neuen Ruine. Es ist zwar jetzt wieder ein komplettes Haus, sozusagen eine Villa, aber Haus und Villa sind viel zu konservative Begriffe für unser bevölkertes Heim. Ruine klingt gemütlicher (ob Sie's glauben oder nicht). Weil aber ein Unterschied sein muß, sagen wir »neue Ruine«.

Heute abend geben wir also unsere erste Gesellschaft in der neuen Ruine. Eingeladen sind Herr und Frau Erksen, Textilbranche, Herr Modeschöpfer Peter Monier, Herr Dr. Fichte und Fräulein stud. med. vet. Ruth Bäumler, Herr Jan Braun und Frau Nessler – alias Trautchen.

Sie gehört seit kurzem zu unserem engeren Bekanntenkreis, denn Philip ist ganz entzückt von ihr. (Aber ich wittere nichts Besorgniserregendes. Wegen ihrer Brünhildenfigur. Rose von Stambul wäre gefährlicher.)

Trautchen zeigt sich in jeder Weise als freundliche, hilfsbereite Nachbarin. Auch das Singen betreibt sie jetzt hinter geschlossenen Fenstern – schon wegen der rauhen Wintertemperatur. Sie besorgt uns Steuerkarten für die Oper, und Dickie, der zu Anfang der Bauarbeiten mit seinen persönlichen Schätzen – Halsband, Körbchen und einem ollen Schuh von Anna – bei Trautchen in Pension ging, Dickie hat sich an ihre Heroinenfigur, an ihren Gesang und ihre Küche so sehr gewöhnt wie Demoiselle an Jan Braun. Jeden Morgen kommt er durch das Loch im Zaun – durch das auch wir Erwachsenen kriechen – zu einer Visite auf unseren Hof, mehrere Male am Tag besuchen ihn Eliza und Boogie in Trautchens Haus, und gestern sah ich zu meinem Schrecken, wie Gustav mit einigen seiner Damen durch das Loch stolzierte. Auch Gustav will die Beziehungen zu Trautchens Küche aufnehmen.

Wie Sie sehen, hat sich meine Familie eng mit dem Wagnergesang verbrüdert. Und das wurmt mich. Denn zwischen Frau Nessler und mir steht noch immer ungesühnt das teuflisch laute Radio und der Operngucker, der leider meine Idee war und sich nicht auf Hänschens Sündenkonto abschieben läßt. An Anna, der dritten in unserem Abwehrbündnis gegen ihren Gesang, hat sich Trautchen bereits gerächt. Mit einigen Ablegern aus ihrer Kakteensammlung. Anna holte sie in einem Rucksack ab. Und jetzt weigert sie sich, Trautchen noch einmal zu grüßen. Und ich zupfe jeden Abend eine halbe Stunde lang Kakteenstacheln aus Annas blankem Rücken.

Aber ich will ja von unserer ersten Gesellschaft berichten.

Wie bei allen anderen Ereignissen in der Ruine zeigt sich Hans Fichte am aufgeregtesten von uns. Er hat heute schon zweimal wegen unserer Gesellschaft angeläutet, und eben wollte er wissen: »Ich mache gerade Toilette, Tine. Und stelle fest, daß der schöne, silberne Perlonschlips, den ihr mir geschenkt habt, vorne einen Fleck hat. Jetzt muß ich eine grüne Krawatte umbinden. Kann ich zum blauen Anzug eine grüne ...?«

Ich gebe den Hörer an Philip weiter. Er löst spielend Hänschens Modesorgen und ermahnt ihn anschließend: »Wirf beim Heimgehen laut klingend ein Fünfmarkstück in die Zinnschale auf der Diele. Die Leute vergessen zu gern, ein Trinkgeld zu geben. Da muß man schon ein bißchen nachhelfen. Wie bitte? Ja doch, du kriegst den Fünfer wieder.«

Philip denkt an alles. Er spielt den Maître d'hôtel wie ein Gelernter, und ich folge ihm überall hin, um ja keine seiner Anordnungen zu übersehen. Zum erstenmal bin ich froh, daß er in meine Hausfrauenrechte eingreift, denn ich verstehe so wenig von den kleinen und großen Finessen, die aus »Leute zu Besuch« erst eine »Gesellschaft« machen.

Bei uns in Klein-Toppel gab es bloß »viel Besuch«. Es gab deftige Gerichte, nach denen sich die Herren verstohlen den obersten Hosenknopf und die dazugehörigen Damen die untersten Korsetthaken öffneten. Man war nicht auf angenehme Weise gesättigt, man war zum Rülpsen voll.

Zum Essen trank man Bier oder Rotwein, hinterher einen Buntebarth. Und wenn meine Mutter Auguste mahnend gähnte, wurde angespannt und heimgefahren.

So eine Gesellschaft aber ist eine Wissenschaft für sich. Sie erfordert Phantasie, eine höhere gastronomische Schulbildung, Umsichtigkeit, Weinkenntnis, Organisationstalent, Geduld, sprühende Laune (auch wenn einem zum Sterben übel ist), viel Takt und noch und noch und noch viel mehr.

Jetzt ist es acht Uhr. Philip, herrlich elegant und vornehm anzusehen, legt noch ein paar Scheite auf das prasselnde Kaminfeuer, und ich erhalte die letzten Anweisungen.

»Zieh keinen Gast dem anderen vor, hörst du?«

»Nein, Phil.«

»Gieße Hänschen aus lauter Freundschaft nicht zu oft ein. Sein Glas ist von Natur aus leer. Ich möchte nicht, daß er bereits um elf Uhr den Kaiser Wilhelm mit Bart singt.«

»Natürlich nicht, Phil.« Wenn Hänschen doch schon da wäre! Er ist zwar in der höheren Gesellschaftsführung genauso bewandert wie ich, aber seine himmlische Unbekümmertheit trägt ihn sicher über alle prekären Situationen hinweg – auch über das Essen von Artischocken.

»Was machst du da?« fragt Philip streng, als er mich an der Bar erwischt.

»Ich trinke mir Mut an. Jaja, ich weiß schon, was du sagen willst. Wenn eine Frau während ihrer

Schwangerschaft säuft, wird ihr Sohn vielleicht ein Krimineller. Prost!«

Ehe er seine Stimme zu einem passenden Kommentar sammeln kann, bimmelt die pensionierte Schiffsglocke am Gartentor, und unsere ersten Gäste werden von der feierlichen Anna eingelassen.

»Herr und Frau Erksen.«

Na, denn ...

Elf Uhr abends.

Es gibt Erinnerungen im Leben eines Mannes, die soll man nicht mit Eifersucht bewerfen. Der Name Dagy Erksen steht in der Vitrine von Philips Herzen, und ich werde mich hüten, daran zu rücken.

Dagy ist seit zehn Jahren mit Karl Erksen verheiratet und ab und zu erinnert sie sich auch daran. Sie ist gar nicht so hübsch, sie sieht nicht einmal gut aus, und sie hat sich mit ihrem Gesicht genauso abgefunden wie mit Karl Erksens Gleichgültigkeit. Ja, sie kokettiert sogar mit ihrer Häßlichkeit. Sie sagt: »Ich kann sie mir leisten«, und damit hat sie völlig recht. Dagy hat Wichtigeres und Sympathischeres aufzuweisen als ein hübsches Gesicht. Sie ist Frau im Superlativ, mit einer makellosen Figur, einem makellosen Geschmack und erstaunlichem Verstand ausgestattet. Und es gelang ihr, all die Mädchen, die während ihrer Freundschaft mit Philip auf der lindgrünen Couch in seinem Kaminzimmer Kognak tranken, zu überdauern. »Ich habe mich sozusagen als einziges Stück Markenporzellan unter all seinen Nippesfiguren herausgestellt«, sagte sie einmal (Hänschen hat's mir erzählt), und alle Männer beneideten Phil um sie – wegen ihrer unaufdringlichen Klugheit und ihrem weiblichen Charme. Alle Männer – außer Karl Erksen. Vielleicht liegt das daran, daß er mit ihr verheiratet ist. Frauen wie Dagy sind ideale Freundinnen, aber oft minderbegabte Ehefrauen.

»Wir verstehen es beängstigend gut, unsere Liebe füreinander zu zügeln, aber wir richten auch keine Blumentöpfe und Vasen gegeneinander«, pflegt Dagy zu sagen, wenn sie von ihrer Ehe spricht, und sie lacht dabei so federleicht, daß niemand auf die Idee käme, sie wäre nicht restlos zufrieden mit ihrem Karl.

Zwei Jahre lang war Dagy Philips Kronfreundin, sein einziges Stück »Markenporzellan«, bis er den irdenen Topf Valentine heiratete.

Gerade steht er vor Dagy und gibt ihr Feuer für ihre Zigarette. Sie ist federleicht, grazil und so klein, daß sie ihm kaum bis zur Schulter reicht. Ihr Blick braucht eine lange Strecke, ehe er seine Augen erreicht. Vielleicht ist er darum so erschöpft. Der Blick, meine ich.

Und Philip lächelt ihr vertraut zu ... so herzlich vertraut. Und ich muß immerzu daran denken, daß sie sich einmal sehr, sehr gern hatten.

»Auf dein Wohl, Valentine!« Peter Monier, der

sich gerade um die stumme, zigarrenrauchende Pagode Karl Erksen herum mit Ruth Bäumler über die eingebildeten Leiden seines Bullis unterhält, hebt sein Glas und trinkt mir zu. Er spricht meinen Namen französisch aus, das klingt sehr hübsch und geradezu liebreizend im Vergleich zu »Tine Toppelschmidt«.

Peter ist auch mein Freund. Als Modeschöpfer gehört er zu den Leuten, von denen Hänschen Fichte behauptet, sie seien zwar sehr nett, aber für seinen Geschmack hätten sie zuviel Rüschen im Kopf. Übrigens gehört er auch zu den Onkeln, die die Geburt meines Kindes kaum abwarten können. Aber im Augenblick freut mich der Gedanke an meinen Sohn nicht so sehr wie sonst, im Augenblick bedrückt mich unsere »gemeinsame« Figur – sie wirkt so plump neben der grazilen Dagy. Vielleicht findet Philip das auch ...

»Phil«, sage ich viel strenger als beabsichtigt, »wir brauchen neues Eis, würdest du, bitte –?«

Jan Braun benutzt die kurze Abwesenheit meines Mannes, um sich neben Dagy zu setzen und ein kultiviertes Gespräch mit ihr zu knüpfen. Und ich versuche vergebens, der Pagode Karl Erksen Leben einzuhauchen, doch warum sollte mir gelingen, was seiner bezaubernden Frau in zehn Ehejahren nicht gelang!

Sein einziger Beitrag zu unserer Unterhaltung besteht darin, einen Kleiderstoff mit fachmännischem

Augenblinzeln zu fixieren oder unser Porzellan nach seinem Stempel auf den Kopf zu stellen. Das heißt, ich tue ihm Unrecht. Er hat mich schon zweimal etwas gefragt: erstens, in welchem Monat ich bin, und dann, wieviel der Umbau der Ruine gekostet hat.

Ich habe mich schon oft gewundert, wie die lebhafte, geistreiche Dagy dazu kam, diesen Block zu heiraten. Philip meint: »Als sie sich kennenlernten, wird er wohl anders gewesen sein.«

Was auch immer kommen mag, niemals werde ich diesen Seufzer im Zusammenhang mit meinem Mann ausstoßen können. Philip hat mich vor der Ehe nicht einen Deut anders behandelt als jetzt, er versprach mir nichts, machte mich frühzeitig mit den bellenden, gackernden und »kriegernden« Schattenseiten der Ruine bekannt, und betrogen hat er mich auch. Ich habe es dennoch als großes Glück empfunden, als er mich heiratete. (Wir Uckermärker sind eben ein tapferer und bescheidener Menschenschlag.)

Jetzt hat Jan Braun seinen Platz neben Dagy wieder an Philip abgetreten (warum hat er nur!) und sich neben mich gesetzt. Er spricht mit beflügeltem Atem.

»Frau Erksen erinnert mich an Rahel Levin.«

»Ach«, sage ich, weil Ach immer das sicherste ist, wenn man keine Ahnung hat, von wem die Rede ist, und auch nicht zu fragen wagt.

»Rahel galt zu ihrer Zeit als die geistreichste Frau

Berlins«, erklärt er, meine Unwissenheit voraussetzend. »Bei ihr trafen sich Köpfe wie Ranke, Heine, Arnim, Tieck, Prinz Louis Ferdinand . . .«

»Der auch?« Ich bin glücklich, wenigstens einen guten Bekannten unter all den illustren Namen zu finden. Prinz Louis Ferdinand eröffnete einmal die Schlacht, indem er seine Pfeife in die Luft warf. Das imponierte mir. Er blieb für mich die romantischste Gestalt, die ich im Geschichtsunterricht kennenlernte – weil er so hübsch war, eine »hohe, herrliche Gestalt« besaß und wegen der Pfeife natürlich.

»Rahel wußte ihre Häßlichkeit genauso gut mit ihrem Geist und ihrem Herzen zu überspielen wie Dagy Erksen«, träumt Jan Braun.

»War sie verheiratet? Und – glücklich?« forsche ich.

»Ihr Mann Varnhagen vergötterte sie. Aber ob sie glücklich war –? Man brachte ihr mehr Bewunderung als Liebe entgegen, denn sie besaß keine körperlichen Reize.«

»Aber Frau Erksen hat welche, nicht wahr?«

»Zweifellos.«

Nicht nur Philip, auch Jan Braun ist von Dagy begeistert. Ich muß dringend geistreich werden, damit sie mich auch vergöttern können. Denn eine Frau, die zwar perfekt Zwinger scheuern und Hunde verziehen und sonst alles nur mangelhaft kann, die vergöttert man nicht.

Hänschen schwenkt gerade Trautchens Brünhildenfigur um sich herum. Das sieht so komisch aus wie im Witzblatt, aber ich kann nicht mal innerlich lachen. Dagy tanzt mit Monier, und ich nutze den Augenblick: Ich setze mich mit Nachdruck auf Dagys Sessel neben Phil. Er beugt sich mit einem vergnügten Blinzeln in den Augenwinkeln zu mir. »Na, Tinchen?« fragt er, und ich glaube, er kapiert sofort den Grund meines Platzwechsels.

»Du hast mir gesagt, ich soll mich dazwischensetzen, wenn sich einige unserer Gäste bei einem politischen oder konfessionellen Thema zu sehr ereifern, Liebster«, verteidige ich mich giftig.

»Wer von unseren Gästen hat's denn getan, Liebste?« lächelt er amüsiert zurück.

»Dagy und du.«

»Wir sprachen höchstens von vergangener Hauspolitik.«

»Möglich. Aber mein Grammatiklehrer in der Höheren Pasewalker Töchteranstalt sagte immer, es käme leider sehr oft vor, daß manche Leute die Vergangenheitsform mit der Gegenwart mixten.«

»Er bezog das sicher nur auf ihr Schriftdeutsch.«

»Aber ich nicht, Phil!«

Er steht auf, drückt lachend meine Schultern zusammen – ich könnte ihn erschießen – und füllt die geleerten Gläser.

Was hatte ich doch vorhin behauptet? »Es gibt Erinnerungen im Leben eines Mannes, die soll man nicht mit Eifersucht bewerfen.«

Ich habe es getan. Ich habe sogar geschmissen.

2 Uhr morgens.

Große Füße sind ein Kreuz. Meine Schuhnummer ist in Anbetracht meiner Länge so gewaltig ausgefallen, daß ich bisher noch nicht den Mut hatte, sie einem Mann zu gestehen. Meinen Schuhschrank schließe ich vor Philip immer ab, weil ich fürchte, daß meine leerstehenden Elbkähne seine sparsamen lyrischen Gedankenspinnereien um meine Person rasch und restlos zertrampeln könnten.

Aber solche Menge Fuß verletzt nicht nur ständig meine Eitelkeit, ich bin überzeugt, daß sie auch eine größere Leidensfläche besitzt. Dagys zierliche 36 können bestimmt nicht so schmerzen wie meine Größe 41 in dieser Nacht.

Ich kühle sie auf den Fliesen des Badezimmers. Durch den Spiegel über dem Waschbecken sehe ich die geöffnete Schlafzimmertür und jetzt auch meinen Philip, wie er, den Schlips vom Hals ziehend, ins Bad tritt.

»War ein gelungener Abend, nicht? Ich glaube, es haben sich alle amüsiert.«

»Ja.«

»Nur Ruth Bäumler gefiel mir nicht. Sie ist so verkrampft. Muß mal mit Hänschen reden. Von Hündinnen mag er was verstehen, aber nichts von Frauen.«

Er dreht die Hähne der Badewanne auf und hält prüfend die Hand unter.

»Du verstehst eine Menge von Frauen, nicht wahr?«

»Was soll der ätzende Unterton, Tine Marschall?« fragt er dagegen und stellt sich neben mich an den Spiegel, sein Gesicht nach einem Mitesser absuchend.

»Du glaubst, ich bin eifersüchtig auf deine Vergangenheit mit Dagy, aber das bin ich nicht.«

»Nein?«

»Es kränkt mich nur, daß du dich ihr gegenüber – ich meine, du behandelst sie gleichberechtigter als mich. Du nimmst sie für voll, während ich immer Vatis kleine Tochter vom Lande bleiben werde. Ihr habt da« – ich zeige gegen seine Stirn – »viel mehr Kontakt als wir beide.«

Er vergißt die Mitessersuche und legt seine Hand sehr intensiv auf mein Herz. »Und da haben wir mehr. Ich glaube, das ist wichtiger.«

Phil nimmt die Fichtennadelöl-Flasche und gießt etwas von ihrem Inhalt in das Badewasser.

»Und was ist mit Jan Braun?«

Aha! Jetzt wird der Spieß umgedreht, der Angeklagte zum Ankläger.

»Mir persönlich ist es ja egal, wenn er dir ein bißchen den Hof macht, aber die anderen ...« Und Philip steigt in die Wanne. Das grüne, duftende Wasser hebt sich unter seiner braunen Mächtigkeit um mehrere Zentimeter.

»Wer sind denn diese anderen?« frage ich.

»Na, Hänschen – gib mir mal die Seife rüber – und Frau Nessler. Weißt du, was sie heute abend sagte, als sie dich mit Braun zusammensitzen sah? ›Frau Marschallin mit ihrem Rosenkavalier.‹«

Rahel Erksen und Valentine Marschallin – Phantasie haben unsere Gäste! Aber die der Frau Nessler gefällt mir nicht. Schließlich hatte die Opern-Marschallin ein komplettes Verhältnis mit dem Rosenkavalier – und so weit würde ich niemals auch bloß nur denken!!!! (Ich glaube jedenfalls nicht.)

Ich setze mich auf den Wannenrand. Phils störrisches Haar hat sich von der Feuchtigkeit zu einem Tituskopf gelockt. Ich drehe meinen Zeigefinger hinein und gebe ihm die Antwort, die ich von ihm auf heikle Fragen betreffs seines Privatlebens gewohnt bin – nämlich gar keine. Ich sage nur: »Im Rosenkavalier handelt es sich aber nicht um eine Bloß-Marschall, sondern um eine Frau Feldmarschall.«

Philip zieht meine Hand aus seinem Haar, legt ihre Innenfläche zuerst an seinen und dann an meinen Mund.

»Ich küsse Euer Liebden – Valentine Feldmarschall«, sagt er feierlich.

Damit, fürchte ich, habe ich meinen Spitznamen weg.

5. Kapitel
in dem eine Menge geschieht, wovor man eine werdende Mutter bewahren sollte

»Mein Liebling!

Was sagtest Du noch, als Du nach Düsseldorf fuhrst? Ich soll mich schön schonen. Ich schone mich wunderschön! Gestern früh kam ein reizender Brief von unserer Omi aus Hannover. Sie schrieb: ›Als Philip unterwegs war, scheute ich alle häßlichen Anblicke. Ich las nur heitere Romane, besuchte Kunstgalerien und hörte Mozart – nichts Atonal-Modernes. Du solltest Dich jetzt auch nur mit hübschen Sachen beschäftigen, mein liebes Mädchen.‹

Ich beschäftige mich mit wunderschönen Dingen. Ich schone mich wunderschön ...

Um Dir zu schildern, wiiie wunderschön, muß ich zuerst von Annas Hexe erzählen. Sie schießt schon wieder. Und wie sie schießt. Und das Rheuma auch! Es kam so plötzlich beim Wäschewaschen, daß ich sie nicht mehr die Treppe hinauf ins Fremdenzimmer verfrachten konnte, sondern in unser Bett legen mußte. Gott sei Dank habe ich ja Frau Kallweit, die mir Dagy beim ersten Hexenschuß besorgte.

Die Kallweiten kommt jeden Morgen um sieben Uhr. Ich – ich, die im Augenblick in unserem Fremdenzimmer schläft – werfe den Mantel über, ergreife eine Schneeschippe und einen schwappvollen

Eimer Wasser und eile durch einen furchtbar kalten Morgen zum Gartentor. Dort steht Frau Kallweit zwischen fünf und sechs – manchmal auch mehr – Heiratskandidaten unserer Anette, die sich gerade in einem interessanten Zustand befindet. Ich reiche der Kallweiten den Schneeschipper durch das Gitter, öffne das Tor um einen Spalt und bringe den Eimer in Ausgießstellung. Frau Kallweit beginnt nun, immer um sich herumzuschippen – nicht etwa Schnee, nein, Hunde schippt sie, süchtige, beißfreudige, knurrende, minnejaulende, kläffende. (Einer war heute dabei, der brachte an einer langen Kette ein Stück Gartenzaun mit. Jaja, die Macht der Liebe!) Aber das sind keine Hunde, das sind Bumerangs. Kaum hat Frau Kallweit sie in den Rinnstein geschippt und jagt erleichtert auf den Türspalt zu, um sich zu mir in den Garten zu zwängen, sind sie schon wieder da, stoßen sie beiseite, drängen ihre Schnauzen in den Spalt . . . Jetzt spiele ich Wasserfall. Das scheucht wenigstens die Sensiblen für Sekunden zurück, und die Kallweit huscht keuchend und klitschnaß – genau kann ich nicht zielen – in unser Besitztum.

Es folgen das Frühstück und die Morgenstänkereien der Frau Krieger. Anna geht's bedeutend besser. Der Arzt hat ihr eine flüssige, weiße Einreibe verschrieben, die ich auf ihre schlimme Stelle – die Hexe und einmal nicht ihr Mundwerk ist damit gemeint – papierdick auftragen muß. An dem geschilderten Morgen muß ich wohl die Papierdicke etwas stärker, als sie im allgemeinen ist, im Gedächtnis gehabt haben. Auf jeden Fall lief der einbalsamierte Körperteil sofort purpurrot an. Die Anna schrie wie am Spieß – als habe sie eine ungewöhnlich blutgierige Tarantel gebissen. Ich schmierte in Todesangst das glitschige Zeug auf ihrer brennenden Haut immer rundherum, bis es verschwunden war.

Jetzt schaut sie mich nicht mehr an. Ich bin bei ihr noch untendurcher als die ›Schlampe‹ Kallweit, die gar keine Schlampe ist. Ich habe Anna verbrannt, Philip, nicht so sehr arg, aber immerhin sichtbar genug, und sie würde es bestimmt der Kallweiten zeigen, wenn sie mit der nicht Krach hätte, und Hänschen zeigte sie es auch, wenn sie nicht so ›schenant‹ wäre.

An diesem denkwürdigen Tage nun, der mit dem Schippen und Löschen von Anettes Kavalieren begann und mit der teilweisen Verbrennung unserer Anna fortgesetzt wurde, an diesem Tag kam der Gasmann zum Ablesen und Kassieren. Er bimmelte in Frau Kallweits einzigem geistesabwesenden Augenblick. Sie drückte in der Küche auf den Surrer wie in normalen Zeiten, wenn kein Feind unsere Tore belagert. Der Gasmann trat ein, und mit ihm stürmten neun Kavaliere das Haus und die geschlossene Krankenstation. Es war nämlich ein Schäferhund dabei, der verstand sich auf die Handhabung von Türklinken. Kannst Du Dir vorstellen, was geschah, Philip Marschall? Nein, Du kannst es nicht. Dafür reicht Deine Phantasie nicht aus.

Ich sitze auf eine Zigarettenlänge im Wohnzimmer.

Plötzlich Bumsen, Hecheln, Tapsen, Boogies wütendes Bellen, dann ein weiblicher, ein markerschütternder Schrei. Ich erblasse. Bestimmt bin ich erblaßt. Stürze in Richtung ›Geschlossene Station‹, finde statt dessen ein öffentliches Haus vor. Oh, unser bildschönes, gepflegtes Schlafzimmer! Von Anna und Anette, die bei ihr auf dem französischen Bett lag, ist nichts mehr zu sehen, nur eine bewegliche Steppdecke mit Buckeln und Dellen und Fingern, die sie von innen festzuhalten versuchen. Ängstliches Winseln und Annas dumpfer Schrei ›Pollezei! Pollezei!‹, gemischt mit Schlachtenlärm. Neun Köter aller Größen und Rassen, völlig von Sinnen, tummeln sich in unserem Schlafzimmer, toben, rasen rauf aufs Bett, schnüffeln unters festgehaltene Bettdeck, legen Annas knöcherige, strampelnde Füße frei. Auf dem Schrank – mit gesträubtem Fell, fauchend, dreiviertel tot vor Angst – unsere Emma.

Die Kallweiten drückt mir einen Ausklopfer in die Hand, sie selbst hantiert mit dem Besen. Boogie beißt wahllos und jähzornig in Kavalierswaden. Eliza, die Lose, quietscht vor Vergnügen, und Dikkie, der selbstverständlich auch da ist, kämpft wie Jung-Siegfried, obgleich verwundet.

Ich stiebe mit dem Ausklopfer Pudel, Dackel, Boxer und anderes vom Bett. Sie verkriechen sich darunter. Kallweit kehrt sie vor. Obgleich körperlich etwas behindert, springe ich todesmutig aufs Bett und dresche auf alles ein, was sich diesem nähert.

Nach zehn Minuten haben wir fünf Köter aus dem Zimmer, die anderen lassen sich nicht kriegen. Plötzlich wirft Frau Kallweit ihren Besen fort und krümmt sich heulend über ihre Hand. Ein Hund hat sie gebissen. Sie weiß nicht, welcher es war. (Ich weiß es, aber ich sag's nicht. Er hat's ja nicht mit Absicht getan.)

Und dann sehe ich den Gasmann. Mit plattgedrückter Nase an der Fensterscheibe. Ich reiße das Fenster auf. Da hängt er mit den Ellenbogen auf dem Sims, seine Schuhspitzen schurren den neuen rosa Putz von der Hauswand, und er kräht. Herrgott, hat der Mann vor Vergnügen gekräht!

»Mensch, Mann, so helfen Sie uns doch!« Am liebsten hätte ich Boogie auf ihn gehetzt, damit er ihn auch beißt. (Wie aus Versehen die Kallweit.)

Nach weiteren zehn Minuten hatten wir alle Kavaliere verjagt – bis auf einen Dackel. Den fanden wir erst später. Er hatte sich im Kleiderschrank versteckt.

Was ich von der geschundenen Kriegerin zu hören bekam, als sie mit hochrotem Kopf unter dem Deckbett hervortauchte, das war nicht schön. Aber was muß die Arme gelitten haben! Es ist schon kein Vergnügen für einen Gesunden, wenn neun liebestolle Vierfüßler plus Boogie und Dickie, die die Eifersucht zu Moralisten gemacht hat, auf seinem Bauch herumtrampeln.

Frau Kallweit habe ich zum Arzt geschickt. Er hat ihr gegen den Hundebiß eine Tetanus-Spritze gesetzt, nach der ist sie nun richtig krank geworden. Boogie hat tiefe Löcher im Nacken und einen Triangel im rechten Behang. Hänschen mußte ihn verarzten.

In unserem Schlafzimmer sah es bösartig aus. Blutflecken überall, stichlige und seidige Haarbüschel und Bettfedern. Oh, Phil, hast Du schon einmal versucht, Daunen aufzufegen? Mühsam, sage ich Dir, sehr mühsam ist das!

Als ich das Bett frisch überzog, verdammte mich Anna (und die Kallweiten natürlich auch) und schwor, ihren Lebensabend der Vergiftung aller Hunde zu widmen. Keine Töle sollte ihr entkommen, jede, aber auch wirklich jede wollte sie kaltlächelnd abmurksen. Und während sie also drohte, hielt sie die zitternde Anette fest im Arm und beruhigte sie mit rauhem Streicheln.

Meine Arme sind lahm vom Dreschen und Halsbandzerren, meine Stimmbänder total abgenutzt. Im Schlafzimmer hat Anna Wünsche, auf der Couch im Kaminzimmer bespricht sich Frau Kallweit mit ihrem Tetanus. Boogie liegt auf Deinem Sessel und leidet so theatralisch, wie außer einem Dackel nur ein Spaniel leiden kann. Und ich laufe mir Ballen an die Füße, um die Lebendigen und die Halbtoten in unserem gepflegten Heim zufriedenzustellen. Du siehst, ich schone mich wunderschön!

Freundliche Grüße
Oberschwester Valentine
Lazarett Villa Marschall

P.S. Zu Oberschwester paßt mein Name eigentlich recht gut.«

An jedem ersten Sonnabend eines Monats gibt Trautchen ein Hauskonzert, zu dem außer ihren reizenden Nachbarn Marschalls auch Dirigenten, Musikkritiker, Sänger, Nerzstolas und Namen eingeladen werden, die einmal eine große Vergangenheit hatten.

Was mich immer wundert, ist die Tatsache, daß die meisten Musiker in einem Alter, in dem andere Männer längst verbittert um ihren schwindenden Haarwuchs kämpfen, noch immer über beachtliche Mähnen verfügen.

Ich äußerte diese Beobachtung einmal vor Hänschen Fichte. Seitdem hat er beschlossen, Blockflöte zu lernen, denn alle noch so kostspieligen Haarwuchsmittel nützen nichts mehr bei ihm.

An diesem Sonnabend, dem ersten, an dem es Anna wieder gutging und an dem ich Philip von einer Hamburger Reise zurückerwartete, besuchte ich ein Hauskonzert bei Trautchen. Jan Braun begleitete mich.

Vor den Fenstern des Kaminzimmers waren die Laden noch nicht geschlossen, als ich gegen sechs Uhr nach Hause kam. Das Licht glitt lang bis zu den beschneiten Kastanienästen hinauf und über die verödete Terrasse mit den nackten, geköpften Putten.

Im schaukelnden Licht der Hauslaterne wirkte der frische Putz nicht so aufdringlich rosa wie am Tage, und die Ruine sah aus wie ein verträumtes Rokokoschlößchen – zumindest wie das dazugehörige Gärtnerhaus.

Anna empfing mich, zum Ausgehen umgekleidet, in der Tür. Sie wollte heute abend ein Unternehmen starten, das sie schon den ganzen Tag von der Hausarbeit abgelenkt hatte: ins Kino gehen.

Für Anna ist jeder Film- und Verwandtenbesuch mit Vorbereitungen verbunden, die auf eine längere Reise schließen lassen. Auch badet sie gründlich vorher, zieht sich von Haut auf neu an, denn es könnte ihr unterwegs etwas zustoßen, und wenn sie dann ins Krankenhaus eingeliefert würde und dann die Schwestern riefen: »Pfui, was ist die Anna Krieger für eine Schlampe!« – also, das wäre nicht auszudenken.

Die Vorstellung begann erst um acht Uhr, aber Anna meinte, »sie wolle man schon so langsam losmachen. Hetze hättse in unsre Ruine die Woche über genuch«.

»Gedeckt is, das Essen brauchense bloß warmzumachen, und Herr Schmidt weiß über alles Bescheid.«

Ein Meter von Herrn Schmidt wurde bei diesen Worten gerade auf der raffinierten Schwebetreppe sichtbar, und der zweite Meter mit dem eckigen, wetterbraunen Kopf darauf folgte ihm jetzt.

»Da bist du ja, Tine.« Seit ich denken kann, hat er mich so begrüßt.

Herr Schmidt ist der Vater, von dem ich die zu großen Füße und den Hang zum Tagträumen geerbt habe, eine Beschäftigung, die sich ein Landwirt nur leisten kann, wenn er eine nüchterne, tatkräftige Frau wie meine Mutter Auguste besessen hat.

Seit mehreren Jahren lebt er nun schon bei seiner Schwester auf einem kleinen Hof in Westfalen. Mit seinen Gedanken aber weilt er im uckermärkischen Zuhause, das wir verlassen mußten. Und vor lauter Nachdenken um das verlorene Früher kommt er nicht dazu, sich eine neue Existenz zu schaffen. Er ist auch nicht mehr jung genug dazu, und außerdem fehlt ihm seine Antreiberin Auguste.

Nachdem meine Schwiegermutter Lieschen vierzehn Tage lang unser Fremdenzimmer als Hauptquartier für ihre Feldzüge gegen Anna Krieger benutzte, wohnt jetzt Mathias Schmidt bei uns. Vati versteht sich gut mit Anna. Sie spielen zusammen Sechsundsechzig und erzählen aus früheren, aus »ihren« Zeiten. Er nimmt ihr die Hühner ab, schippt Schnee und sorgt mit stundenlangen Waldspaziergängen dafür, daß unsere zur Molligkeit neigenden Spaniels bei Figur bleiben. Abends sitzt er bei uns am Kamin und liest.

Anna sagt, er sei ein feiner Mann, genau wie der selige Herr Marschall einer gewesen sei. Die beiden hätten sich was gut verstanden, sagt sie, und es sei schon ein Jammer, daß immer die wertvollen Menschen zuerst sterben müssen.

Anna Kriegers Gedanken mochten bei dieser Bemerkung in eine ganz bestimmte Richtung eilen – nach Hannover, meine ich. Aber deshalb wird unser kapriziöses Lieschen doch hoffentlich noch eine Reihe von Jahren leben – schon um Anna zu ärgern.

Um sieben Uhr etwa wollte Philip zurück sein, und ich erwarte jeden Augenblick seinen Anruf vom Kontrollpunkt Dreilinden, der den Abschluß all seiner Reisen und für uns das Startsignal zum Kartoffelaufsetzen bedeutet.

Um acht Uhr warten wir noch immer vergebens. Ich stehe am Fenster, und Vati sitzt am Kamin, in kurzen Abständen blauen Zigarrenrauch ausstoßend und ihm andächtig nachblickend, so als ob es Weihrauch wäre.

Um neun Uhr lasse ich die Hunde noch einmal in den Garten. Im Winter schlafen sie nämlich nicht im Zwinger, sondern in der Küche.

Ich bleibe in der Tür stehen und blicke auf den lautlos fallenden Schnee, der den ganzen Hof überzogen hat und alle Geräusche dämpft. Boogies und

Elizas Pfoten zerreißen pietätlos seine weiße, ebenmäßige Decke.

Vielleicht sind Schneeverwehungen auf der Autobahn, die Philip aufhalten. Scheußlich, dieses Warten.

»Boogie, Eliza – beeilt euch!«

... oder er hat eine Panne? Eine Reifenpanne und – wie üblich – kein Werkzeug bei sich. Brrr, es ist furchtbar kalt.

»Boogie! Eliza!«

Als ich die Tür hinter uns dreien schließen will, höre ich ein Motorrad vorm Gartentor halten. Hänschen!

Er sieht aus wie ein Schneemann und bittet mich um einen Handbesen, mit dem er sein Äußeres fegen kann.

Und er ist so entsetzlich fröhlich.

»Hast du etwas von Philip gehört?« frage ich ihn.

»Nö. Wieso?« Er schält sich aus seinen vielen steifen Sportlerhüllen, trägt sie in die Küche und putzt seine Schuhe ab (Anna hat ihn gut erzogen!). Er tut dies alles mit einer Bedächtigkeit, die mich nervös macht. »Ich bin bloß auf ein kleines Plauderstündchen zu dir gekommen«, sagt er.

»Hans!«

»Ja?« Er blinzelt scheu an mir vorbei wie Boogie und Eliza, wenn sie ein schlechtes Gewissen haben.

»Du gebrauchst doch sonst nicht so niedliche Ausdrücke für deine Besuche bei uns. Was ist los?«

Er nimmt meinen Arm, führt mich zu einem Sessel, begrüßt Vati mit lautem, unnatürlichem Lachen und dramatischem Blick darüber und zieht sich einen Stuhl zu mir heran.

»Nun setz dich man schön bequem hin, Tine«, beginnt er bedrückend vorsorglich. »Du mußt es ja doch erfahren, und es ist überhaupt nicht schlimm.«

»Was ist nicht schlimm? Wovon redest du überhaupt, Hans Fichte?« Mir wird plötzlich heiß vor Angst. »Es ist doch nicht etwa was mit Phil – um Gottes willen, ist irgend etwas passiert, Hans?!«

»Nö, das heißt doch«, stottert er, »aber Phips hat irres Glück gehabt.«

(Dieses blödsinnige Manöver ist typisch für die Art meiner Männer, mir etwas »schonend« beizubringen. Oh, ich wünschte mir manchmal eine Freundin. Frauen zerwerfen nicht einen Porzellanladen, wenn sie eine Tasse schützen wollen.)

»Zum Kuckuck, so rede endlich!« schrie ich ihn an.

»Phips ist mit dem Wagen verunglückt.« Hänschen zuckt, als ob er gleich eine Ohrfeige erwartet, und Vati macht ein Gesicht, als ob er bereits eine erhalten hätte. Und beide starren mich ängstlich an.

»Er lebt, ich schwöre es dir, wir haben eben zusammen telefoniert!«

»Ja, wenn sie telefoniert haben, kann es nicht so schlimm sein.« Vier Männerhände streicheln hilflos an mir herum, ihr Mitgefühl ist entsetzlich.

Ich muß sie noch einmal beide anschreien, und dann erfahre ich endlich – ohne schonende Umschweife –, was passiert ist. Heute mittag, bei der Ausfahrt aus Hamburg, lief ihm ein Kind vor den Wagen, Phil konnte ihn im letzten Augenblick noch zur Seite reißen, kam auf dem Glatteis ins Schleudern und prallte gegen einen Baum.

»... drauf trat er einen Augenblick geistig ab und kam erst wieder zu sich, als sich etwas Naßkaltes in seine Augen bohrte: Anettes Schnauze.«

»Ist er schwer verunglückt?«

»Nein, zwei Rippen gebrochen, das Nasenbein auch und 'ne leichte Gehirnerschütterung. Na, und Prellungen. Aber davon sprach er am wenigsten. Er erzählte vor allem von Anette, die die Leute vom Unfallkommando nicht an ihn heranlassen wollte und einen Polizisten gebissen hat. Übrigens soll sie bei dem Anprall gegen das Armaturenbrett geflogen sein und stark aus der Schulter bluten. Phil flucht, daß man sie nicht bei ihm im Krankenwagen beließ, sondern in eine Hundeklinik brachte. Und der Wagen sähe vorn wie'n Schrotthaufen aus. Aber sonst sei nichts passiert.«

Mir reicht es.

»Warum rief er mich nicht selbst an?«

»Er meinte, es wäre besser, wenn ich es dir beibrächte –« Und er blickt diskret auf meinen ungeborenen Sohn. Einen Gewandteren als Hänschen hätte Phil sich wirklich nicht zum Überbringer von

Hiobsbotschaften aussuchen können. Ich bin plötzlich schrecklich böse auf Hänschen und auf Vati, der mit hängenden, hilflosen Armen neben meinem Stuhl steht.

»Hat mir Phil nichts bestellen lassen?«

»Doch. Schönen Gruß, und du möchtest dich schonen und bloß an unseren Jungen denken. Und niemand etwas von seinem Unfall erzählen. Auch Monier nicht. Obgleich die Ärzte ihn eine Woche dabehalten wollen, hofft er doch, rechtzeitig zu den Schauen hier zu sein. Er sagt, wenn seine Konkurrenz erführe, daß er diesmal vielleicht nicht mitknipsen kann, dann besaufe sie sich vor Glück über sein Pech.«

»Hänschen, gieß uns mal einen Kognak ein.« Ich kann das Fliegen der einen Hand nicht länger mit der fliegenden anderen beruhigen und gehe ins Schlafzimmer hinüber.

Phil!

Was kümmern mich im Augenblick die Ruine, unsere Tiere und die Tatsache, daß, wenn Philip nicht die Frühjahrskollektion fotografiert, wir recht arme Leute sind; ja, selbst das Kind ist unwichtig.

Phil ...

Ich hole den kleinen Koffer aus dem Schrank und werfe ein paar Wäschestücke hinein.

Im Nebenraum höre ich Papa besorgt zischeln: »Wir dürfen sie jetzt nicht allein lassen. Schwangere Frauen schnappen leicht über.«

Zusammen betreten sie das Schlafzimmer.

»Wo willst du hin?« ruft Vati erschrocken. »Willst du in Hamburg entbinden?«

Hänschen naht sich mir mit energischen Schritten, nimmt den Koffer aus meiner Hand und stellt ihn in den Schrank zurück.

»Du bleibst hier. Was willst du in Hamburg? Phips wäre bestimmt böse, wenn du kämst.« Er streicht tröstend über meinen Arm. »Komm, sei hübsch brav, Tinchen. Und – danke Gott, daß du nicht Witwe geworden bist.«

Es gibt Wörter, die treffen den Nagel genau auf die Tränendrüse, und dazu gehört der trübe Begriff »Witwe«. Bisher bin ich verhältnismäßig ruhig gewesen, jetzt muß ich mich aufs Bett setzen und heulen.

Hänschen wühlt den Wäscheschrank nach Taschentüchern um, und Vati massiert meinen Kopf mit hilflosem Streicheln.

Boogie steigt zu mir aufs Bett, legt mir von hinten zwei Pfoten um den Hals und wäscht zärtlich meinen Nacken. Von vorn stubst Eliza meine Hände von den Augen. Sie hält ein Staubtuch, das wir schon lange vermissen, vor mein Gesicht.

»Danke, Eliza.« Aber als ich danach greifen will, wird es ihr leid, und sie steigt mit dem Tuch vom Bett hinunter.

Ich gehe ins Bad, wasche die Tränenspuren ab und Boogies Tröstungsversuch von meinem Nacken und überlege beim Anblick der beiden hilflos-bedrückten Männer, ob ich nun sie trösten soll, weil sie mich zum Heulen gebracht haben.

»Tine, es ist noch etwas«, beginnt Hänschen, seine Daumen knetend.

»Doch nichts Ernsthaftes mit Phil?«

»Nein, nein, nein, bestimmt nicht«, beteuert er eifrig und dann in seine Bedrückung zurückfallend, »nur –«

»Ist Anette tot?«

»Beißen Tote Polizisten?« fragt er dagegen.

Auf einmal weiß ich, was er hervorzudrucksen im Begriff ist.

»Philip war nicht allein im Wagen, nicht wahr? Es war eine Frau dabei.«

»Ja, ein englisches Mannequin, das er in Hamburg abholte. Es ist vom Modemagazin für diese Saison verpflichtet worden. Eine rein berufliche Sache, Tine, bestimmt!«

»Hans Fichte, du Erztrottel!« sage ich. »Es ist nichts Außergewöhnliches, daß Phil Mannequins bei sich hat. Aber durch dein schonendes Beibringen machst du mich erst mißtrauisch.«

Wenn ich auf Mannequins eifersüchtig sein müßte, hätte ich gewiß keinen Modefotografen geheiratet. Ich fürchte nur die Dagy Erksen mit Geist.

Trotzdem bin ich eifersüchtig. Nicht auf den Unfall, den die Engländerin mit meinem Mann hatte. O nein. Eine Frau, die an heckenumwachsenen Kurven aussteigt, um zu sehen, ob von der anderen Seite auch keine Gefahr anrattert, ist auf keinen, aber nicht mal auf den sanftesten gemeinsamen Unfall mit ihrem Mann eifersüchtig.

Ich fürchte ganz einfach jede schöne, leichtfüßige, schlanke Frau, mit der Philip jetzt zu tun hat. Das wird wohl an meinem Zustand liegen.

Vielleicht hat er das englische Mannequin schon an den vorangegangenen drei Tagen in Hamburg gesehen?

Vielleicht ist er mit ihm ausgegangen und ...

Auf einmal läßt die Sorge um Phils gebrochene Rippen merklich nach, und sowie ich mir dessen bewußt werde, schäme ich mich.

Ich habe eine Frau nach ihrer Scheidung sagen hören:

»Mir wär's lieber, mein Karl wäre tot. Um einen Toten trauert es sich schöner als um einen Treulosen.« Gemein von der Frau, finden Sie nicht? Und jetzt ertappe ich mich auf ähnlichen Gedanken-Abwegen: Um eine treue gebrochene Rippe sorgt es sich gefühlvoller als um eine untreue ...

»Ist die Frau verletzt worden?« frage ich Hänschen.

»Nein, sie kam mit dem Schrecken davon.«

Ich schicke ihn nach Hause und Vati auf sein Zimmer. Eliza und Boogie bleiben in dieser Nacht bei mir. Aber sie benutzen ihre hereingeholten Körbchen nur zwei Minuten, dann steigen sie in mein Bett um. Boogie lähmt meinen Protest mit Handküssen, und Eliza bringt zur Bestechung ihr Staubtuch mit.

Die beiden brauchen mich. Die Ruine braucht mich. Und das Kind – vor einer Stunde noch hätte ich es bedenkenlos um Philips willen vergessen. Vor einer Stunde war ich vor allem eine Frau, die Angst um ihren Geliebten hat.

Jetzt ist das anders geworden. Durch den dummen Verdacht sind die gewichtigeren Eigenschaften, die pflichtbewußte Hausfrau und die Mutter, in mir erwacht. Sie erwachten mit Strenge und Sporengeklirr, weil sie sich gekränkt fühlten.

In dieser Nacht spürte ich, daß mein Spitzname Tine Feldmarschall Wirklichkeit wurde. Er setzte sich gleich einer fetten Kröte auf meinen Charakter und fraß alle jene Eigenschaften auf, denen ich bisher gar zu gern nachgegeben hatte: Bangbüxigkeit, Freude am Träumen und Spielen, Schutzbedürftigkeit – kurz, er fraß das kleine Mädchen.

Philip lag mit gebrochenen Rippen im Krankenhaus. Anette in der Tierklinik. Ich erwartete ein Kind, und mein Mann hatte mich vielleicht betrogen. Unser Bankkonto hatte der Ausbau der Ruine verschlungen, und wenn Philip die Frühjahrskollektionen nicht fotografieren konnte, dann bestand die nächste Zeit aus Sorge und Margarinestullen für uns.

In dieser Nacht wäre ich beinahe erwachsen geworden, aber nur beinahe.

Anna macht betont große Bogen um mich, und Vati bleibt auf seinem Zimmer, wenn er zu Hause ist. Sorge und Mißtrauen haben ein rechtes Ekel aus mir gemacht. Am liebsten ginge ich mir selbst aus dem Weg.

Zwei Tage sind seit dem Unfall vergangen, ohne daß wir etwas Neues von Philip erfahren haben. Vielleicht geht es ihm schlechter. Ich beschimpfe Hänschen, daß er sich nicht den Namen des Krankenhauses sagen ließ.

»Wenn wir bis übermorgen nichts von ihm gehört haben, schwinge ich mich auf meinen fahrbaren Untersatz und fahre nach Hamburg, um alle Krankenhäuser so lange abzuklappern, bis ich ihn gefunden habe«, verspricht er mir gerade am Telefon.

»Das mußt du tun«, sage ich, worauf er seufzt.

Sicher hat er zumindest einen höflichen Protest gegen sein generöses Angebot erwartet und malt sich jetzt die leichtsinnig versprochene Motorradfahrt auf der vereisten Autobahn bei acht Grad Kälte aus.

»Oder wir rufen das Hamburger Polizeipräsidium an.« Er sucht bereits nach einer unkomplizierten Lösung. »Die wissen bestimmt, wo Phips hingekommen ist.«

»Wart mal, Hänschen, es bimmelt gerade.« Ich lege den Hörer hin und laufe zum Fenster.

Im Winter kann man vom Haus bis zum Tor gukken. Ich sehe ein schwarzes Taxi und davor, die Augen Richtung Ruine, Phil und Anette.

Zumindest trägt der große Verband Philips Kamelhaarmantel und der kleine Anettes lange Behänge.

Sie sind noch immer da, nachdem ich mir ungläubig die Augen gerieben habe.

Die Terrassentür klemmt beim Öffnen, und daß man mit einem dicken Bauch so schnell rennen kann, hätte ich nie geglaubt.

»Phil! Nettchen!«

Sie humpeln im Gleichschritt auf mich zu, und ich weiß nicht, ob ich heulen oder lachen soll. Ich glaube, ich tue beides.

Philip hat einen Verband um den Kopf und ein Pflaster quer über der Nase, das sein halbes Gesicht verdeckt. Seine Augen tränen aus dunkelroten Bluterguß-Polstern.

»Hallo, Tin, da sind wir«, näselt er, und das, was sein verschwollenes Gesicht jetzt in die Breite zieht, soll ein Grinsen sein. (In den nächsten Wochen brauche ich bestimmt keine Sorge zu haben, daß mein Mann einer anderen Frau gefährlich wird.)

»Du mußt uns beim Chauffeur auslösen«, sagt er. »Wir haben keinen Pfennig mehr bei uns.«

Einen Augenblick lang stehen wir unschlüssig voreinander, dann hebt er seine Arme um wenige Grad, und ich lege meine Arme um seinen mächtigen Brustkorb – aber so vorsichtig, als ob ich ein geknicktes, rohes Ei anfasse.

»Phil!«

»Tinchen!«

»Wo, bitte, darf ich dich küssen?« frage ich, sein Gesicht absuchend. Er duftet nach Krankenhaus, und wo er sonst so strahlend und elegant war, da ist er jetzt bloß lädiert. Und ich muß ein bißchen weinen, weil ich ihn so lieb habe.

Jetzt kommen »Nein, so was!« rufend und »Du Grundgütjer – nun kucken Se bloß den Herrn Philip und diß Nettchen an!« Vati und Anna angerannt.

Boogie und Eliza vergessen vor lauter Staunen über Anettes schmuddeligen Verband, aus dem nur Kopf, Pfoten und Schwanz hervorschauen, ihren Hausherrn zu begrüßen. Und man sieht Anette deutlich an: Dieser große Augenblick, da ihre Verwandtschaft, die zwei- und vierbeinige, sie mit staunender Bewunderung umringt, ist ein heilender Bonbon (ich meine natürlich: Knochen) für all die Schmerzen und Aufregungen, die sie durch den Unfall erlitten hat.

»Aber freiwillig ist sie seitdem in kein Auto gestiegen«, erzählt Philip mit näselnder Stimme. »Ich mußte sie mit Gewalt in jedes Taxi bugsieren, denn das arme Mädchen fürchtet, daß es noch einmal so was Furchtbares durchmachen muß.«

Einen Augenblick lang wird mir ganz schwarz vor Augen. Ich stelle mir vor, die beiden wären nicht wiedergekommen.

Lieber Gott, ich dank dir schön. Und wenn mich Philip in Hamburg betrogen hat – mir ist es schnuppe, wirklich. Ich bin bloß froh, daß ich ihn wiederhabe.

Vati bezahlt das Taxi, und wir führen unsere beiden Heimkehrer in langsam humpelndem Triumphzug in die Ruine.

»Eigentlich wollten sie mich noch im Krankenhaus behalten, wegen meines Döskopps«, erzählt Philip, als ich ihm den Mantel ausziehe. »Aber ich habe gesagt – kommt gar nicht in Frage, ich muß nach Haus und –« Auf einmal setzt er sich hin. Die unverbundenen Stellen in seinem Gesicht werden blaß. »Was sich – die Konkurrenz ärgern wird –«

»Marsch ins Bett!« Ich binde ihm den Schlips ab –

»Der Wagen sieht doll aus.«

... und knöpfe sein Hemd auf –

»Kriege ihn erst nächste Woche. Werde wohl mit'm Fahrrad zu den Schauen fahren – au!«

... und ziehe ihm so vorsichtig wie möglich das Hemd aus.

Er versucht, mit immer schwächerer Stimme den komplizierten Hergang des Unfalls zu schildern, aber ich verbiete ihm den Mund.

»Es war ein Leichtsinn von dir, schon heute zu kommen. Wenn du unterwegs ohnmächtig geworden wärst!«

»Na, und? Hatte doch Anette bei mir.«

Auf soviel männliche Logik weiß ich allerdings nichts zu erwidern.

Ob ich seinen Leukoplastverband um die Rippen auch schön fände? Und die farbenfrohen Quetschungen überall? Au – nicht so doll ziehen!

Auf einmal schwankt er, und ich muß Vati rufen, damit er mir hilft, unseren schweren Helden ins Bett zu bringen.

Nein, bloß nichts essen. Einen Kognak bitte, Tine. Du bist gemein, Tine, warum keinen? Vater – du gibst mir einen –? Siehst du, Tine!? Und für Anette ein Kotelett. Uhhh, sein Kopf, sein armer, armer Kopf! Kein Licht, das blendet! Und wenn Miss Hilton anruft, soll ich sagen, es ginge ihm glänzend, und er melde sich morgen bei ihr im Hotel.

»Ist sie denn schon in Berlin?« frage ich.

»Heute früh geflogen. Hatte kleinen Nervenschock. Will nie mehr Auto fahren, bloß Panzer. Konnte nicht mit ihr fliegen – wegen Anette.«

»Diese Miss Hilton –«, ich zupfe an seiner Steppdecke, »ist sie nicht nett?«

»Schön und dumm«, murmelt er, schon im Einschlafen.

»Hat sich aber rührend um uns gekümmert. Muß ihr morgen großen Blumenstrauß ...« Aber Phil ist für heute abgemeldet.

Ich stehe auf und verlasse auf Zehenspitzen das Schlafzimmer. Aus der Küche höre ich Anna in ungewohnt zärtlichen Tönen mit Anette schäkern. Und dann höre ich noch etwas anderes. Ein schrilles Pfeifen vom Schreibtisch her. Mit einem Aufschrei fällt mir ein, daß ich Hänschen an der Telefonstrippe vergessen habe.

»Lieb von dir«, sagt er, seine musikalische Selbstunterhaltung unterbrechend, »wirklich sehr lieb, daß du noch mal wiederkommst, Tine.«

6. Kapitel
in dem das wichtige Ereignis erzählt wird

»Liebste Valentine!

Ich bin untröstlich, daß ich gerade jetzt, wo mein Enkel jeden Tag einpassieren kann, mit dieser dummen Grippe ans Bett gefesselt bin. Dabei hatte ich mir fest vorgenommen, die Geburt bei Euch in Berlin mitzuerleben.

Philip ist doch hoffentlich bei Dir? Welche Frage! Natürlich wird er Dich in Deiner schwersten Stunde nicht allein lassen. Und bitte – aber das schreibe ich ihm noch selbst –, Ihr müßt in den ersten Wochen eine Säuglingsschwester engagieren. Ich hatte nach seiner Geburt auch eine. Wenn ich mir vorstelle, Anna Kriegers grobe Hände berühren meinen Enkel, dann friert's mich im Rücken.

Sowie ich gesund und bazillenfrei bin, eile ich zu Dir, mein liebes Kind.

Es küßt dich Deine in Gedanken mit Dir leidende
Mutti.

P.S. Hoffentlich hast Du eine leichte Geburt. Wenn es sehr weh tut, dann schrei. Es ist gesünder, dem Schmerz freien Lauf zu lassen, als ihn zu unterdrükken.

Ich habe damals die Klinik zusammengebrüllt.

P.S. Philip soll mich sofort (dreimal unterstrichen) anrufen, sowie die Wehen einsetzen.

P.S. Hoffentlich hat der Kleine nicht den dicken Kopf seines Vaters. Der hat mir damals sehr zu schaffen gemacht.

P.S. Und vergiß nicht, Dich rechtzeitig nach einer guten, zuverlässigen Säuglingsschwester umzusehen.«

Eine Schwester! Liebe Mutti Lieschen, wir sind keine Nabobs, und der Krankenhausaufenthalt wird schon mehr kosten, als wir uns im Augenblick leisten können.

Was Anna Kriegers grobe Hände anbelangt – ich vertraue ihnen vollkommen. Sie haben seit Jahren Welpen, Kätzchen, Küken und Hasen unbeschadet aufgezogen und werden den Sohn Marschall ebenso sicher anzupacken wissen wie das Kleintier.

Philip hat schaurige Pläne mit seinem Erzeugnis. Er möchte am liebsten seinen Kinderwagen in den Zwinger stellen, damit er sich gleich an Hunde gewöhnt und von ihnen frühzeitig im kunstgerechten Raufen unterrichtet wird. Weinen darf er auf keinen Fall, wenn er sich das Knie aufschlägt. Auf gute Zeugnisse in der Schule wird nicht soviel Wert gelegt, und wenn wir »Weiber« ihn mit Süßigkeiten und Kosenamen verpäppeln, wenn wir ihm lange Wollstrümpfe mit Haltern, die aus den kurzen Hosen vorgucken, anziehen oder so eine Art »Lord Fauntleroy« aus ihm machen und in dieser blödsinnigen Babysprache mit ihm sprechen, dann ...

Was dann sein wird, hat er nicht gesagt, aber mildestenfalls wird er nicht nur Anna Krieger, sondern auch Valentine und seine liebe Mutter, die er schon vierzig Jahre hat, aus seinen Diensten entlassen.

Glauben Sie mir, es graust uns vor diesem Vater, aber Hänschen hat uns mit einem abschwächenden Handwedeln getröstet: »Erinnere ich mich doch nur zu deutlich an die spartanischen Erziehungsmethoden, die er mit seinen Hunden vorhatte – ehe sie da waren. Und was für Pläne er mit ihnen hatte. Jeder einzelne von ihnen sollte ein flotter, kleiner Landessieger werden. Seine ganze Freizeit wollte er für ihre jagdliche Ausbildung verwenden. Jeden Tag mit ihnen radfahren. Und in die Wohnung sollten sie auch nicht. Aber allen seinen großen Rosinen steht Phipschens große Bequemlichkeit gegenüber. Und sein gütiges Herz.« Hänschen räusperte sich gerührt, dann sah er betont verschmitzt auf.

»Und was ist aus unseren Landessiegern geworden? Eiapuppis. Räkeln sich auf Sesseln, fressen am liebsten Schokolädchen und hören auf die dümmlichsten Koseworte, die sie nicht von Anna und auch nicht von mir, sondern von ihrem Herrchen gelernt haben. Was deinen Sohn anbelangt ...« Soweit das weise Hänschen.

Ja, was Philips Sohn anbelangt – so wird er seinen herrlichen Erzeuger erst kennenlernen, wenn er ein paar Tage alt ist.

Philip war noch nie zu Hause, wenn »etwas los« war. Aber das ist nicht seine Schuld. Er reist nicht zu seinem Vergnügen, und diesmal ist er besonders schwer fortgefahren.

Wir hatten uns bereits verabschiedet, da kam er noch einmal vom Wagen zurück ins Schlafzimmer, um mir zu sagen, was schon etliche Male besprochen worden war: »Tin, ich rufe bestimmt jeden Abend an und hinterlaß außerdem im Hotel, wo ich telefonisch zu erreichen bin.«

Einen Augenblick artete seine Umarmung in eine Umklammerung aus. (Wahrscheinlich erinnerte er sich an ein beliebtes Romanthema aus Lieschens Jugendzeit: Die Mutter starb bei der Geburt.)

»Tin«, murmelte er in mein Haar, »du bist mir wichtiger als das Kind, hörst du?«

»Ja, mein Liebling.« Er sah wirklich sehr bedrückt aus. Mir fiel nichts Tröstlicheres ein als Hänschens sinnige Redensart ›Halt dir senkrecht, Orje, kommt 'ne Kurve.‹

»Halt dir senkrecht, Phil«, sagte ich, und er lächelte wehmütig: »Du dir auch, Tin.«

Ich fühlte mich sehr einsam, als er vom Hof fuhr.

Gemeinsam mit seiner Unwissenheit, was das Kinderkriegen anbelangt, hätte sich meine eigene Unwissenheit fast sicher gefühlt.

Ich wünschte, meine Mutter lebte noch, oder Lieschen wäre jetzt hier. Anna ist ganz dumm, was betont weibliche Fragen anbelangt, Dagy Erksen und Trautchen Nessler wissen nur aus Erzählungen, wie eine Geburt vor sich geht, und wenn ich mit Hänschen auf dieses Thema zu sprechen komme, verfällt er in einen veterinärmedizinischen Jargon, der mir nicht behagt.

Jetzt nähe ich Hemdchen. Mit Lochstickerei oben rum. Aber ich fürchte, es werden unterste Unterhemden. Die Muse der Nähkunst hat mich immer zu küssen vergessen, und in »Handarbeit« hatte ich ständig eine »Vier«.

Wieder ist es Hänschen, der einen passenden Trost zur Hand hat. Er sagt: »Laß man, Tine, ich könnte es auch nicht besser«, und dann nimmt er mir meine Knüterei aus der Hand, hält sie an langen Armen von sich und sinnt: »Mächtig klein, wenn man bedenkt, daß Anna Krieger in so ein lüttes Hemdchen gepaßt hat. Also wenn man das bedenkt, dann kommt einen das heilige Wundern an.«

Anna schwingt ihren roten Stopfpilz wie eine Keule, aber Hänschen geht vor ihr in die Knie und hebt abbittend die Hände. Und da kann sie natürlich nichts machen.

Im allgemeinen verläßt sie gegen acht Uhr die Ruine, um drei Straßen weit nach Hause zu gehen.

Jetzt findet sie abends noch immer eine dringende Arbeit, die nicht bis zum nächsten Tag aufgeschoben werden darf. Zum Beispiel Socken stopfen, Silber putzen, Gläser polieren oder mit Vati und mir Rommé spielen. Kurz, Anna fürchtet, die Präliminarien »unserer« Geburt zu verpassen.

Jeden Abend ruft Philip an. Auch heute. »Noch nichts, Tine?«

»Nein.«

»Thh«, macht er, und ich sehe sechshundert Kilometer weit, wie er nicht verstehend den Kopf schüttelt. Dann sagt er noch, ich soll mich ja schonen und, sowie ich die erste Wehe verspüre, sofort den Arzt anrufen, in dessen Klinik ich angemeldet bin.

Der Arzt hat Philip versprochen, mich abholen zu lassen, und Philip hat ihm dafür zugesagt, seine Kinder gratis zu fotografieren.

In der ehemaligen Anrichte warten Vati und Anna mit den Rommékarten, als ich vom Telefon komme. Sie sitzen in der Eßnische unter der schwebenden Treppe, und sie sitzen nur vornean auf ihren Stühlen, um bei einem eventuellen verdächtigen Knacken in der Treppe sofort aufzuspringen und in Sicherheit stürzen zu können. Memmen!

»Ich habe schon für dich gemischt und gegeben, Tine«, sagt Vati.

Die Katze Emma hockt auf dem Tisch. Wer auflegen will, muß erst ihren seidenweichen Schwanz beiseite schieben. Sie schaut uns aus grünen, unergründlichen Augen an, und es ist ihr genauso egal wie mir, ob Vati und Anna um die Wette mogeln.

Gerade kneift Anna das bißchen graubraune Lippe zwischen die Zähne, schnauft erregt durch die Nase, und ich ahne, daß sie, sowie sie jetzt an der Reihe ist, »Handrommé« kreischen wird – da spüre ich etwas Seltsames.

»Was hast du denn?« fragt Vati, der mir gegenüber sitzt. »Du machst ja so ein erschrockenes Gesicht.«

»Ich glaube, wir müssen sofort den Doktor anrufen«, sage ich und stehe auf.

»Anna, rufen Sie sofort den Doktor an!« ruft Vati.

Sie wirft noch einen letzten bedauernden Blick auf ihre schönen Karten, dann läuft sie ins Kaminzimmer zum Telefon.

Eigentlich sollte ich mich bei ihm melden, wenn die Wehen alle Viertelstunde kommen, aber es kommen keine Wehen, und mir ist sehr unheimlich zumute.

»Der Doktor ist nich zu Hause, aber es wird ihm beschtellt, dasser gleich kommt«, höre ich Anna durch die angelehnte Schlafzimmertür sagen und: »Was is denn, schpienn wer nich weiter?«

»Nein«, sagt Vati, »meine Tochter hat sich zurückgezogen.« Hinterher klopft er an und klärt mich über das auf, was mir eben passiert ist.

Eine Stunde später ist der Arzt noch immer nicht da und hat auch keinen Wagen geschickt. Vielleicht hat man vergessen, ihm meinen Anruf auszurichten. Wir müssen uns noch einmal in der Klinik melden.

Vati steht am Fenster im Kaminzimmer. Er hat

einen Laden geöffnet und blickt unentwegt zum Gartentor. Der Regen drischt auf die Terrasse, und der Sturm klappt mit den losen Fensterläden.

Wie selten ein Auto in die Stendhalstraße einbiegt. Und alle fahren vorbei.

»Daß es jetzt öfters siamesische Zwillinge gibt, soll an die Atombomben liegen«, sagt Anna über ihren Stopfpilz hinweg.

»Blödsinn«, brummt Vati böse.

»Neenee, meine Schwägerin sacht, da soll was Wahres dran sein.«

»Anna!« So scharf habe ich ihn noch nie einen Namen aussprechen hören.

Ich hocke auf der Couch und starre seinen breiten, langen, eckigen Rücken an, der soviel Ruhe und Geborgenheit ausströmt. Aber die schreckliche Unruhe in mir kann er auch nicht verjagen. Irgend etwas stimmt mit mir nicht. Sicher muß ich sterben. Philip werde ich nie wiedersehen. Er wird furchtbar traurig sein, wenn ich tot bin, aber in ein, zwei Jahren heiratet er eine andere Frau, weil er sich an das Verheiratetsein gewöhnt hat. Bis dahin werden ihn Dagy Erksen und Trautchen trösten. Und eines Tages werde ich nur noch eine Fotografie auf seinem Schreibtisch sein wie Butler, den Anette in Philips Herzen voll ersetzt hat. Armer Butler, arme Tine.

Ich fühle mich bereits als Fotografie mit einem welken Blumenstrauß daneben. Wenn Philip telefoniert, wird er mich anschauen; vielleicht streicht er mit dem Zeigefinger über das Glas vor meinem Gesicht, und an der Staubschicht, die an seinem Finger haftenbleibt, erkennt er, wie lange er mein Foto nicht mehr intensiv betrachtet hat – und wie schlecht die Neue Staub wischt. Die Neue – sie wird in dem breiten französischen Bett neben ihm schlafen, ihr Kind in mein mit soviel Eifer, Liebe und Danebengekleckse gemaltes Jungenzimmer legen . . .

»Vati! Ruf sofort den Taxistand an! Ich fahre allein ins Krankenhaus. Ich will nicht sterben!!!«

Alarmiert durch meinen dringenden Schrei schiebt er seine Zweimeter im Zimmer umher, nach dem Telefonbuch suchend. Es liegt nicht an seinem vorgesehenen Platz – ob die Neue auch so unordentlich sein wird? Aber es gibt keine Neue, es gibt keine Neue, es gibt . . .

Die Schiffsglocke!

»Jetzt kommt der Doktor!«

Vati rennt zur Tür, die Anna bereits aufgerissen hat, und herein stürmt ein triefendes – Hänschen.

»Tine, tut mir leid, konnte nicht eher kommen. Mußte zu zwei Stuttgarter Fällen, und als ich nach Hause kam, lag ein angefahrener Schäferhund auf dem Tisch. Sage dir, sooo eine Wunde. Was guckst du mich denn so komisch an? Ich konnte wirklich nicht eher –«

»O Anna!«

Mehr konnte ich nicht sagen.

»Was woll'nse denn? Ich sollte doch den Doktor

anrufen«, verteidigt sie sich, ihre Wahnsinnstat begreifend. »Der Doktor is noch immer Herr Fichte, und wo wir ihm doch immer holen, wenn . . .«

Ihre Stimme wird kleinlauter und verstummt ratlos.

Vati klärt Hänschen auf, er hört nickend zu. »Und keine Wehen?«

»Nicht eine bisher.«

Zehn Minuten später ist ein Taxi da. Hänschen steigt vorn zum Chauffeur und Vati mit mir in den Fond.

»Fahren Sie zu!« befiehlt Hänschen. Er hat mein Musterköfferchen auf dem Schoß liegen und trommelt nervöse Rhythmen auf den Lederdeckel.

Das Taxi rast die Stendhalstraße hinunter, biegt um die Ecke in die Allee ein. Die Scheibenwischer summen. Auf einmal schleudern sie vor meinen Augen hin und her, dann dreht sich die Straße. Es ist wie im Karussell, und wir sitzen eisern still.

Es gibt einen Schubs, ich fliege gegen Vati, und die Karussellfahrt ist beendet.

Hänschen und der Chauffeur springen aus dem Taxi und laufen rundherum.

»Reifenpanne hinten links«, höre ich noch und krampfe mich an Vati, denn plötzlich ist ein Schmerz da, der den Rücken zerreißt und das Bewußtsein für Minuten betäubt. Aus weiter Ferne höre ich streitende Männerstimmen. Wir fahren wieder. Bei jedem Stoß des humpelnden Wagens muß ich stöhnen.

Jetzt halten wir. Ich sehe undeutlich das Glashaus einer Tankstelle. Hänschens Fäuste bummern dagegen. Es wird sehr hell. Alles ist ein entsetzlicher Alptraum. Ich möchte sterben. Keine Schmerzen mehr, bitte, lieber Gott, keine Schmerzen mehr ...

»Schnell, die Nummer vom nächsten Taxistand«, schreit Hänschen mit sich überschlagender Stimme. »Wir kriegen jede Minute ein Kind! Verdammte Schweinerei, da meldet sich keiner. Warte mal –«

Ich verkrieche mich in Vatis Mantel, bohre die Fingernägel in seine Hände ... Alarmgeheul. Überfallkommando. Ein Mercedes stoppt mit Bremsenkreischen neben uns.

»Entschuldigen Sie, daß ich Sie alarmiert habe«, blabbert Hänschen im Düsentempo, »sah keinen anderen Ausweg. Hatten Reifenpanne. Haben Hochschwangere im Wagen. Befürchte durch den Schreck Sturzgeburt. Bringen Sie sie an diese Adresse. Schicken Sie mir meinetwegen Strafanzeige, brumme gern, aber – bitte – die Dame –«

Eine Menge Arme greifen nach mir. Mein Kopf stößt gegen die Wagentür. Dann sitze ich neben einem Uniformierten.

»Mein Köfferchen, bitte –«

»Hier, Tine.« Ein Kuß von Hans Fichte. »Und – hörst du –? Halt dir senkrecht!«

Vatis und Hänschens trostlos lächelnde Gesichter gleiten an der Türscheibe vorbei, bleiben zurück, mit Sirenengeheul fahren wir aus der Tankstelle.

Die Polizisten sind rührend. Ob mir warm genug sei? Oder ob ich lieber frische Luft hätte? So – zieht es auch nicht? Und beim nächsten Baby sollte ich doch etwas zeitiger ins Krankenhaus fahren.

Ich quäle mir ein Lächeln ab.

»Sie – sind freundlich. Ich bin – Frau Marschall. Stendhalstraße 7. Sie müssen – uns besuchen. Mein Mann knipst – Sie alle – umsonst.«

Eine halbe Stunde später ist das Baby da.

Wenn früher ein Kälbchen oder ein Fohlen zur Welt kam, bedeutete das für mich immer eine feierliche Handlung. Aber ich schaute ja auch nicht auf die schwitzend schuftenden Geburtshelfer, sondern nur in die Augen des gebärenden Tieres. Sie waren sanft, duldend, und in ihrem stummen Schmerz lag Würde. Sie hatten Heiligenaugen, vor denen ich innerlich niederkniete und die ich nie vergessen konnte – ebensowenig wie die schallenden Ohrfeigen meiner Mutter, wenn sie mich bei einer Geburt im Stall erwischte.

Ich glaube kaum, daß ich Heiligenaugen machte, als ich im Kreißsaal lag, auch bediente ich mich keiner stummen Würde im Umgang mit Arzt und Hebammenschwester.

Aber jetzt ist alles vorüber.

Daß eine Schmerzlosigkeit so fühlbar sein und ein Glück so glückselig machen kann!

Mein Glück ist schrumpelig und rot, es hat flaumige schwarze Haare auf dem länglichen Kopf, und ich kann nicht begreifen, daß die Schwester mein kleines Wunder als das sechste in dieser Woche in dieser Klinik entbundene Würmchen bezeichnet. Aber sooo ein Kind wie meins war bestimmt nicht dabei.

Der Arzt steht vor mir und gibt mir seine Hand, die noch ganz kalt vom Waschen ist. »Na, sind Sie nun nicht doch zufrieden, daß Sie's geboren haben?«

»Ja. – Wieso?«

»Sie sagten unterwegs einmal: ›Ach Gott, Herr Doktor, wenn's zu schwierig ist, dann lassen wir's doch lieber.‹«

Ich erinnere mich nicht daran, jemals solchen Unfug vorgeschlagen zu haben. »Sagte ich noch etwas?«

»Sie waren recht böse mit uns und drohten mit einem gewissen Pucki – kann das sein? – und seiner Elisa, die es uns schon heimzahlen würden, wenn wir Ihnen was zuleide täten.«

Ich gucke schnell vom Doktor weg auf den frommen Spruch an der Wand, denn ich muß lachen.

»Wie gut, daß Sie sich durch meine Drohungen nicht beirren ließen.«

Aber mit der Hebamme in tiefer Beleidigung fortgehen und mich in meinem Schmerz liegenlassen, das durfte er ja sowieso nicht – aus Menschenpflicht nicht und wegen des Honorars, das ihm Philip in diesem Fall bestimmt verweigert hätte.

Er strich mir väterlich über die Wange. »Jetzt schlafen Sie tüchtig und morgen . . .«

»... möchte ich, bitte, Leber mit Kartoffelbrei und Apfelmus.«

Die Schwester verspricht mir, in der Ruine anzurufen und ein Ferngespräch anzumelden.

Jetzt halte ich Philips Stimme in der Hand. Sie schält sich nur langsam aus dem tiefen Schlaf im weit entfernten Hotelbett und verstummt ganz, als ich »Papi« zu ihm sage.

»Hallo, Phil, bist du noch da?«

»Ja –«, sagt er, »spürst du nicht wie sehr?«

Und dann will er alles auf einmal wissen. Ob ich eine leichte Geburt hatte und wie ich mich fühle. Ob ich rechtzeitig in die Klinik gekommen sei und –

»Im Namen unseres Kindes bin ich beleidigt. Du fragst gar nicht nach ihm. Dabei ist es acht Pfund zehn Gramm schwer, hat schwarze Locken –«

»Richtige Locken?« fragt er interessiert.

»Na, es werden aber noch welche, wenn sie wachsen. Und vierundfünfzig Zentimeter ist es lang.«

»Donnerwetter«, sagt Philip, obgleich ich überzeugt bin, daß er bis zu dieser Minute genausowenig wie ich wußte, wie lang ein neugeborenes Kind im allgemeinen zu sein hat und ob vierundfünfzig Zentimeter viel sind oder wenig.

»Hast du ihn bei dir, Tin? – Laß ihn mal brüllen.«

»Die Schwester hat es mir fortgenommen – aber

es läßt dich herzlich grüßen und hat schon nach seinem Papi gefragt.«

»Grüß ihn wieder. Und ich dank dir schön, Tin«, sagt er zärtlich.

»Phil!«

»Ja?«

»Wenn Philip II. nun aber aus Versehen eine Philine geworden ist, was dann?«

»Ach –« Es entsteht eine Pause, ein Loch, das sich bis zum Rand mit Bangen anfüllt, und ich merke auf einmal, daß ich sehr schwach bin.

Dann sagt Phil: »Ich danke dir ebenso schön für Philine, Tin.«

Ich bin schon am Einschlafen, da höre ich draußen einen Lärm, wie er sich nachts nicht vor einem Krankenhaus gehört. Mehrere Stimmen rufen durcheinander; was, kann ich nicht verstehen.

Dann ist es ruhig. Meine Tür öffnet sich um einen Spaltbreit.

»Schlafen Sie, Frau Marschall?«

»Nein, was ist denn?«

»Sieben nahe Verwandte von Ihnen begehrten stürmisch Einlaß. Ich habe sie selbstverständlich wieder fortgeschickt.«

»Danke, Schwester.«

Sieben nahe Verwandte? Mit wem – außer Vati – war ich denn noch zur Zeit in Berlin verwandt. Hänschen? Anna?

Aber die anderen vier, die ihnen geholfen haben,

arme Kranke zu wecken? Wer mochte das sein? Vielleicht Philines nagelneue Onkel und Tanten Nessler, Erksen, Monier und Braun?

Und dann denke ich nur noch an Philip, der gewiß nicht wieder zu Bett, sondern in Ermangelung eines anderen Wachen, dem er sich mitteilen konnte, zum Hotelportier hinuntergestiegen ist, um mit ihm auf das Wohl seiner Tochter anzustoßen.

»Schwarze Locken hat sie und vierundfünfzig Zentimeter lang. Stellen Sie sich das vor! Prost!«

Eben kam ein riesengroßer rot-weißer Nelkenstrauß für mich und ein kleiner aus zärtlichen, pastellfarbenen Frühlingsblumen in einer Spitzenmanschette für Philine. Durch die Fleurop. Von Philip. Und Lieschen hat auch schon überschwenglich telegrafiert.

Aber von meiner nahen Verwandschaft, die heute nacht so stürmisch in die Klinik einbrechen wollte, läßt sich niemand sehen.

Ich bin enttäuscht, denn im weiten Umkreis ist keiner mehr, dem ich mit Philines vierundfünfzig Zentimetern eine Neuigkeit berichten könnte. Ich brauche frisches Publikum, aber man scheint uns vergessen zu haben.

Um ein Uhr mittags endlich erscheinen »Opa Schmidt« und – die pyramidenförmige Figur ganz in feierliches Schwarz gekleidet – unsere Anna. Sie vergißt, sich nach meinem Befinden zu erkundigen, aber im Vergleich zu den Aufregungen, die sie in der vergangenen Nacht hatte, war Philines Geburt ein Pappenstiel.

»Also – wie der Doktor un Herr Schmüdt heut nacht per Fuß angewandert komm'n und Gesichte machen, wie wennse Ihnen ebend zu Grabe getragen haben, und denn noch erzähln von die Panne und dem Überfallkommando, wo Sie mit nach die Klinik gemacht sind, da glaub ich, mir trifft der Schlach! – Wir ha'm uns mit die Köters ums Telefon gesetzt – Eliza und Boogie pennen den ganzen Tach, weilse nachs nich zu gekommen sind – und die beiden Herrn haben sich einen anjeholfen. Ich sollt auch, aber Se wissen ja, ich mach mir aus das Zeuch nischt. Und wie denn ziemlich bald der Anruf kam, daß'n Mädchen da is, da ha'mse alle zusammentelefoniert. Trautchen kam grade von 'ne Prömjerenfeier, Herr Monier und Herr Braun war'n noch auf. Sie kamen mit ihre Wagen und brachten Frau Erksen mit, und denn sind wir alle hierher. Eliza und Boogie auch.«

»Und Emma? Die Hühner? Habt ihr die etwa zu Hause gelassen?« frage ich.

»Ja, wo se doch nich so gern Auto fahren«, antwortet Anna ernsthaft und streicht, mehr aus Gewohnheit als mit Bewußtsein, meine Bettdecke glatt. »Se wollten uns nich reinlassen, da sind wir alle bei Trautchen und haben Philinchen begossen. Bis sie'me früh. Es war furchtbar, Frau Marschall, der Doktor hatte 'nen Zacken wech wie noch nie und Ihr Vater auch – woll, Herr Schmidt, leugnense nischt ab.«

Vati, der gelbsüchtig aussieht, stellt seinen Protest folgsam ein, und Anna erzählt weiter.

»Der Doktor hat in einem fort Frau Nessler abjeknutscht und sachte Trautchen zu ihr, und se wollte nu unbedüngt wissen, warum Trautchen, un darüber mußte der Herr Braun so furchtbar lachen, und da is der Doktor böse gewor'n und wollt ihm fordern, weil er dachte, Braun lacht über ihm. Und denn hat er sich im Teppich jerollt, und darin schläft er wohl noch, denn wo Frollein Bäumer vorhin nach ihm telefonierte, war er nirgens zu schprechen. Ja, Frau Marschall, so war das. Ich hab Trautchen noch ihre Gläser abjewaschen und bin gegen achte mit die Hunde rüber bei uns.«

Aus ihrer großen Einholtasche zieht sie eine Torte, auf der in ihrer ungelenken Handschrift und in Butterkrem »Philip« steht.

»Wo wir doch mit'n Jungen rechneten«, entschuldigt sie sich. »Zeit zum Umbacken hatt ich nich mehr, sie is schon fünf Tage alt.«

Anna läßt sich »unser Kleines« zeigen, kommt noch einmal zurück, ermahnt Vati: »Kommse man nich zu schpät zu Hause, Herr Schmüdt, wir essen gegen dreie Mittach« und entfernt sich mit den langen, festen, gleichmäßigen Schritten eines alten Landbriefträgers.

Anna mit der eckigen Seele, aber immerhin Seele, hat Dagy Erksen einmal von ihr gesagt.

Ihre Haare sind in der Ruine grau geworden, aber

ohne Ruine wären sie sicher schon weiß. Es gibt Menschen, die können nicht ohne Aufregungen und viel Arbeit leben – und wenn sie diese auch nur brauchen, um über sie zu schimpfen. Zu ihnen gehört Anna.

Bis zum Abend sind sie alle bei uns gewesen – außer Hänschen, dem nahesten und glühendsten Verwandten, der noch immer im Teppich oder auf Eis liegt.

Monier bringt eine Puppe mit Teenager-Haarschnitt, karierten Dreiviertelhosen und roter Popelinejacke mit und einen ganzen Puppenkoffer voll »Monier-Modellen« mit passenden Unterröcken, Schuhchen und Mänteln.

Ein herrliches Geschenk, mit dem Philine in einigen Jahren spielen darf und ihre Mutter sofort.

»Sie heißt Josephin!« strahlt Peter.

»Aber wo hast du so schnell die süßen Sachen nähen lassen? Wir haben doch einen Sohn erwartet!«

»Und ich eine Patentochter. Übrigens habe ich als Junge wahnsinnig gern mit Puppen gespielt.«

»Ja«, sage ich, weil mir nichts Klügeres einfällt, aber ich glaube, ich hätte es nicht gern gesehen, wenn unser Junge mit Puppen spielte.

Dagy Erksen und Jan Braun sind die ersten, die der Puppe Josephin die Hosen aus- und ein gepunktetes Sommerkleid anziehen. Danach gruppieren sie sich um mein Bett. Dagy setzt sich erfrischend kühl und gepflegt duftend zu mir, Trautchen auf einen

Stuhl, der ihr im Rücken nicht behagt, und die beiden Männer lümmeln sich mit freudig-verlegenen Gesichtern auf dem Fußgitter.

Jeder für sich ein gutmütiger, ernsthafter Mensch, alle zusammen sind sie eine vergnügte Horde und mir ein bißchen zuviel.

Die Schwester führt sie hinaus, um ihnen Philine zu zeigen, nur Dagy Erksen bleibt bei mir. Ich glaube, sie möchte sich Philips Tochter nachher allein ansehen.

Einmal habe ich sie sehr beneidet, damals, als ich noch bei Friedmanns in Untermiete wohnte und nur die äußerlichen Annehmlichkeiten ihres Lebens sah. Ihre schönen Kleider und Pelze. Die Mittelmeerbräune ihrer Haut, wenn sie von einer ausgedehnten Reise zurückkam. Die finanzielle Sorglosigkeit. Ach, um so viel beneidete ich sie.

Und dann nahm ich ihr das einzige fort, woran sie wirklich gehangen hatte: Philip.

Heute beneide ich Dagy Erksen nicht mehr. Heute weiß ich, daß man nur reich ist, wenn man etwas zum Liebhaben hat. Ich habe sprechende, brüllende und miauende Reichtümer.

»Das kleine Sträußchen hat Phil für Philine geschickt. Aufmerksam, nicht wahr?« sage ich.

Es ist immer eine leichte Befangenheit zwischen uns, die trotz der Sympathien, die wir füreinander haben, kein rechtes Gespräch zustande kommen läßt.

Einmal las ich in einem Roman, daß zwei Frauen, die sich gefielen, einander umarmten, »Laß uns Freundinnen sein« sagten und das »traute Du« tauschten. Aber so einfach geht das nicht, wenn man bei einer strengen, kühlen Mutter in Klein-Toppel groß geworden ist, und es geht erst recht nicht mit einer Frau wie Dagy Erksen.

Ich möchte ihr trotzdem etwas Hübsches sagen. »Jan Braun hat Sie einmal mit Rahel Levin verglichen.«

Dagy weiß ohne Orientierungsblättern im Lexikon, wer das ist.

»Rahel schösse tödliche Blitze vom literarischen Himmel, wenn sie diesen Vergleich hörte«, lächelte sie. »Übrigens habe ich sie immer mehr bedauert als bewundert. Ihr Mann trieb Götzenkult mit ihrem Geist, sie war es ihrem Rufe schuldig, sowie sie den Mund öffnete, etwas Bemerkenswertes zu sagen. – Sie sehen, Valentine, der Vergleich ist etwas mißglückt.« Jetzt lacht Dagy, aber ihr federleichtes Lachen gilt nicht der toten Rahel, sondern Jan Braun, der gerade hinter Trautchen und Monier das Zimmer betritt.

Die beiden sind jetzt sehr oft zusammen. Sie besuchen gemeinsam Konzerte, Vorträge, Ausstellungen, aber ich glaube nicht, daß ihre Sympathien füreinander den Handkuß überschreiten.

»Schrecklich«, stöhnt Monier. »Die Schwester hielt Philine wohl etwa fünf Minuten vor die Glasscheibe, hinter der wir standen und ebensolange Entzücken mimen mußten.«

»Wird Philine doch gedacht haben, was steht da für eine Horde Idioten und verbiegt sich die Knochen in stummen Begeisterungsausbrüchen«, bestätigt Jan Braun. »Aber – mein Kompliment – es ist ein echtes Valentinekind«, fügt er mit einer Verbeugung hinzu.

»Ja«, nicken Trautchen und Monier, »für ein neugeborenes Baby sieht es recht passabel aus.«

Ich weiß, die Schilderung meiner Besuche ist Ihnen schon langweilig. Aber, bitte, darf ich noch ganz schnell von Hänschens Visite erzählen?

Er kam gegen acht Uhr abends – auf moralischen Krücken.

»Der durchgefallene Onkel, guck mal an!«

»Haben die anderen gepetzt?« fragt er, im Näherkommen seinen Strauß auswickelnd. Er hat weißen Flieder mitgebracht, dessen Blüten schon braun werden. (So etwas kann man auch nur unserem Hänschen andrehen!)

»Tine«, sagt er, in Gefühlen der Rührung schwimmend, »es blubbert in mir.«

»Dann sprich nicht weiter.«

»Aber ich muß, Tine. Ich muß dir sagen, ich freu mich ganz schrecklich über unser Kind und erzähle jedem, jedem, Tine, daß ich eine Nichte bekommen habe. Ist das schlimm?«

»Nein, gar nicht.«

Er küßt sorgfältig meine Stirn. »Wenn du wüßtest, was ich heute nacht um dich erleiden mußte! Bloß darum habe ich mich so betütert. Anna sagt, ich sei ein Schkandal gewesen. Aber ich verspreche dir, ich will nie wieder einer sein. – Und jetzt möchte ich Finchen sehen.«

Auf dem Flur hascht er sich eine junge Schwester und bittet sie mit unwiderstehlicher Dringlichkeit, ein bestimmtes Baby sehen zu dürfen.

Zuerst weigert sie sich, aber es gibt nur eine Möglichkeit, Hans Fichte loszuwerden, wenn er etwas unbedingt will, und das ist, ihm seinen Willen zu erfüllen.

»Wie ist denn der Name?« fragt sie endlich, besiegt seufzend.

»Fichte«, sagt er eifrig, und dann geht die Tür zu meinem Zimmer zu.

Ich liege hilflos da und kann es nicht verhindern, daß die arme Schwester jetzt verzweifelt nach einem Baby sucht, das Fichte heißt.

Zwei Tage später kam Philip zurück.

Wenn ich glücklich an ihn denke, so an den Anblick, als er auf mich zukam und sich über mich beugte.

Ich spüre ihn dann ganz deutlich – seine Haut, so frisch wie der Märzwind draußen, seine mächtigen Schultern unter dem Homespun, ein Hauch D'Orsay und die Stimme kellertief vor Zärtlichkeit . . .

Das war nicht der Philip Marschall, mit dem ich Meinungsverschiedenheiten über Erziehungsmethoden, Geschmack, Wirtschaftsgeld und fremde Frauen hatte; das war der Mann, den ich so sehr liebte, daß ich nachts halb vor Schrecken aufwachte, weil ich träumte, ich hätte aus Versehen einen anderen geheiratet.

Auf dem Flur singen die Schwestern zur Abendandacht, und an den offenen Zimmertüren schleichen Philip und Hänschen mit unseren beiden großen Reisetaschen entlang.

Sie betreten mein Zimmer mit zur Demut entschlossenen Gesichtern, aber kaum haben sie leise die Tür hinter sich zugezogen, da platzt Hans Fichtes Andachtsmiene in einem erleichterten Seufzer.

»Mensch, das Biest schnarcht vielleicht. Ich hab immer'n bißchen mit den Füßen schurren müssen, damit die Schwestern es nicht hörten.« Er setzt seine Tasche ab. »'n Abend, unser Tinchen.«

»'n Abend, meine Männer. Was habt ihr denn da mitgebracht?«

»Luminaletten mit Hund«, flüstert Philip, und Hänschen nickt bekräftigend.

Sie holen die Taschen heran, ziehen die Reißverschlüsse auf, und ich sehe Elizas friedlich atmendes rotbraunes Fell und höre Boogies abgrundtiefen Schnarcher.

»Seid ihr denn von allen guten Geistern verlassen? Hunde sind hier streng verboten. Wenn sie entdeckt werden, fliegen wir allesamt. – Die Luminaletten können ihnen doch nichts schaden?«

»I wo«, versichert Hänschen, und Philip sagt: »In wachem Zustand hätten sie viel zu sehr spektakelt.« Und dann sagen sie im Chor: »Wir dachten, es würde dir Freude machen, sie zu sehen.«

Aaaaha! Sie denken zusammen. Sie beginnen sich schon wieder daran zu erinnern, daß sie gemeinsam von der Schule flogen – ein Geschehen, stark genug, um zwei Menschen ein Leben lang zu verbinden –, daß sie gemeinsam Primaner, Soldat und vor allem Junggesellen waren. Das kann Folgen haben.

Und ich erwarte sehnsüchtig die nächste Arztvisite.

So ein Arzt ist Schicksal und Majestät in einer Person. Und genau wie letztere betritt er ein Krankenzimmer. Das heißt, er betritt es nicht, er rauscht herein, begleitet von Assistenzärzten und Schwestern, die nicht nur eine nützliche, sondern vor allem eine dekorative Funktion auszuüben haben: Minister, Sekretär und Hofdamen seiner Majestät des Chefarztes. Sie gruppieren sich schweigend um das Patientenbett, während S.M. auf demselben Platz nimmt und in jovialem Ton fragt: »Na, wie geht's uns denn?«

Ich betrachte prüfend den blühenden Arzt, bedenke meinen eigenen dringenden Wunsch, entlassen zu werden, und antworte: »Danke, ›uns‹ geht's blendend, und ich möchte so bald wie möglich hier heraus. Ich habe nämlich zwei Jungen zu Hause, Herr Doktor, und wenn ich die zu lange allein lasse, dann . . .«

7. Kapitel
das von Philine und anderen lieben Verwandten handelt

Seitdem ich das letztemal von unserem Leben in der Ruine erzählt habe, sind zwei Jahre vergangen. Jahre mit mehr Unkraut als Edelrosen, aber das Unkraut gedieh prächtig und mit ihm das kleine Biest Philine.

»Krischan Füerhoak« sitzt im Baum und stellt sich ununterbrochen vor, und der Rauch von brennenden Laubhaufen frißt die lieblichen Maiendüfte auf.

Philip, Anna und »Onkel Fichte« arbeiten im Garten. Anna harkt unermüdlich zwei Jahre altes Laub und trockene Äste zusammen, von denen die Hunde die besten Stöcke wieder abtragen, ehe Philip mit Hilfe einer Zeitung die Haufen in Brand setzt.

Dann steht er da, auf eine Wäschestütze gelehnt, und sinnt in die knisternden Feuer, und Hänschen ruft ihm anzügliche Sachen mit Ausrufungszeichen dahinter zu. Hänschen ruft: »Faultier, Mensch! Bist ja bloß Feuerwerker, weil du nicht arbeiten willst. Guck uns mal an, Mensch!«

Er hat gerade den trockenen Rasen in Brand gesetzt, harkt die winzigen Flämmchen in breiter Front vom Haus herab zur Gartenmauer, und ich warte nur auf den Augenblick, in dem er statt »Tine! Bier! Wir kauen Watte!« »Hilfe! Tine! Feuer!« brüllt.

Und Philine liegt winzig klein in ihrem viel zu großen blauen, buntbemalten Bauernbett und hält Mittagsschlaf. Er möge noch eine Weile andauern, denn wenn sie erwacht, komme ich nicht mehr dazu, von ihr und der Ruine zu berichten.

Philine sieht aus wie eine neapolitanische Straßengöre, dunkelbraun, schwarzgelockt, und ist ständig von einer Patina überzogen, die nüchterne Beobachter als Dreck bezeichnen. Es gibt eben Kinder, die haben ein intimes, weder durch Seife noch durch Ermahnungen zu lösendes Verhältnis mit dem Schmutz, und zu ihnen gehört unsere Tochter. Leider sage ich. Phil dagegen findet es bezaubernd – selbst wenn sie die erwähnte Patina auf seine Anzüge überträgt.

Er fotografiert sie in jeder freien Minute – auch farbig – und verkauft die Bilder en masse an Frauenzeitschriften, Illustrierte und Zeitungen.

Redakteure wie Leser reißen sich um den Anblick des verwahrlosten Kindes mit der Beethovenstirn unter ungekämmten Locken, an dem nichts hell, rosig und lieblich ist und das den Betrachter durch seine schmutzigen Backen rührt und durch triefendkomische »Gesichtsausdrücker« (sagt Anna) zum Lachen reizt.

Manchmal fotografiert Philip sie auch mit den Spaniels. Aber das wirkt irgendwie falsch. Denn

Spaniels, obgleich meiner Philine recht wesensverwandt, was Gefräßigkeit, Temperament, Zärtlichkeit, Bellfreude und Abneigung gegen das Ohrenwaschen anbelangt, sind zumindest äußerlich sehr vornehme Hunde.

Zu Philine paßte eher eine struppige Straßenmischung, deren Urahnen bereits die Zufälligkeit im Wappen trugen.

Ich weiß, so etwas dürfte eine Mutter niemals zugeben. Aber es gibt Situationen, da wird man gezwungen, auch öffentlich ehrlich Stellung zu nehmen, und das wurde ich an dem Tag, an dem ich meine Tochter in zerrissener Spielhose mit klagenden braunen Augen von allen Litfaßsäulen blicken sah. Als dringender Aufruf zur Sammlung von Spenden für die Waisen aller Welt.

Das war zuviel.

Bäcker, Kaufmann, Fleischer, Nachbarn, alle fragten mit so einem undefinierbaren Unterton in der Stimme: »Ist das nicht Ihre Philine, Frau Marschall?«

Ich kam zorntränend und mit zerbissenen Lippen heim.

»Was sollen die Leute von uns denken, Philip! Die schicken uns ja die Jugendfürsorge ins Haus, weil unsere verwahrloste Tochter ...«

»... bereits im Alter von einem Jahr und zwei Monaten an das Mitgefühl ihrer Mitmenschen appeliert?« brach er lächelnd in meinen Zorn ein.

»Aber das ist doch eine Lüge!« (So schnell gebe ich mich nicht geschlagen.) »Philine hat alles, sogar eine Puppe mit Modellkleidern, sieben Paten, Eltern, zwei Großelternteile, die sie verwöhnen, und du verkaufst sie an die Litfaßsäulen als armes Waisenkind. Ich finde das geschmacklos!«

»Ich habe nichts gegen schlechten Geschmack, solange er einen guten Zweck erfüllt. Philines Foto wurde von Hunderten von Kinderbildern als das zugkräftigste ausgewählt, und ich bin stolz darauf, daß . . .«

». . . sie dir wieder einmal Geld eingebracht hat.«

»Himmelarmundzwirn!«

Ich sah Philips Schultern drohend in die Breite wachsen und hielt es für besser, das Thema zu wechseln.

Hübsch ist Philine auf gar keinen Fall, aber zweifellos eine kleine Persönlichkeit. Sehr begabt für das, was sie nicht tun soll, und beängstigend eigenwillig.

Diesen Eigenwillen hat sie von ihren Großmüttern geerbt.

»Die reine Auguste!« sagt Vati von ihr, und Phil antwortet darauf im Namen seines verstorbenen Vaters: »Nein, die reine Elisabeth.«

Wir hätten ihr nicht einen aus Philip und Valentine zusammengezogenen Namen geben, sondern sie treffender »Elisauguste« taufen sollen, meint Hänschen, der unsere Tochter übrigens mit Hingabe »Fifi« ruft.

Es erfüllte mich mit Kummer, daß die ersten Worte, die Philine mit dunkler, heiserer Stimme von sich gab, »Papa«, »Apa« (Opa) und »Anga« (die lieben Onkels) waren. Erst dann gab sie sich Mühe, »Mama« zu lernen.

»Das liegt am M«, tröstete Philip, »sie kann das M nicht aussprechen.«

Aber ich mache mir nichts vor. Philine ist ein Männerkind. Sie mag weder ihre Großmutter noch Anna oder den Tanten zulächeln. Frauen bedeuten für sie: Seife, Bettchengehen, Klapse und Spinat.

Männer dagegen: Lala (Erwachsene außer Philip und den vernarrten Onkels sagen Schokolade dazu), ungestraft in Modder planschen, Hoppereiters und bedingungslose Unterwerfung unter ihren ausgeprägten Elisauguste-Willen.

Verstehen Sie, daß ich mich nach einem Jungen sehne, der zuerst »Mami« sagt und dann noch einmal »Mami« und dann noch – und gar keine sprachlichen oder gefühlsbedingten Schwierigkeiten mit dem Buchstaben M hat?

In der Zwischenzeit mußte ich löschen helfen, denn der vorausgeahnte Schrei »Hilfe! Tine! Feuer!« bellte – allerdings in »Hilfe! Tine! Wasser!« umgeändert – zweistimmig durch den Garten.

Eine trockene Tanne war in Flammen.

Ich griff die beiden Futtereimer, die auf dem Hof standen, füllte sie und erreichte keuchend die Feuerstelle, als sich die Tanne bereits nacktgebrannt hatte.

Und die beiden Eimer waren auch leer. Sie haben im Boden ein Loch.

Das Wissen um diese beiden Löcher und eine bekömmliche Lichtung unseres Gebäums sind die einzigen Vorteile des Brandes. Ansonsten gab es einen angesengten Boogie, ein Hänschen mit weißen Krisseln statt Wimpern und nachbarliche Drohungen mit Polizei – wegen fahrlässiger Brandstiftung.

Am nächsten Sonntag wollen meine Männer einen morschen Ahorn umlegen, und ich weiß schon jetzt, wie das vor sich gehen wird. Zuerst ein Bier. Dann ein bißchen geschlagen und gesägt. Und dann den Flaschenzug angeschlossen. Und dann wieder ein Bier. Und dann das Auto vorgespannt und so lange gezogen, bis mit Ächzen, Krachen und Splittern und nachfolgendem dumpfem Aufprall der Ahorn zu Boden oder über die Reste des Gewächshauses fällt.

Dies ist der Höhepunkt ihres Vorhabens, der mit einem Bier und einem ausgedehnten Mittagessen gewürdigt werden muß. Danach beginnt die eigentliche Arbeit, das Sägen und Aufräumen. Das heißt, sie sollte beginnen. Aber es ist kein Philip und auch kein arbeitswilliges Hänschen im weiten Umkreis der Ruine mehr zu finden – und Ende des Sommers bestelle ich zwei Männer, die für Frühstück, Bier, Mittag, Bier und Stundenlohn das Ahornwrack kamingerecht zersägen. Dabei macht sich unser Kamin gar nichts aus Ahorn. Er ist als vornehmer Kamin nur an Buchenholz interessiert.

Aber ich wollte ja, ehe Philine aufwacht, von den vergangenen Jahren erzählen.

Als ich damals aus dem Krankenhaus mit ihr zurückkam, werkelte Schwiegermutter Lieschen in der Ruine. Sie desinfizierte das ganze Haus und die Hunde und die bitterböse Anna. Sie verbannte alle vierbeinigen Bazillenträger auf den Hof und machte uns das Leben zur desinfizierten Hölle, bis sie sich darin selbst nicht mehr wohl fühlte und die von ihr aufgestellten Hygieneregeln ein wenig lockerte.

Wenn ich heute bedenke – all dieser kronprinzeßliche Umstand für ein Waisenhausplakatkind, das am liebsten barfuß durch das Haus watschelt, eskortiert von seinen Spießgesellen Eliza und Boogie, die ihm in unbewachten Augenblicken den Keks aus der Hand klauen, sonst aber mit unnachgiebiger Strenge Philine zwingen, alle meine ihrem Hundehirn verständlichen Befehle einzuhalten.

Ach, und dann ihre Haustaufe im vorigen Juni! Der Kamin war mit blattlosem Jasmin bis zur Unsichtbarkeit überschneit. Darin leuchteten rosa und blutrote Tuffs von Hecken- und gelben Moosröschen. Rechts und links davor reckten sich alle Blaunuancen des Rittersporns in Delfter Vasen.

Jan Braun hatte uns ein altes Kruzifix und zwei Barockleuchter geliehen, aus der Kirche kam das

Taufbecken, und Trautchen gab ihr Harmonium herüber.

Wir arbeiteten eine Nacht lang an Philines Taufaltar, und er sah einzigartig schön aus. Sonst aber ging manches schief – wie stets in der Ruine.

Da war zum Beispiel die Geschichte mit der Bibel. Lieschen teilte uns aus Hannover mit, daß sie zur Taufe die alte Marschallsche Hausbibel mitbringen würde, und ich gab dieses Wissen an den Pfarrer weiter, den gleichen übrigens, der uns getraut hatte.

Lieschen änderte indessen ihren Entschluß und kaufte eine sehr schöne, neue und handlichere Bibel, die Philine später für ihren Konfirmationsunterricht gebrauchen konnte.

Wir vergaßen, den Pfarrer davon in Kenntnis zu setzen, und so kam es, daß, als er »Ich ergreife jetzt die alte Hausbibel«, sagte, diese sich partout nicht öffnen ließ. Der neue Goldschnitt klebte.

Die Folgen dieses kleinen Zwischenfalles waren zumindest stimmungstötend. Trautchen und Monier verließen fluchtartig den Raum, Hänschen weinte still auf seine Schuhspitzen, und selbst Anna Kriegers Gesicht nahm eine unnatürliche Röte an und zuckte nach allen Richtungen.

Einzig Philip hatte nichts davon bemerkt. Er hielt seine Philine im Arm, lächelte stolz auf sie herab – und wußte nichts mehr davon, daß er sich vor allem einen Sohn gewünscht hatte.

Meine Kusine Annemarie ist nur zwei Zentimeter

kleiner als ich – also immer noch zu groß für den männlichen Durchschnitt – und der Statur nach eine Berolina. Annemarie kam zur Taufe aus Westfalen nach Berlin. Sie besitzt alle hausfraulichen Tugenden, und was noch wichtiger ist, sie besitzt einen heute sehr raren Artikel, nämlich Herz.

Daß sie noch keinen passenden Mann gefunden hat, ist eine Nachlässigkeit des Schicksals oder ein Zeichen dafür, daß sie zwar viel Herz hat, aber – was das andere Geschlecht angeht – dieses Herz meist auf das falsche Pferd setzt. (Habe ich mich da eben fein ausgedrückt!) Kurz, Annemarie verliebt sich nur in Männer, die nicht zu ihr passen.

So auch auf Philines Taufe. Wir hatten Philips soliden Düsseldorfer Vetter Heinz für sie ausersehen, aber – hélas oder zu Deutsch: Wie das Leben so spielt – unsere Annemarie verguckte sich ausgerechnet in den zierlichen, hypereleganten Peter Monier und ließ sich auch nicht durch Hans Fichtes zart formulierte Bedenken »... denn was der Peter ist, der ist sehr damenscheu« bekehren.

Es gab viel Herzweh, heimliche Tränen, und Eliza nutzte unsere Ablenkung, um eine Torte zu stehlen.

Ihre Klausucht – Kleptomanie ist ein zu gebildetes Wort dafür – hat uns schon an den äußersten Rand der Verzweiflung getrieben. Wir wandten alle an anderen Stehlhunden mit Erfolg erprobten Abschreckungsmittel bei ihr an: mit englischem Senf bestrichene Fleischstücke oder mit Paprika gefüllte

Wurstdärme wurden sichtbar auf Tischkanten gelegt. Eliza stahl sie, fraß sie auf, löschte ihren innerlichen Höllenbrand am tropfenden Wasserhahn oder einer Blumenvase und – guckte auf die Tischkanten, ob noch mehr Mostrich von dort zu holen sei.

»Binden Sie einen Wurstzipfel mit einer Schnur an einen schweren Bügel!« riet man uns. »Legen Sie das Ganze auf einen Tisch, und Sie werden sehen! Sowie der Hund nach dem Zipfel greift, fällt ihm der Bügel auf den Kopf, und der Schreck kuriert ihn für immer vom Stehlen.«

Wir taten haargenau, wie uns geraten, und der Bügel traf – Anette auf die Schnauze.

»Siehste, Phil«, rief ich triumphierend, »es klaut nicht nur meine Eliza.«

Und dann Ruth Bäumler.

Während Trautchen nach dem Abendessen eine halbe Stunde lang am Harmonium aus der verfutterten Stimmung unserer Gäste eine besinnliche schuf, saß Ruth allein im Garten. Hans Fichte, der, auf das Harmonium gestützt, still, satt und elegisch vor sich hinseufzte, bemerkte ihr Fehlen nicht einmal.

Ich fand Ruth auf unserer »morschen Bank aus Holz« unter dem Jasmin, mit einem Stöckchen traurige Kringel in den verunkrauteten Kiesweg malend.

Sie trug graue Honanseide, sie hatte sich mit teurem Aufwand nicht nur für den Täufling, sondern für ihren Chef schön gemacht, und ich wäre Hänschen beim Anblick ihres gebeugten Rückens am liebsten in die Besinnung getreten.

»Aber Ruth –?«

»Es hat doch alles keinen Sinn«, sagte sie, und ich setzte mich neben sie.

»Doch hat es Sinn. Glauben Sie mir, ich bin an meinem Philip des öfteren verzweifelt und ihm sogar einmal davongelaufen ...«

»Das mache ich auch!« rief Ruth, die Augen schwappvoll mit Tränen. »Und zwar bald. Morgen schon kündige ich ihm und nehme wieder mein Medizinstudium auf.«

»Jetzt mitten im Juni?«

»Was hat das mit dem Juni zu tun?« Sie sah mich schroff an, aber ich konnte ihr nicht böse sein – wegen ihrer gelben Nase, die sie sehnsüchtig in eine Jasminblüte gesteckt haben mußte.

»Wenn ich Juni sage, so meine ich damit nicht den Monat der schönen Düfte, sondern wollte nur zu bedenken geben, daß um diese Zeit kein Semester beginnt. – Ruth, bleiben Sie bei Hänschen. Er hat Sie doch lieb, nicht nur als Sprechstundenhilfe.«

»Er hat mich sooo lieb, daß er einmal in der Woche mit mir ins Kino geht. Die übrige Zeit sitzt er bei Ihnen, bei seiner Familie!«

Ah, daß man das Wort Familie mit soviel Bitterkeit aussprechen kann, selbst wenn es sich nicht um Erbschaftsangelegenheiten handelt!

»Und stolz ist er auf seine ›Familie‹, stolz darauf, von ihr ausgenutzt zu werden, ihr Hänschen für alles zu sein.«

Ich war so benommen, daß ich nichts erwidern konnte.

»Sie sind so egoistisch! Sie haben Ihren Mann, Ihr Kind, Ihre Freunde – wozu brauchen Sie noch Hans für sich?«

Tadel ins Klassenbuch, Toppel-Schmidt! Setzen.

Ruth hatte ja so recht. Wir verbrauchten Hänschens Liebe und Freizeit für uns, ohne an sie zu denken. Gewiß redeten wir ihm manchmal zu: »Du solltest Ruth heiraten« – aber wir sagten das im gleichen flauen Tonfall wie etwa: »Du solltest mal wieder zum Haarschneiden gehen.« Es lag uns ja gar nichts daran, Hänschen mit jemand anderem zu teilen. Er gehörte doch zu uns. Wir brauchten seinen Optimismus und seine Hilfbereitschaft und . . .

»Was soll ich tun?« fragte ich kleinlaut. »Ihm sagen, daß er uns weniger besucht? Würde Ihnen das helfen, Ruth?«

»Nein«, sagte sie nach kurzem, traurigem Überlegen. »Er liebt mich eben nicht genug.«

»Soviel wie Hans Fichte lieben kann, liebt er Sie!«

»Oh, Hans kann viel mehr lieben. Sie, zum Beispiel, Frau Marschall, Sie liebt er wirklich, und die

Einsicht, daß es eine sinnlose Liebe ist, hält ihn nicht davon ab.«

Auch damit mochte Ruth recht haben, aber ich durfte es nicht zugeben.

»Hans liebt nicht mich, sondern meine Einstellung seinen geliebten Dummheiten gegenüber.« Ich wollte meinen Arm um ihre Schulter legen, brach aber mitten in dieser Geste ab. Man verträgt nicht das großmütige Mitgefühl der Besitzenden.

»Haben Sie mehr Humor mit ihm, Ruth. Lachen Sie, wenn er Ihnen mit seinen scherzhaften Überraschungen das Leben versalzt, und er wird dankbar, folgsam und lieb wie sein Dackel Erwin sein.«

Dieser Vergleich haute zwar nicht hin, löste aber eine erschreckende Wirkung bei Ruth aus: Ihre Tränendeiche brachen.

»Der – Er – fh – win«, verstand ich undeutlich, »ich – fh – hänge – so fh – an dem verda-dammten Köter.«

Trautchen spielte gerade ein Impromptu von Schubert, und ich konnte nicht anders, ich mußte mit Ruthchen mitheulen.

Wenn ich mir die himmlische Junggesellenwirtschaft bei Hans Fichte vorstelle, seinen komischen, herzhaften Dackel Erwin ... wenn ich mir vorstelle, ich wäre Ruth und müßte den geschmacklos-gemütlichen Privatbau Hänschens mit dem einen Sofakissen, das seine ganze bürgerliche Wohnlichkeit ausmacht, und vor allem den immer vergnügten, rosigen Hans verlassen, so ergab das mit Schubertscher Untermalung und mehreren Glas Sekt im Blut schon einen Grund zum Heulen.

Also aufgelöst fanden uns Dagy Erksen und Jan Braun, die mit Philips Vetter Heinz Grimm durch unsere Vogelmiere flanierten.

»Himmel, hier regnet es ja in Strömen!« rief Dagy und beugte sich mit einer herzlichen Impulsivität, die ich ihr nie zugetraut hätte, über Ruth und mich.

»Setzen Sie sich«, schluchzte ich, »dann heulen wir Terzett.«

Diese Vorstellung half Ruth Bäumler über ihren Kummer hinweg. Sie lachte und nahm dankbar das blütenweiße Taschentuch von Philips Vetter an.

Dann geschah etwas Seltsames. Als sie das Tuch an Heinz Grimm, der – wie das bei Blutsverwandten häufig vorkommt – seinem Vetter so ähnlich ist wie ein Igel einem Storch (völlig unanzüglich getroffener Vergleich!), also – wie sie Heinz das Tuch zurückgeben wollte, trat ein tiefer, warmer Glanz in seine bebrillten Augen.

Ruth errötete, zog das Taschentuch auf halbem Wege zurück und sagte mit tränenverschnupfter Stimme: »Ich gebe es Ihnen, wenn ich es gewaschen habe, fhh.«

»Nein, bitte.« Und jetzt wurde auch Heinz Grimm bis in die Ohren rot. »Ich möchte es gern mit Ihren Tränen.«

Ich möchte es gern mit Ihren Tränen. – Man

mußte Hänschen Fichte, seinen Erwin und das gehäkelte Sofakissen schon sehr liebhaben, wenn man diesen Worten widerstehen konnte. (Aber sagen einem nicht meistens diejenigen Menschen, die man nicht liebt, die hübschesten Dinge?)

Ruth blickte verwirrt auf das Taschentuch mit den nassen Tränentropfen und dem gelben Blütenstaub von ihrer Nase – dann gab sie es ihm.

Fünf Minuten später knöpfte ich mir Hans Fichte vor.

»Heinz Grimm ist über beide Ohren in Ruth verknallt!«

Er begegnete meiner mit sensationeller Verve gezischelten Mitteilung mit einem echten Hans-Fichte-Grinsen, das einen zu Zeiten auch sehr nervös machen kann.

»Na, bitte«, sagte er.

»Heirate sie, heirate sie bald, Hans. Du findest keine bessere Frau für dein Seelenheil, die Praxis und Erwin!«

Hänschen gab sein freundschaftlich-harmloses Grinsen nicht auf.

»Für Erwin und die Praxis wohl nicht, aber für mein Seelenheil?« Er nahm meine Nase zwischen zwei Finger, was ich gar nicht mag und nur damit entschuldigte, daß er sich selbständig an der Bar bedient hatte. »Tine«, sagte er, »du bist ein reizendes Wesen. Aber was weißt du schon von meinem Seelenheil, hm?«

Ich entwand meine Nase mit bösem Ruck seinen Fingern, und dann konnte ich ihm nicht mehr böse sein.

An diesem Abend und überhaupt nie mehr sprach ich mit ihm über Ruth. Denn über Ruth sprechen hieß, ein anderes Thema wecken: seine Liebe zu mir.

Er benahm sich am Taufabend noch sehr schlecht. Obgleich er versprochen hatte, nie mehr »ein Schkandal« zu sein, begoß er sich die Nase und gründete einen gemischten Chor zwecks Kanonsingens. Der Chor bestand aus Trautchen, Vati, Peter Monier und zwei anderen Gästen und probte auf unserer Terrasse. Er probte so lange, bis sein Dirigent auf den Steinstufen zusammensackte und – die Nase zwischen den Knien – sanft entschlummerte. Ruth Bäumler zerrte anfangs ungeduldig an seinem Leihhaussmoking – noch fühlte sie sich für Hans verantwortlich. Aber nach Hause brachte sie ihn nicht. Nach Hause ließ sie sich von Heinz Grimm bringen.

Vor einigen Wochen bekamen wir von den beiden eine Heiratsanzeige aus Düsseldorf.

Ich hoffe, daß Ruth glücklich geworden ist. Ich hoffe, daß sie Hans Fichte und seinen Dackel Erwin vergessen hat, denn sonst – aber es gab ja kein Glück ohne Wehmutstropfen . . .

Nein, es gibt kein Glück ohne . . .

Dieser Bericht handelt von Philip. Nicht von meinem Mann, Philines Vater oder dem Ruinenvorstand. Er handelt von dem im In- und Ausland bekannten und immer geschätzteren Modefotografen, bei dem plötzlich – seinem früheren Schimpfen auf die verdammte Knipserei zum Trotz – eine Art Berufsbesessenheit ausgebrochen ist.

Er klettert Stufe für Stufe die Erfolgsleiter hinauf. Ich muß unten stehenbleiben und die Leiter halten. Zuerst sehe ich seinen Kopf hinter den Schultern verschwinden, dann die Schultern. Jetzt sehe ich nur noch seine Schuhsohlen, seine Schuhsohlen nur noch ganz undeutlich ... und darf nicht nachklettern.

Denn einer muß die Leiter halten, muß sich um Philine, das Viehzeug und die Ruine kümmern.

Aber ich bin noch nicht abgeklärt oder besser: noch nicht abgestumpft genug, um mich protestlos mit dem eintönigen Kreislauf eines Hausfrauendaseins abzufinden.

Ich möchte so gern dabeisein, wenn Philip in Paris, Italien oder in dreitausend Meter Höhe fotografiert. Ich möchte nicht nur Postkarten von dort und kurze Berichte vom Turnierball in Wiesbaden, der großen Fath-Modenschau in München, der Gartenparty in Düsseldorf ... Ich möchte auch einmal bei seinen »lieben Freunden, den Großindustriellen Schulz-Schultz, in Ascona ein Wochenende verbringen und zu ihrem Diener »Danke, für mich keine Suppe« sagen.

Und ich könnte es ja auch, wenn ich sein Fotomodell geblieben wäre, wenn ich nach Philines Geburt eine Kinderfrau engagiert und Anna Krieger die Ruine überlassen hätte ... Nein, ich könnte es nicht. Denn das Wesen, das mit Anna länger als einen Tag friedlich ausgekommen wäre, hätte erst geboren werden müssen. Anna hat in den letzten zehn Jahren kein weibliches Wesen – außer mir – anerkannt und neben sich geduldet. Auf meine Schwiegermutter soll sie sogar einmal mit der Bratpfanne losgegangen sein – sagt Lieschen. Anna dagegen behauptet, die alte Frau Marschall habe sie vergiften wollen.

Ein Kindermädchen liefe spätestens nach vier Stunden davon, und Frau Kallweit hat es abgelehnt, noch einmal in der Ruine zu helfen. Sie sagt, sie erinnere sich lieber an ihre Flucht aus Ostpreußen als an die paar Tage mit Anna Krieger unter einem Dach. Und wenn wir ihr Filmgagen bieten würden, sie käme nicht wieder zu uns.

Von Jahr zu Jahr wird die Alte despotischer, ich wünsche sie dreimal täglich zur Hölle und weiß genau, daß der Ruine, den Tieren und uns selbst nichts Schlimmeres passieren könnte, als wenn Anna eines Tages wirklich auf ihrem Hexenschuß dorthin reiten würde.

Und somit bin ich gezwungen, zu Hause zu bleiben und still zuzusehen, wie Philip sich immer mehr von seiner kleinen Welt entfernt.

»Die Frau eines bekannten Mannes muß eben

Opfer bringen«, belehrte mich Lieschen neulich am Telefon, als ich zu seufzen wagte. »Freu dich an Phils Erfolg, Kind! Erst gestern schrieb mir Tante Lucie, daß er alle Damen auf einer Gesellschaft in Düsseldorf mit seinem Charme bezaubert hat.«

Aber was nützt mir das! Zu Hause läßt er seinen Charme gründlich ausruhen. Zu Hause ist er vor allem müde. Philines Gebrüll stört ihn. Er verträgt kein Hundegebell mehr. Seine Nerven! Unserem Gustav möchte er für jeden Morgenkikeriki den Hals umdrehen, und seine Zärlichkeiten für mich sind zerstreute Zärtlichkeiten. Ich spür's, ich bin endgültig Ehefrau geworden. Ich bin nur noch ein Teil seines lärmenden Zuhauses, das ihm auf die Nerven geht, und wenn ich ein neues Kleid anhabe, fällt's ihm kaum noch auf.

Aber für all das hat Lieschen kein Verständnis. Jahrelang nagte die Tatsache, bloß einen Fotografen zum einzigen Sohn zu haben, an ihrem wohlausgebildeten Geltungsbedürfnis. Sie hätte viel lieber »Mein Sohn, der Diplomat« oder was anderes Feines gesagt. Seitdem er aber zu dem Modefotografen geworden ist und dazu noch die Düsseldorfer Damen bezaubert hat, ist sie völlig mit seinem Metier ausgesöhnt. Seitdem ist Philip vollkommen, und ich bin nicht mehr die reizende Schwiegertochter, sondern das arme Mädchen aus der Uckermark, das das große Glück hatte, ihren Philip heiraten zu dürfen. Und wer solches Glück hat, darf über sein Glück nicht klagen. Natürlich nicht.

Einzig Hänschen Fichte und Jan Braun fühlen mit mir. Es ist wirklich gut, Freunde zu haben, die, da sie sich einmal Freund nannten, nun auch geduldig stillhalten müssen, wenn ich mich bei ihnen ausjammere.

Gestern war ich bei Hänschen. Sein Privatbau hinter der Praxis zeugt von seinem fehlenden Geschmack, aber strahlt soviel Behaglichkeit aus wie eine Bauernstube um Weihnachten oder das altmodische Wohnzimmer der Großeltern in der Kleinstadt. Und er ist ganz erfüllt von Hänschens und seines Rauhhaardackels Heiterkeit. An den Wänden hängen Hundefotos mit Widmung:

> »Dem lieben Onkel Doktor fürs
> Gesundmachen,
> der dankbare Seppl.«

Oder:

> »Meinem Lebensretter mit vielem Dank,
> Pipin der Scotch.«

Ich saß auf seiner Ofenbank, nieste meinen Heuschnupfen in die Gegend und rührte etwas ratlos in dem gutgemeinten Kaffee, den Hänschen vor lauter Gastfreundschaft bis zum Ekeln gesüßt hatte. Ich rührte und nieste, und er sagte geduldig immer wieder »Prost«, und das war anfangs unsere ganze Unterhaltung.

Schließlich fragte er: »Phips hat sich noch immer nicht bekobert?«

»Nein.«

»Spielt noch immer den Geschäftsmann und Salonlöwen und hat keine Zeit für euch?«

»Ja«

»Sag mal, Tine, diese Jou – Prost! – also diese Jou – noch mal Prost! – « Er blickte gespannt auf meine gekräuselte Nase, bis ich abwinkte, weil kein dritter Nieser zu erwarten war. »Also mit der kann das nicht irgendwie in Zusammenhang stehen?«

»Ich weiß nicht, Hänschen. Phil hat sie mir noch nicht vorgestellt. Im allgemeinen ist er unempfindlich gegen Mannequins, aber – es ist natürlich alles möglich.«

Seit zwei Monaten hat Phil ein neues Starmodell, die Jou. Bürgerlich heißt sie natürlich viel bürgerlicher, aber alle nennen sie Jou.

In ihren Adern soll indisches, schwedisches und Hamburger Hafenwasser fließen. Gerade gestern sah ich ein ganzseitiges Farbfoto von ihr im neuesten »Modemagazin«. Was für ein Foto! Jou dunkelbraun vor einer hellgrauen Wand, auf der sich tanzende Schatten abzeichnen. Sie hockt auf einem Schemel. Das gelbe Haar fällt seitlich auf die indischen Augen, sie hat die Ellbogen auf die Schenkel gestützt, zwischen ihren baumelnden, langen Filigranhänden hält sie eine welke Rose. Den eisfarbenen, Hunderte von Metern weiten Rock ihres Abendkleides hat sie ein wenig hochgeschürzt. Vor ihr liegen die abgestreiften Schuhe.

Es ist fast eine grobe Pose, und wenn ich so auf einem Foto dasitzen würde, sagte Frau Müller bestimmt voller Mitgefühl: »Jaja, die Hühneraugen! Gibt ander Wetter!«

Bei Jou sagt sie es nicht. Jou sieht man an – sie hat zuviel getanzt, zuviel geflirtet und ein wenig zuviel getrunken. Ihre Erschöpfung ist wundervoll, und – sie lenkt keinen Augenblick von der Kostbarkeit des Kleides ab, das sie trägt.

Jou ist ein Fotomodell-Phänomen, sozusagen eine Offenbarung, und Peter Monier brach über ihre Fotos in Begeisterungsschreie aus. »Was für ein Wesen! Meinen letzten Groschen würde ich hergeben, um sie für eine Durchreise zu gewinnen. Diese tierhafte Grazie! Diese Dynamik der Bewegungen! Wie die Kleider an ihr leben! Einfach göttlich!«

Ja, göttlich. Je irdischer ein Ding, um so göttlicher wird es bezeichnet. Wie bitte, Phil? Nein, ich sagte nichts. Ich sage überhaupt nichts mehr. Nur manchmal – seufze ich. Und wünsche mir einen Beamten zum Mann, umgeben von älteren Sekretärinnen, mit festen Arbeitsstunden und freien Abenden und einem längeren Urlaub im Jahr, den er mit seiner Familie verbringt. O ja, das wünsche ich mir.

»Prost«, sagt Hänschen, denn mein Heuschnupfen ...

»Danke schön.«

»Ich könnte Phips umbringen«, sagt er. »Eine Frau wie dich unglücklich zu machen!«

»Ja.« Ich begreife auch nicht, daß man eine Frau wie mich unglücklich machen kann!

»Einmal«, sagte Hänschen, und seine Augen schwammen plötzlich in Elegie. »Einmal –« Und in seine Stimme mischte sich ein blubberndes Geräusch: ein selten bewegtes, dickflüssig gewordenes Gefühl wurde in Bewegung gesetzt und schlug Blasen. »Einmal war das Hänschen hoffnungslos in eine bezaubernde Frau namens Valentine verliebt, die seinen Freund liebte und das Hänschen ob seiner Verehrung nicht laut, sondern bloß ganz leise auslachte und die er immer noch – ja – immer noch ... jetzt verliere ich lieber den Faden!« Er grinste mit hochrotem Kopf und blanken Augen. Er nahm seine Gefühle furchtbar ernst und kam sich so blöd dabei vor. »Donnerwetter, das war 'ne Zangengeburt. Welpen tot. Mutter gerettet. – Komm, Erwin, hilf deinem Papa aus seiner Verlegenheit. Such das Mäuschen. Na, wo ist denn das Mäuschen?«

Erwin fegte aus tiefem Schlaf vom Besuchsstuhl runter, sprang auf die Ofenbank, schlug mir die Kaffeetasse aus der Hand und erlöste mich somit von der qualvollen Gastpflicht, Hänschens Elixier austrinken zu müssen. Wir sammelten gemeinsam die Scherben auf. Und hatten alle Mühe, Erwin wieder zu beruhigen. Dackel bellen doch bedeutend schriller als Spaniels.

»Mach die Klappe zu, Erwin!« schrie Hänschen, und dann fiel ihm ein: »... Ich muß noch irgendwo einen Rest Brandy vor mir selber versteckt haben.« Wir fanden ihn in der Ofenröhre.

»Auf dein Wohl, Tine, ganz und gar auf deins! Und falls mit der Jou was nicht stimmt, das finde ich schon raus, glaub mir!« Unsere beiden verschiedenen Schnapsgläser, versehen mit den Fusseln des gleichen Küchenhandtuches, stießen aneinander. »Und wenn Phil morgen von der Reise zurückkommt, dann mach kein langes Geseicht. Wir Männer mögen keine mauligen Frauen, vor allem Phil nicht. Ich erinnere mich da noch an einen Fall . . .« Man merkte ihm an, er hieb sich selbst eins auf den vorlauten Mund und sagte schnell: ». . . aber der Fall lag schon lange vor deiner Zeit, Tine, und ist überhaupt nicht wichtig.«

Beide, Hans und Erwin, brachten mich zum Autobus.

Wenn ich bloß nicht diesen Heuschnupfen hätte. Mit Heuschnupfen kann man noch so lieblich lächeln, man sieht aus, als ob man ununterbrochen die engsten Familienmitglieder beerdigte. –

»Ach wo, ist gar nicht so schlimm«, versuchte Hänschen zu trösten, und dann kam der Bus. Erwin gab mir zum Abschied die Pfote und Hans die Hand.

»Kühle deine Augen heute nacht«, rief er, neben dem anfahrenden Wagen herlaufend. »Nimm deine Medizin, setz dich morgen nicht in die Sonne und . . .« Und dann stolperte er über etwas Unvorhergesehenes und fiel der Länge nach auf das Pflaster. Erwin an der Leine machte einen Luftsprung.

»Erwin«, schrie ich, so laut ich konnte, »mach Herrchen einen Gipsverband!«

8. Kapitel
in dem Hänschen was in die Wirtschaft steckt

Neben mir erhebt sich eine Mauer aus Fleisch, Muskeln, dunkelblauem Tuch und einer Nervosität, die sich in nichts äußert und dennoch spürbar ist. Phil sitzt auf halber Backe und nur aus Höflichkeit hier, um Trautchen nicht durch ständige Absagen zu verärgern.

Er ist mit seinen Gedanken weit fort, das spüre ich. Und meine Gedanken sind so sehr bei ihm, daß Sie mich totschlagen können – aber ich weiß wirklich nicht, was das Streichquartett heute spielt. Ich weiß nur, daß meine Umgebung teils böse, teils interessiert meine Versuche, das Niesen zu unterdrükken, beobachtet und daß Philip diese Aufmerksamkeit peinlich ist.

Aber er sagt nichts. Er macht mir überhaupt keine Vorwürfe, gegen die ich mich wehren könnte. Er ist immer gleichbleibend freundlich und abgelenkt – und das kränkt mehr als Angriffe.

Jetzt muß ich – oh, lieber Gott, bloß nicht! – doch. Ich niese. Gleich siebenmal hintereinander. Aber es guckt niemand her, weil alle klatschen. Sie werden noch so lange klatschen, bis sich die Streicher zu einer Zugabe entschließen. Ich will aber keine Zugaben. Ich will nach Hause. Zu Philine und den Tieren und zu meinem mitfühlenden Freund Hänschen, der heute bei uns den Babysitter spielt, weil Anna Ausgang hat.

Wir hören schon von weitem sein »Tüüt! Alles einsteigen! Diiie Türen schließen! Ab! Sch-sch-sch-sch ...«

Zum erstenmal seit Wochen sehe ich ein zärtliches Lächeln auf Phils Gesicht – das aber nicht mir, sondern Philine gilt. Wir gehen beide schneller, wehren die Freude der Hunde ab und schleichen zum Kaminzimmer hinauf. Phil öffnet die Tür um einen Spalt, und wir schauen beide auf ein rührendes Bild: Dr. med. vet. Fichte mit verschwitztem Hemd als Lokführer des fahrplanmäßigen Waggon-Zuges Berlin–Hamburg. Aber was heißt Lokführer – Hänschen ist Schaffner, Lokomotive, Signal und Bahnvorstand in einer Person.

In Philines Sportwagen – dem ersten Waggon – sitzen Puppen, Affe, Elefant, Gackeente und Teddy. Im zweiten – dem Puppenwagen – reisen zwei Plüsch-Boogies und das Bambi-Reh. Es folgt das hölzerne Lastauto mit Ach-der-armen-kleinen-Alma, unserer lebendigen Schildkröte (einem Geschenk von Trautchen), und hintenan zuckeln an ihren Strippen die beräderten Hottehüs. Zuckeln von Berlin um den Tisch herum zum Balkon nach Hamburg und zurück.

»Schsch-sch-sch! Hauptbahnhof! Alles aussteigen!«

In ihrem Bett sitzt Philine mit hochroten Backen und zerzaustem Haar und befiehlt: »Mal!«

»Aber der Onkel – kann – nich – mehr, Fifi«, stöhnt Hans, den Schweiß von seiner Haut ins Taschentuch befördernd.

»Mal!« schreit sie wütend.

»Fifichen!« seine Stimme klingt weinerlich. »Der Onkel muß erst einen Schluck Himbeersaft trinken.«

Er streckt die Hand nach seiner Bierflasche aus. Philine trommelt mit den Fäusten auf die Bettdecke und brüllt Befehle, die Hänschen nicht versteht, und sie weint vor Ärger, weil er sie nicht versteht.

»Möchte Fifi auch Himbeersaft?« rät er mit hilflosem Gesicht und nähert sich ihr mit der Flasche.

Jetzt geht ein Ruck durch die Schultern, über die ich ins Zimmer gelinst habe. »Untersteh dich, ihr Starkbier zu geben!«

»Papi!« schreit Philine. »Papi! Papi!«

Sie krallt sich um seinen Hals – winzig klein in seinen mächtigen Armen.

»Ein Glück, daß ihr kommt«, seufzt Hänschen. »Lokomotive is' doch 'n verdammt harter Beruf. Wenn ihr nicht gekommen wäret, ich glaube, ich hätte mich zu Tode gehuschebahnt.«

Auf weichen Knien steigt er hinter uns die Treppe hinunter. Philine – auf Papis Arm – erzählt dabei in ihrem Baby-Chinesisch von der herrlichen Fahrt. Sie hat zwar keine Ahnung, was ein Zug ist, aber das Spiel gefiel ihr ausnehmend gut. Und ich weiß nicht, ich weiß nicht, was aus dieser Tochter einmal werden soll, wenn sie bereits im Babyalter mit ihrem unerbittlichen Elisauguste-Willen die Männer bis zur totalen Erschöpfung hetzt ...

Ich gehe in die Küche, um einen Espresso für die Lokomotive zu kochen. Als ich mit dem vollen Tablett das Kaminzimmer betrete, höre ich von der Terrasse her Hänschens aufgebracht zischelnde Stimme: »... ein Salonlöwe bist du geworden, Phips, jawoll. Das steht dir aber nicht. Deiner Mutter magst du so gefallen und den feinen Pinkels, mit denen du verkehrst. Mir kommst du hoch – hoch kommst du mir, so wie du jetzt bist! Wenn dir noch was an unserer Freundschaft liegt, dann ändere dich. Aber hurtig!«

»Hans Fichte, du gehst mir schon lange auf die Nerven.« Das ist Phils vornehme Stimme, eine Stimme, die so klingt, als ob sie sich gequält die Fingerspitzen an die Schläfen legt.

»Macht nichts«, schreit Hänschen.

»Brüll nicht so. Wenn Tine hört ...«

»... was Tine längst weiß und worunter sie leidet? Daß du nämlich ein Großkotz mit Allüren geworden bist und darüber ganz vergessen hast, daß deine bezaubernde Frau auch noch etwas anderes sein möchte als dein Dienstmädchen. O Phips, Mensch –«

»Du sollst nicht brüllen, verdammt noch mal!« Jetzt ist Phils Stimme auch nicht mehr ganz fein. Mein Herz schlägt so laut in den Händen, daß das Tablett zittert.

»Weil wir gerade so schön mittendrin sind: Was ist mit dieser Jou oder wie die Puppe heißt? Warum führst du sie uns nicht vor? Sind wir nicht fein genug für sie oder – ja, weiß sie vielleicht gar nicht, daß du verheiratet bist? Ist sie der Grund deines Benehmens? Hast du was mit ihr?«

Jetzt klirren die ineinander gestellten Tassen auf meinem Tablett so gefährlich, daß man es auf der Terrasse hört und abrupt seinen Zorn abbricht.

»Euer Kaffee.« Es fällt schwer, harmlos zu tun.

Phil beschäftigt sich grimmigen Auges mit Philine, die auf seinem Schoß turnt, und Hänschen zupft mit fahrigen Fingern welke Blüten aus den Geranienkübeln. Und nicht nur welke ...

Es ist ein Glück, sozusagen ein Regieeinfall des Schicksals, daß ich in diesem Augenblick niesen muß. Hänschen springt auf mich zu und rettet das Tablett, wobei er seinen Ärger vergißt, Phil hat Grund, seinen grimmigen durch einen mitleidigen Blick zu ersetzen, und meine Augen dürfen tränen, ohne daß jemand fragt: »Warum weinst du denn?«

Seit diesem Abend kommt Hans Fichte nur noch zu uns, wenn Phil abwesend ist, und Phil wundert sich mit keinem Wort, daß Hans Fichte nicht mehr kommt. Ihre große Freundschaft hat einen Riß – zum erstenmal seit fünfundzwanzig Jahren.

Heute abend bringt Philip das Wunder Jou zu uns nach Haus. Es blieb ihm nichts anderes übrig, er mußte sie einladen, wenn er unseren Verdacht nicht verstärken wollte. Übrigens hat Jou ihn selbst darum gebeten, seine Familie kennenzulernen. (Also hat er uns doch nicht unterschlagen!)

Ich rufe meinen »Hausarzt für alles« an: »Hänschen, heute kommt die Göttliche, und mir ist ganz schlecht vor Angst.«

»Nimm Brom, Tine, das beruhigt.«

»Wenn du hier wärst, fühlte ich mich bestimmt viel sicherer.«

»Nein, mein Kind«, sagt er entschieden, »ich komme nicht. Ich mische mich niiie mehr in eure Angelegenheiten.« Und nach einer Schweigesekunde: »Soll ich den Sonntagsanzug anziehen?«

Die Ruine wird gründlich gebohnert und mit Blumen dekoriert, meine kleine Tochter aufs peinlichste geschrubbt, und ich selbst zwänge mich in ein von Monier billig erstandenes Vorführkleid, das mir in der Taille das Atmen verbietet, ansonsten aber eine vollendete Dame aus mir macht.

Diese Jou soll von der Ruine und ihren Bewohnern geblendet werden. Sie soll sehen, wer Frau Marschall ist und daß sie sich niemals bereit erklären wird, ihren Alleinehe-Vertrag mit dem bekannten und geschätzten Modefotografen zu lösen.

Hänschen erreicht unseren Hof vor Philip und der Wunderdame.

»Frau Marschall! Nu kuckn Se, nu kuckn Se, unsern Doktor!«

Es fährt ein frischgebügelter Volkswagen vor. Ihm entsteigt in Gala und so, als ob er es gar nicht anders gewohnt ist, der Hans Fichte.

»Jeder Zoll ein Mister, wa?« ruft Anna entzückt.

»Tja«, er plustert sich, »unsereiner läßt sich seine wichtigen Unternehmungen was kosten. Den Wagen habe ich übrigens bloß gepumpt. Von einem ehemaligen Schulfreund, der jetzt eine Autovermietung hat. Diese dumme Kröte soll nicht denken, wir wären ein Garnix.«

Aber die mitgebrachten Blumen reicht er mir trotzdem in Papier.

Wir gehen auf die Terrasse, gefolgt von der sprachlosen Anna. Boogie küßt ihm die Ohren, und Eliza bringt ein plissiertes Hemdchen, das sie im Schlafzimmer geklaut hat. Und ich weiß nicht, wer schneller in die Diskretion zurückbugsiert wird – Eliza oder mein Hemd.

»Anna, dem Phips wollen wir's heute zeigen. Der is so vornehm geworden. Wissen Sie, Anna, der hat einen Flitz gekriegt.«

»Ja, Herr Doktor«, nickt sie, »und was er für einen hat! Sacht er neulich: ›Anna, rülps nich so laut, man denkt ja man is'n Zoo.‹ Dabei weiß er, daß mit mein Magen nich alles stümmt, und daß ich dis manchmal beweisen muß.«

Ha! Philips Wagen!

Hänschen breitet seine rosige Fülle weltmännisch im Sessel aus, Anna singt »Auf in den Kampf, Therese, nimm den Schürm, denn wir türm' ...« und verschwindet im Haus.

Ahnen Philip und die göttliche Jou, daß sie nicht eine gesellige Ruine, sondern eine vornehme Festung betreten?

Sie kommen gleich durch den Garten zu uns herauf. Voran geht Philip, und ihm folgt –

»Hei!« sagt Hänschen.

»Hei, hei!« sage ich.

»Des de bunter, desdemona!« sagt er.

– und Philip folgen ein gelbes Kostüm über einem biegsamen Körper, kurze gelbe Haare über indischen Augen und die Auslage eines Bijouteriestandes aus dem Warenhaus, diagonal über das ganze Mädchen verteilt.

»Eine Konfektionsausgabe von Lia de Putti – aber wo bleibt der Weißfuchskragen?« wundert sich Hänschen, und ich bitte mich flehentlich, nicht zu lachen.

Dieses leuchtend aufgezäumte Schlittenpferd ist also die göttliche Jou mit Privatgeschmack. An Philips schmalen Lippen sehe ich, daß ihm diese Art von Jou gar nicht behagt – oder setzte sein Mißmut erst in dem Augenblick ein, da er den unerwarteten Fichte sich vornehm neben mir räkeln sah?

Jous flaches Gesicht fotografiert sich viel bedeutender, als es in Wirklichkeit ist, aber ihre tierhafte, erregende, langbeinige Grazie hat sie mitgebracht. Noch ehe Philip uns vorstellen kann, fühle ich meine Hand männlich ergriffen und herzhaft geschüttelt.

»Freue mich sehr, Sie kennenzulernen, Frau Marschall. Wirklich angenehm – Sieglinde Knopf.«

Ohne ihn anzuschauen, ahne ich, wie Hänschens Augen vor Vergnügen aus dem Kopf quellen. Philip klappert nervös mit dem Schlüsselbund.

»Ich freue mich auch, Fräulein – Knopf.«

Und auf einmal begreife ich, warum Philip sein neues Fotowunder der Öffentlichkeit so selten in natura präsentiert: Sieglinde Knopf trampelt das Wunder Jou tot.

»Ihr Wesen ist bei Ihrer Erschaffung aus Versehen in einen falschen Körper gesetzt worden – Tschä-Siegi in Olala-Jou«, meint Hänschen später, bis in die Tiefe ergötzt.

Jetzt hält sie eine teuflisch lange Zigarettenspitze und pustet ab und zu hinein – eine passionierte Raucherin scheint sie nicht zu sein. Ihre Blicke wandern immer wieder forschend zu Philip, man spürt, sie ist ihm völlig ergeben. Auf eine bedrückende Weise. Sie betrachtet ihn als Abgott, Schulmeister und Seelsorger zugleich.

Und es will keine Unterhaltung zustande kommen. Das liegt an dem Mann, der die Düsseldorferinnen mit seinem Charme bezaubert hat. Er hängt in seinem Sessel, in der einen Hand ein Whiskyglas, in der anderen eine Zigarette, und schüttet Mißmut über uns. Nicht einmal der teure Whisky wagt eine vergnügte Wirkung in uns auszulösen. Selbst der Whisky ist eingeschüchtert.

Ich hole Philine aus ihrem Bettchen, um einen Gesprächsstoff und für Phil eine Möglichkeit zu finden, sich menschlicher zu betragen. Sie steht (noch immer blütenfrisch, obgleich ihre gründliche Waschung bereits vor zwei Stunden erfolgte) vor unserem Gast und zeigt in den breitgezogenen Mundgrübchen viel schamlose Kritik. Und die süße, kleine Patschhand will sie auf gar keinen Fall geben.

Ein seltsames Baby, die Philine. So gar kein kindliches Zutrauen Fremden gegenüber, so bar jeglicher Liebenswürdigkeit.

»Also was die niedlich ist, nöch?« ruft Sieglinde Knopf. »Lili-Marleenchen, mein Patenkind, ist auch so alt. Ich habe ihr von meinem ersten Selbstverdienten Korallenohrringe gekauft!«

Jetzt hebt Philine sehr ruhig die Hand, packt mit energischen Wurstfingern Sieglindes Kriegsschmuck und ... Hunderte von Glasperlen klirren über die Terrasse.

Zehn Minuten lang liegen wir zu viert auf den Knien und sammeln sie wieder ein.

Hänschen kriecht zu mir heran. »Fifi hat den guten Geschmack ihres Vaters geerbt, nur vertritt sie ihn radikaler. – Du, Tine, ich kann mir einfach nicht vorstellen, daß Phips und sie – wenn das jetzt sein Geschmack ist, den schadet's ihm gar nischt.«

Ehe ich antworten kann, krabbelt er weiter, auf eine rote Perle zu.

Jetzt nähert sich mir Philip. »Warum hast du den Kerl eingeladen?« knurrt er. »Ich kann sein blödes Biedermannsgrinsen nicht mehr ertragen.«

»Und mich auch nicht, ich weiß.«

»Red keinen Quatsch!«

»Es stimmt trotzdem.«

»Valentine!« Einen Augenblick lang hat er Ähnlichkeit mit einem gereizten Stier. Bin ich wirklich schon zum roten Tuch geworden?

Ich möchte ihn anschreien, schütteln – aber eine Aussprache beim Suchen von Glasperlen, die noch warm sind von Sieglindes Hals!?

»Heißa, da liegen schon wieder welche!« jubelt Hänschen, und Jou hält ihm den Aschenbecher hin, in den wir die wiedergefundenen Juwelen sammeln.

Im Laufe des Abends verliert sie ihre Befangenheit und wird gesprächig. Sie findet es so gemütlich bei uns, und später möchte sie auch mal ein Häuschen mit Garten haben und Kinder und einen guten Mann. Am liebsten einen mit Pensionsberechtigung. Ihr Vater sagt, nichts sei wichtiger als eine gesicherte Altersversorgung. Und sie dürfe ihm auf keinen Fall mit einem reichen Freund kommen. Es bleibe selten bei einem, und mit dem Reichtum sei das auch so eine Sache. Der kann über Nacht alle sein, und am nächsten Morgen ist nix geblieben, bloß die eigene Gewöhnung an das Geldausgeben.

»Sie haben einen sehr vernünftigen Vater.« Und Hänschen pustet eine Perle über den Glastisch, im letzten Augenblick einen Finger vorschiebend, um sie vorm Heruntertrudeln zu schützen.

Philip blickt irritiert und böse auf Hans Fichtes harmloses »Pielerchen«, aber Sieglinde stört es nicht. Sie kennt überhaupt keine Nervosität – die wichtigste Eigenschaft für ein Fotomodell, das Philip Marschall vor der Kamera zerknetet.

»O ja, mein Vater ist sehr klug, und er hat viel von der Welt gesehen. Zwanzig Jahre ist er als Erster Koch auf einem Luxusdampfer gefahren. Dabei lernte er die reichen Leute kennen. Natürlich gibt es auch viele gute darunter«, fügt sie rasch hinzu.

»Das brauchten Sie uns nicht zu sagen«, beruhigt Hänschen, mit rotem Gesicht unter dem Tisch auftauchend. (Er hatte zu spät den Finger vor die gepustete Perle gelegt.) »Wir fühlen uns nicht angesprochen, wenn von reichen Leuten die Rede ist.«

»Sie sind nett«, sagt Sieglinde von Herzen. »Bei Ihnen muß man sich richtig wohl fühlen.«

Um elf Uhr hilft er ihr in das gepumpte Auto. »Ich bringe Fräulein Knopf in ihre Bleibe.« Er zwinkert mir beruhigend zu, so: diese Dame ist es nicht, und wenn doch, dann werde ich es schon herausfinden.

Ich räume Gläser und Aschenbecher in die Küche, schließe die Fensterläden. Philip liegt bereits, als ich das Schlafzimmer betrete.

»Jou ist nett, so natürlich«, sage ich. »Warum hast du sie mir so lange vorenthalten?«

Er holt seine Gedanken langsam von der Zimmerdecke zurück und sieht mich an. »Findest du, daß ›vorenthalten‹ der richtige Ausdruck ist? Mir geht sie auf die Nerven.«

»Du erträgst Hänschen nicht mehr. Jou geht dir auf die Nerven. Anna darf nicht mehr rülpsen, Gustav nicht mehr krähen, und ich – ich habe keinen Mut, zärtlich zu sein. Du bist mir so fremd geworden. Was ist los mit dir, Philip Marschall? Ist es wirklich nur Überarbeitung, oder hast du uns ganz einfach satt?«

Er antwortet nicht, liegt da – sehr dunkel zwischen den weißen Laken, ich glaube, er sah nie so gut aus, und es tut mir weh, ihn anzusehen.

»Komm mal her, Tin«, sagt er endlich.

Mein Hals ist trocken vor Erregung, und jedes Wort zittert.

»So geht das nicht weiter, Phil. Zuerst dachte ich, Jou wäre der Grund für unsere Entfremdung, aber . . .«

»Jetzt glaubst du es nicht mehr?« lächelt er.

»Nein. Ich nehme an, eine naive Frau reicht dir. Ich habe mehr Angst vor den Dagy Erksens. Und – manchmal fürchte ich, du möchtest wieder frei sein.«

Warum sagt er nichts? Warum hilft er mir nicht!

»Es ist ja auch meine Schuld, ich weiß. Das Fotografieren hat mich nie interessiert, und ich mache kein Hehl daraus. Ich habe mir keine Mühe gegeben, klug und raffiniert zu werden, und – und – als ich dir neulich im Brief die tote Spinne schickte – das war bestimmt eklig – aber ich wollte dir beweisen, daß ich mutig geworden bin. Dir zuliebe.« Wieviel Unsinn man stottert, wenn das Herz in Aufruhr ist.

Seine Finger schieben sich in mein Haar. »Tin, ich mache dir Kummer, aber es wird schon vorübergehen, bestimmt.«

Diese teilnahmslose Freundlichkeit. Die Einsicht: Ich mache dir Kummer, aber es wird schon vorübergehen. Ob sich andere Ehemänner auch solcher roher Sanftmut bedienen?

Beim Waschen sehe ich mein Gesicht im Spiegel. Es ist gar nicht mehr hübsch, weil es nicht mehr froh ist.

Was ist es denn, wovon Philip sagt, daß es vorübergehen wird? Diese »Ehe-Krise« oder – eine neue Liebe?

Ich bin kein Fighter. Ich möchte Philine und die Hunde nehmen und davonlaufen. Am liebsten Südsee. Oder Bauernhof. Oder wieder zehn Jahre alt sein und zu Hause. Noch nichts von unglücklicher Liebe und Betrug wissen. Einen warmen, geduldigen Pferdehals zum Ausheulen haben.

Schrecklich, diese Sentimentalität und Selbstbemitleidung, wenn man sich betrogen glaubt.

Hänschen hat einmal gesagt: »Phips kann nichts für seine polygame Ader. Er hat die Frauen nicht erfunden und auch nicht das verflixte Knistern, das alle Dummheiten und alle Lieben einleitet. Phil hat bestimmt die besten, treuesten Absichten, aber wenn es knistert . . . ?«

All das geht mir beim Zähneputzen durch den Kopf.

Und dann liege ich in der Dunkelheit, nur durch die Scheu, meine Hand auf seinen Arm zu legen, von ihm getrennt.

Er wirft sich auf die Seite. O ja, ich weiß, wie das ist, Phil. Ich habe auch einmal nächtelang wachgelegen und mich nach einem Mann gesehnt. Jetzt liegt dieser Mann neben mir und sehnt sich vielleicht nach einer anderen Frau.

Auf einmal bin ich wütend, so sinnlos wütend . . .

Auf meinem Nachttisch tickt der kleine Wecker mit dem Leuchtzifferblatt seine letzte Minute. Er fliegt klirrend in die Dunkelheit – aber es erleichtert nicht.

Philip zieht mich in seine Arme. »Bitte, Tin, hab etwas Geduld mit mir. Es ist bestimmt nichts . . .«

Und dann schlafen wir so ein wie früher, aber es ist überhaupt nicht wie früher.

Sie müßten einmal Eliza sehen, wenn sie eine Last mit sich herumschleppt und verzweifelt nach einem sicheren Ort sucht, an dem sie sie abladen kann.

Genau so geht es mir. Ich habe im Augenblick niemanden, zu dem ich meinen Kummer tragen kann. Dagy Erksen, Monier und Trautchen schreiben Postkarten aus der Erholung, Lieschen hat kein Verständnis für mich, Vati will ich nicht beunruhigen, und Hänschen ist beschäftigt.

Seine Praxis floriert wie noch nie, und dabei »schwöre ich dir, Tine, daß ich nachts keine Krankheitsbazillen an die Stammbäume schmiere. Ich glaube, ich komme in Mode.«

Lieber Himmel! Mir reicht ein Mann in der Familie, der »in Mode« ist. Wenn Hänschen auch noch – dann fühle ich mich ganz verlassen.

Aber: »Ich werde immer für dich da sein, Tine, immer!«

Nun, seit drei Wochen ist Hans Fichte es nicht mehr. Und dabei brauche ich sein vergnügtes »Biedermeiergrinsen« und seine unbedingte Verehrung jetzt nötiger denn je.

Heute früh kam von Philip, der mit Jou verreist ist, eine Karte. »Bleibe voraussichtlich noch eine Woche länger fort. Neuer Auftrag. Rufe in den nächsten Tagen an.«

Vielleicht ist es wirklich ein neuer Auftrag, vielleicht aber auch etwas ganz anderes.

Ich habe jetzt alles versucht. Stundenlanges Aufundabtigern. Kinobesuche. Gründlichen Hausputz. Zigaretten. Schlafmittel. Aber nichts hilft gegen die quälende Unruhe.

Heute mittag hielt ich es einfach nicht mehr aus. Ich bin zu Hänschen gefahren.

Er öffnete selbst die Tür und zeigte sich über meinen unerwarteten Besuch längst nicht so begeistert, wie ich gehofft hatte. Aber Erwin betröpfelte selig das Linoleum, als er mich sah. Elizas, Boogies, Erwins Gefühle sind unerschütterlich – doch was richtet die Liebe kleiner Hunde gegen einen Kummer aus, den Menschen einem zugefügt haben.

Hänschen führte mich in seinen Privatbau, und einen Augenblick stand ich geblendet.

Statt der violetten Trübe-Gedanken-Tapete leuchteten seine Wände sonnenhell. Das Sofa hatte einen vergnügten Chintzbezug mit Volant erhalten, auf dem Fensterbrett standen – wenn auch bedenklich welk – so doch immerhin zwei Blattpflanzen. Und sein Sofakissen mit der mehrfarbigen Häkelschnecke war einem blausamtenen gewichen.

»Hänschen!« stotterte ich, sekundenlang meine Sorgen vergessend.

»Na ja, mußte doch mal was in die Wirtschaft stecken. Ist aber ganz gemütlich so, nich?«

»Seehr! Und wie du selbst aussiehst!«

Er zupfte verlegen an seiner Brust. »Du meinst die Weste?« Genau die gleiche, wie Philip sie zu tragen pflegte.

Außerdem bewegte er sich auf gelben Schuhen mit Sohlen, die ihn zwei Zentimeter wachsen ließen.

Zum erstenmal betrachtete ich Hänschen mit

weiblichen Augen, und es schien ihm sehr daran zu liegen, also betrachtet zu werden.

Im gleichen Augenblick spürte ich mit einem feinen, eifersüchtigen Stich, daß dieser Hans Fichte begonnen hatte, ein Eigenleben zu führen. Er gehörte mir nur noch bedingt.

Ich freute mich für ihn über diese Wandlung, aber es wäre mir lieber gewesen, er hätte damit noch ein bißchen gewartet, so lange wenigstens, bis Phil zu mir zurückgefunden hatte.

»Da steckt doch eine Frau hinter, Hans! Beichte!«

»Was soll ich denn beichten?« Er beugte sich, ablenkend, zu Erwin. »Na, hast du der Tante schon gezeigt, wo dein Ball liegt?«

»Bestimmt hast du dich verliebt!« bohrte ich.

»Vielleicht.« Er schien nicht bereit, von sich aus zu erzählen. Aber als ich taktvoll (und eingeschnappt) das Thema wechseln wollte, kam er von allein darauf zurück.

»Weißt du, Tin«, sagte er, vor Erwin kniend und seinen stacheligen Bauch kraulend, »ich habe sie durch Zufall kennengelernt. Sie ist anders als Ruth, überhaupt nicht erwachsen. Vielleicht würde sie dir nicht gefallen, aber für sie bin ich was zum Hochgukken. Und das hat ein Mann nun mal verdammt gerne. Sie will nichts Imponierenderes aus mir machen als ich bin – das war Ruths Fehler. Und sie behandelt mich auch nicht als brauchbares, nettes Neutrum – so wie du.«

»Denkt sie zuerst an den Blumentopf und dann an den Tisch, auf dem er stehen soll?«

Diese Frage, die an unser damaliges Gespräch auf dem Hof anschloß, beschäftigte ihn einen schweigenden Augenblick lang.

»Ich glaube, sie denkt zuerst an mich, und das ist ja wohl das Wichtigste.«

»Ja, Hans, das ist das Wichtigste.«

Wir knieten jetzt beide vor Erwin und kraulten ihn, und es gefiel ihm wundervoll.

»Warum hast du sie mir nicht vorgestellt?« fragte ich.

»Wir kennen uns erst kurz – aber heftig, Tine. Kam ganz plötzlich. Weiß auch nicht, wie –. Ich habe dir noch nichts davon erzählt, weil nachher magst du sie nicht.«

»Ich mag sie bestimmt, Hänschen.«

»Na?« Er sah mich skeptisch an, um gleich darauf wieder glücklich grinsend die Unterlippe vorzuschieben. »Sie ist verdammt hübsch – und mit Erwin versteht sie sich bestens.«

Nach Philip fragte er mich nicht, und ich sagte auch nichts. Hänschen führte jetzt ein glückliches Eigenleben. Und ich –

Ich habe ein kreischendes, bellendes, gackerndes Haus. Ich habe wohl eine reizende Tochter, die mich täglich nach ihrem geliebten Papi fragt, und zwei kleine Spaniels mit sehr viel Zärtlichkeit.

Aber niemals zuvor war ich so allein.

9. Kapitel
vor dem mir sehr angst ist

Es war reiner Zufall, daß ich das Foto sah.

Im allgemeinen überblättere ich den Teil mit den Gesellschaftsnachrichten in den Modejournalen. Meine bäuerliche Herkunft wehrt sich gegen die Zurschaustellung einiger durch Geld, Glück oder Geburt ausgezeichneter Mitleute.

Aber was liest man nicht alles, wenn man beim Friseur unter der Haube schwitzt! Und so fand ich das Foto: ein Tisch in einem Hotelfoyer, an dem ein paar festlich gekleidete Leute vor Sektschalen saßen.

»Sie sehen von li. nach re. die bekannte Turnierreiterin Fräulein von XY., den Modefotografen Ph. Marschall, Maria S.-K., Gattin des Düsseldorfer Architekten . . .« Und vorn rechts lachte aus dem Foto das halbe Gesicht des Architekten persönlich.

Es war nichts Besonderes an dem Foto, aber ich guckte es noch an, als man die Trockenhaube hinter mir abschaltete, zur Seite schob und die unkleidsamen Wickler aus meinem Haar nahm.

Auf dem Heimweg kaufte ich mir das Modejournal, blätterte das Foto auf und betrachtete es, Schritt für Schritt. Bis zur Stendhalstraße.

Die Turnierreiterin und der halbe Architekt interessierten mich nicht. Aber seine Frau. Maria hieß sie und sah gepflegt und intelligent aus. Philip reichte ihr gerade Feuer für ihre Zigarette, warum sollte er nicht. Aber sie guckte nicht auf ihre Zigarette und er nicht auf seine Flamme. Sie sahen sich darüber hinweg in die Augen, warum sollten ... und dann sah ich Sterne. Ich war mit dem Kopf gegen einen Laternenpfahl gerannt.

Anna legte sofort ein Messer auf die Beule auf meiner Stirn, aber das tangierte die Beule nicht. Sie wuchs sich zu dem Buckel aus, den das Messer vermeiden sollte – weil er mir nicht besonders gut stand.

Es ist kein Zufall, daß ich Jan Braun anrufe und ihn bitte, mich am gleichen Abend zu besuchen.

Es ist auch pure Absicht, daß ich Phils liebsten Mosel, den moussierenden 1936er Piesporter Goldtröpfchen, aus dem Keller hole und beim Aufkorken in der Küche gleich zwei Glas hintereinander austrinke. Denn ab heute beginne ich ein neues Leben. Ein gelockertes Leben, prost. Ab heute werde ich mondän oder zumindest das, was ich darunter verstehe.

Anna, die sich gerade zum Heimgehen umzieht, guckt mich kopfschüttelnd an.

»Diß muß an dieses Haus liegen«, sagt sie. »Der selje Herr Marschall soff, die alte Frau Marschall säuft gern heimlich einen, Herr Philip sowieso und nun Sie auch!«

Ich gehe – ein wenig benebelt von dem teuflisch

raschen Mosel und ohne zu antworten – ins Schlafzimmer hinüber, um mich zurechtzumachen. Aber kaum schaue ich in die Spiegelwand, ist auch Annas Gestalt darin zu sehen. Schwarz. Wuchtig. Unerschütterlich. Wie ein weiblicher Pastor steht sie da – so ein Luthertyp mit Flammenschwert. Und so störend für die, die mondän werden wollen ...

»Frau Marschall, es stimmt doch hier alles nicht.«

»Nein, Anna.«

»Aber diß kann man mit Saufen nicht beibiegen.«

»Nein, Anna.«

»Isses wieder eins von die verdammichten Weibers?« Sie setzt sich auf die Bettkante, sehr steif und vornean. Ich habe Anna noch niemals bequem sitzen sehen.

Ich antworte nicht, denn ich weiß nichts Genaues, was ich antworten könnte. Da kratzt sie mit nachdenklichem, rissigem Finger einen imaginären Fleck von ihrem Rock und sagt: »Wissense, ich mach nu seit bald dreißich Jahre männliche Anzüge rein. Der selje Herr Marschall ließ immer Kleingeld für mich drin. Und denn fand ich die Zettel mit Adressen und die Billjetts von Räwüen ebend, bevor Frau Marschall sie finden konnte. Und hab'se verschwinden lassen. – Der Appel fällt nicht weit vom Stamm, sacht man. Aber der Appel – mit Reschpekt: Herr Philip – is vorsichtiger wie der Stamm. Und knausriger. Und er weiß, daß ich auf Ihre Seite bin, Frau Marschall. Und läßt nischt in seine Taschen. Aber ich komm noch hinter. Ich bin immer hinterjekomm'n, so oder so. – Warum pinseln Se sich die Wimpern, Frau Marschall?« fragt sie plötzlich streng. »Ham'se heute noch was vor?«

»Aber nein, Anna.« Ich werde rot. »Das heißt – doch. Vielleicht gehe ich noch zu Frau Nessler.«

»Und wegen die pinseln Se sich die Wimpern und lacken Ihre Nägels?«

»Ja«, sage ich mit dem Trotz der Ertappten.

»Frau Marschall –« sie guckt mich prüfend an. »Soll ich vülleicht hierblei'm?«

»Aber nein, Anna, warum?«

Da erhebt sie sich. Ihre Bewegungen sind eckig wie die einer Kasperlepuppe, nur schwerer – so, als ob man Gewichte an ihre hölzernen Glieder gehängt hätte. »Denn geh ich also ...«

Ich stehe am Schlafzimmerfenster und schaue ihrem schwarzen, gebeugten Rücken nach, und plötzlich ist mir so, als ob da nicht Anna Krieger, sondern meine Mutter ginge. Und ich habe sie fortgeschickt.

»Anna!« schreie ich. »Anna!« Aber sie hört mich nicht mehr. Das hohe schmiedeeiserne Gartenportal fällt hinter ihr zu. Auf der Straße verstummt der Kinderlärm. Jetzt flüstern sich die Gören gewiß »Achtung, da kommt der olle Besen!« zu, ein Ausdruck, den sie von ihren Eltern im Zusammenhang mit der Kriegern gehört haben.

Und ich will nicht mehr mondän sein. Anna. O Anna. Ich hab den »ollen Besen« so lieb!

Eben ist der letzte müde Amselruf verstummt. Die Kastanie über uns raschelt sanft und ein wenig melancholisch – so, als ob sie wüßte, daß es bald Herbst und mit der Raschelei endgültig aus sein wird ...

Ich habe mich auf der Liegekarre ausgestreckt. Jan Braun lehnt in einem Bambussessel neben mir, reicht mir Feuer für die Zigarette, reicht mir das Weinglas, stellt das Radio auf gedämpften Tschaikowsky, und als er merkt, daß mich Tschaikowsky traurig macht, auf Richard Strauss. »Don Juan ...«, sagt er, und ich nicke.

Wie hinreißend seine Abenteuer musikalisch klingen! Ich möchte auch ein hinreißendes Abenteuer. Eins, das strahlend in mir weiterklingt, wenn ich den Zwinger scheuere oder Philines Grübchenpopo versohlen muß. Eins, das mich Philips Gleichgültigkeit vergessen und das eintönige Hausfrauendasein leichter ertragen läßt.

Jan Braun wäre der Richtige dafür. Aber ich fürchte, er ist zu beseelt für einen Don Juan. Ihm fehlt das »hinreißende« Feuer dazu wie mir die innere Überzeugung zum Betrügen. Das muß an meinem mütterlichen Erbteil liegen. Meine Mutter war wie ihr Name – Auguste. Vielleicht fiel's mir leichter, wenn sie Yvonne oder ähnlich beschwingt geheißen hätte ...

»Bitte«, sage ich und reiche Jan Braun mein geleertes Glas. Der Mosel soll die Auguste wegspülen ...

Aber er spült nichts fort. Er macht mich nur blau. Nicht Yvonne-bleu, sondern Auguste-bleu ... und das vermaledeite Foto im Modejournal ist stärker als die kastanienraschelnde warme Sommernacht.

»Jan«, sage ich mit ziemlich schwerer Zunge – wenn ich betrunken bin, was selten vorkommt, spreche ich nicht hochdeutsch, sondern noch hochdeutscher, »was halten Sie eigentlich von der mondänen Gesellschaft?«

Er sieht mich durch die samtene Dunkelheit forschend an, dann betrachtet er seine gefalteten Hände. »Wissen Sie, Valentine, mich kümmert weder die Gesellschaftsschicht noch die Konfession, weder die politische Einstellung noch die Nationalität eines Menschen und schon gar nicht seine Rasse – solange er ein Mensch ist.« Er beugt sich vor, und ich habe nichts gegen seine kühle, schmale Hand auf meinem Arm. »Mensch sein ist das Alleinwichtige.«

»Ja, natürlich.« Aber ich will nichts allgemein Wichtiges hören. Ich will wissen, ob eine Frau Maria S.-K., die zur großen, mondänen Gesellschaft gehört, ein ebenso wertvoller Mensch sein kann wie jeder andere. Und darauf gibt mir Jan keine Antwort.

Später tanzen wir.

»Sie sind unglücklich, Valentine. Sie haben Kummer mit Ihrem Mann, nicht wahr?« sagt er so plötzlich, daß ich nicht leugnen kann.

»Sie sind wundervoll, Valentine«, sagt er etwas später.

Ich spüre seinen Arm auf meinem Rücken, so kühl und rücksichtsvoll und voller Achtung. Wir tanzen noch immer. Und dann ist seine Wange an meinem Gesicht. Weich duftend und glattrasiert – was ich von Phils nicht immer behaupten kann.

»Valentine –« Wie melodiös er meinen Namen spricht.

Jetzt küßt er mich. Ich halte still und lausche in mich hinein. Und ich bin enttäuscht. Es knistert überhaupt nicht.

Ich betrüge Philip ohne Triumph.

Jan führt mich zu meiner Liegekarre zurück und legt eine von den Karlsbader Decken über meine endlosen Beine. Und lächelt still. Das spüre ich, ohne ihn im Dunkeln zu sehen. Und er weiß ganz genau, was ich empfinde, sonst würde er sich jetzt über mich beugen.

»Es hat keinen Sinn, Valentine«, sagt er mit einer Stimme, die so samten wie die Nacht ist, »Sie sind zu echt. Aber gerade deshalb muß man Sie lieben.«

»Glauben Sie, daß meine Echtheit auf die Dauer nicht langweilig wird? Glauben Sie, daß man mich immer lieben könnte, ein ganzes Leben lang?« zittere ich.

Er antwortet nicht gleich. Aber er schaut mich an mit Blicken, die die undurchsichtige Dunkelheit schärfelos durchdringen.

»Ich könnte es«, sagt er endlich.

Jan Braun. Ein bezaubernder, kultivierter, herzlicher, begabter junger Mann. Ein – Mensch. Sogar von Literatur versteht er etwas. Und könnte mich ein ganzes Leben lang lieben ... Phil, hörst du? Ein ganzes Leben lang!

Wir sind noch auf der Terrasse, als der Morgen graut. Ich habe die Decke, die über meinen Beinen lag, bis zum Halse heraufgezogen, und Jan hat sich auch eingewickelt. Es ist schneidend kühl, aber herrlich. Über uns, unsichtbar in den fahlen Bäumen, zwitschern Vögel. Hunderte von Vögeln glauben wir zu hören. Es klingt reiner und köstlicher noch als Bachmusik.

Und dann hebt sich aus der Spitze einer Tanne, die zu Trautchen Nesslers Besitztum gehört, mein Pirol. Er gleitet mit leuchtend gelbem Leib durch die graue Dämmerung und versteckt sich im Laub der Kastanie über uns. Und ruft »Krischan Füerhoak«, leuchtend klar und alle Vogelstimmen übertönend, er ruft »Krischan Füerhoak« und all die anderen Namen – – – »Bühlow« und »Dumichauch«, die er sich im Laufe des Sommers zugelegt hat.

»Krischan« ist mein Vogel, so sehr mein Vogel, daß ich fast eifersüchtig bin auf die schlanke Dame mit dem grünlichen Leib, die sich mit graziösen Loopings zu ihm in die Kastanie schwingt: Frau Christiane Füerhoak.

»Krischan« gehört zu uns wie Anette und Boogie und Eliza und Emma und Gustav und Anna

Krieger. Gehört zu uns – Philip? Weißt du noch, was »zu uns« bedeutet?

»Aber – wer weint denn?« sagt Jan Braun mit zärtlichem Kopfschütteln.

Und sehen Sie, das war mein erster und total mißglückter Versuch, einen gelockerten Lebenswandel zu beginnen.

Es ist nach Mitternacht. Der D-Zug zerstört mit seinem eintönigen, jagenden Rhythmus den Schlaf der Landschaft.

Es ist sehr heiß, und die Türen zum Gang stehen offen. Im Nebenabteil haben sich englische Studenten eingerichtet. Einer von ihnen zupft an seiner Gitarre, und die anderen singen mit schläfrigen, rauhen Stimmen:

»Do not forsake me, oh my darlin' . . .«

Eine seltsame Stimmung – so schwebend, nachdenklich und fast schön. Sie nimmt jedem traurigen Gedanken die schmerzhaft spitzen Kanten.

Der Mann mir gegenüber rollt seinen Kopf aus dem Mantelfutter. Er schnarcht beruhigende Bürgerlichkeit ins Abteil. Über ihm im Gepäcknetz liegt ein mächtiges Stullenpaket, und zwischen seinen Beinen ist der Boden klebrig vom Saft überreifer Pfirsiche.

»Daß du dich man bloß nich in den Durchzug setzt, Arthur«, sagte seine Frau auf dem Bahnsteig in Braunschweig.

Bei den beiden stimmte alles, das sah man auf den ersten Blick. Das Hochzeitsbild stand auf der Kommode. Die Kinder wuchsen ohne Zwischenfälle heran. Mit dem Geschäft könnte es besser gehen, aber man wollte nicht klagen . . .

Vielleicht hatte es nie besonders zwischen ihnen geknistert, aber es würde auch niemals außer Haus knistern.

Ich gucke auf den zufrieden schnarchenden Mund und die gefalteten Hände meines Gegenübers und überlege, ob ich seine Frau beneiden sollte.

Mit so einem Mann würde ich gewiß ruhiger leben können als mit meinem »im In- und Ausland bekannten und geschätzten« Modefotografen, aber . . .

Es ist eben alles relativ, pflegt Lieschen zu sagen, wenn sie sich in einem Gedankengang verheddert hat.

Alles ist jetzt wie ein Traum. Ein Traum zwischen Mitternacht und Morgen, begleitet vom gleichmäßigen Rhythmus des Zuges, vom Summen dösender Studenten und einer falsch gezupften Gitarre. Und die Einsamkeit tut nicht weh.

»Do not forsake me, oh my darlin' . . .«

In einer Stunde werde ich in Düsseldorf sein und weiß nicht recht, was ich da soll.

Hänschen sagte: »Du mußt es auf die elegische Tour machen, die zieht bei Phips am meisten. Du mußt heulen und ihn an euer Kind und all die schönen Stunden erinnern, die ihr zusammen hattet.«

Anna riet: »Ertappen müssen Se die beiden, in frapanti ertappen, und denn müssen Se ihnen ornt-lich ausschmier'n. Und sagen, Se wolln sich scheiden lassen und er müßte zahlen, und wie er zahlen müßte. Diß zieht am meisten bei Herrn Phil und bei alle Männers. So groß wie ihre Liebe zum Geld kann ihre Liebe zu eine fremde Frau ganich sein!«

Ich werde weder die rührselige Tour einschlagen noch Phil eins ausschmieren, ich werde mich überhaupt nicht bei ihm sehen lassen. Denn so peinlich, wie mir dieses ganze Unternehmen ist, zu dem ich von meinen Leuten gezwungen wurde, so peinlich kann es für Philip gar nicht werden.

Ich wünschte, Sieglinde Knopf hätte das, was sie mit diskret abgewandtem Ohr in Düsseldorf belauschte, für sich behalten. Warum fühlte sie sich verpflichtet, mich zu warnen!

»... es ist bestimmt gemein gegen Herrn Philip, wo er doch mein Chef ist. Aber Sie waren neulich so nett zu mir, gnädige Frau, und da dacht ich, ich muß es Ihnen sagen. Wenn's man bloß so ein kleiner Flirt wär mit den beiden ...«

Die andere von »den beiden« ist Maria S.-K., die Frau des Architekten. Müßte ich doch eigentlich stolz auf meinen guten Instinkt sein, aber ich bin es nicht, o Gott, nein, überhaupt nicht.

»Fahren Sie nach Düsseldorf, gnädige Frau. Sprechen Sie mit Ihrem Gatten. Mein Freund sagt auch, Sie müssen hinfahren. Bis auf Herrn S.-K. selber wissen es alle, daß die beiden – ich meine, nun – na ja . . .«

An dieser Stelle unserer Unterhaltung, die recht einseitig verlief, da es mir nicht gelang, ein Wort um den dicken Kloß in meinem Hals herumzuzwängen – an dieser Stelle trat Anna ein und versuchte gar nicht erst zu leugnen, daß sie gelauscht hatte. Sie machte ihr grimmigstes Gesicht – das Gesicht etwa, das sie gemacht haben muß, als sie meine Schwiegermutter mit der Bratpfanne attackierte. Ich war sicher, daß sie eine Unmenge sagen wollte, aber ihr Obergebiß kam ins Rutschen, und darum zischte sie nur das Nötigste in den Raum: »Welchen Koffer nehm Se mit?«

Eine Stunde, nachdem Siegi Knopf gegangen war, rief Hänschen an. »Selbstverständlich fährst du, Tine. Noch heute!« schrie er aufgeregt in mein Ohr, und ich war viel zu durcheinander, um mich darüber zu wundern, daß und woher er es bereits wußte.

Hänschen und Anna brachten mich zum Bahnhof. Und spickten mich mit all den blödsinnigen Ratschlägen, von denen ich zwei bereits erwähnte und keinen befolgen werde. Und warteten eisern, bis der Zug anfuhr. Mit Recht. Ich wäre zu gern wieder ausgestiegen. Hans lief neben meinem Abteilfenster her und machte mir atemlos ein Geständnis, das mich einen Augenblick lang vor lauter Staunen meinen eigenen Kummer vergessen ließ. Aber davon erzähle ich Ihnen später.

Ich gehe auf den Gang hinaus, um eine Zigarette zu rauchen. Hinter dem regenbespritzten Fenster fliegt tote Dunkelheit vorüber. Ab und zu in der Ferne ein vergessenes Licht. Soviel Abwehr strömt eine nächtlich vorüberjagende, fremde Landschaft aus!

Was soll ich in Düsseldorf? Ich will nicht nach Düsseldorf. Man hat mich zu etwas gezwungen, was ich innerlich nicht gutheiße. Man gewinnt seinen Mann weder mit dem Rührtuch, wie Hänschen vorschlug, noch mit kämpferisch erhobenem Regenschirm (Annas Idee) zurück. Vor allem nicht, wenn dieser Mann Philip Marschall heißt.

Und jetzt stampft der Zug in den schlafenden Bahnhof ein. Ich nehme meine Reisetasche mit dem besten Nachthemd, Phils Lieblingsparfüm, Zahnbürste und Annas Schnitten, auf denen die Butter im heißen Zug geschmolzen ist, und steige aus. In einer Viertelstunde werde ich bei meinem Mann sein. Nein, ich werde nicht, denn hier in Düsseldorf ist weder Hänschen noch Annas unerbittlicher Wille hinter mir, der mich zu etwas zwingen könnte, was ich nicht will.

Ich fahre nicht in sein Hotel, sondern in ein ganz bescheidenes, dessen Flur nach Schmierseife riecht, ein Duft, der mich noch niemals aufzuheitern imstande war.

Den Rest der Nacht sitze ich aufrecht in dem altmodischen Bett und zerkaue meine Fingerknöchel. Und bin endlich vor lauter krausem Gedenke und

Übermüdung so ausgelaugt, daß ich nichts mehr spüre. Es ist mir alles egal, so sehr, daß ich bereit bin, am Vormittag zu Phil zu gehen.

Gegen Mittag wache ich auf. Und gehe nicht zu ihm. Weil es abends günstiger ist. Der Abend ist die sicherste Zeit, wo ich Philip nicht im Hotel antreffen werde. (Bin ich feige? Oder klug –?)

Ich schlendere durch die City, die Kö rauf und runter. Aber so langsam ist noch kein Nachmittag vergangen. Ich studiere die teuren Schaufenster und denke an Philine, an Boogie und Eliza und habe Sehnsucht nach ihnen. Jedem kleinen Mädchen, das mir an der Hand seiner Mutter begegnet, möchte ich die Nase putzen. Jeden Spaniel streicheln. Wenn ich wenigstens einen von meinen Rabauken hier hätte, dann wäre ich nicht so allein.

Und als ich diesen Gedanken in mich hineinseufze, sehe ich einen bildschönen roten Spaniel. Er zerrt genauso unerzogen an seiner Leine wie unser Hund. Die Dame, die ihn führt, hat Mühe, ihn zu halten. Und jetzt kann sie ihn nicht mehr halten, er zerrt wie irrsinnig gerade auf mich zu und wedelt und jachelt – und ist unsere: »Anette!« schreie ich zusammenknickend.

»Nettchen, mein Nettchen!«

Die Hündin leckt meinen Hals, meine Handtasche liegt auf dem Pflaster, die Leute bleiben stehen.

»Ach, Sie kennen Anette?« fragt die Dame lächelnd, und ich richte mich langsam auf.

Einen Augenblick betrachten wir uns stumm. Unsere Blicke spielen sozusagen Paternoster aneinander. Die Dame sieht wundervoll aus. Sehr vornehm und sympathisch und intelligent, sehr hell und... und da erst schlägt die Erkenntnis in mein Bewußtsein: Es ist sie!

Danach sieht sie noch immer wundervoll aus. Und das ist viel!

»Bitte geben Sie mir die Leine«, sage ich. »Anette ist doch unser Hund!«

Ihr Lächeln gefriert. Aber nur einen Augenblick. Dann hat sie sich gefangen. »Frau Marschall? Ich freue mich sehr, Sie kennenzulernen.«

»Ich mich auch«, sage ich, obgleich das Blödsinn ist.

»Ihr Gatte erzählte uns gar nicht, daß Sie in Düsseldorf sind!?«

»Mein Mann – wo ist mein Mann?« Und ich sehe mich suchend um.

»Er hat bei uns zu Mittag gegessen und mußte dann in eine Besprechung, bei der er Anettchen nicht gebrauchen konnte. Ich bringe sie gerade in sein Hotel.«

»Das mach ich schon«, sage ich schnell und nehme ihr die Leine aus der Hand. Einen winzigen unentschlossenen Augenblick stehen wir noch voreinander. Hänschen würde jetzt schluckend von Philine erzählen, Anna ihr mit dem Regenschirm über den Kopf hauen. Ich tue gar nichts. Mir ist viel zu elend zumute, um irgend etwas tun oder sagen zu können.

Ich gehe mit Anette in die nächste Querstraße hinein, aber nicht in Phils Hotel, sondern zuerst in meins, dessen Namen ich mir nicht einmal gemerkt habe.

Ich packe meine Wenigkeiten in die Reisetasche – Annas verbogene Stullen mag die Hündin auch nicht mehr essen – und bezahle meine Rechnung. Dann gehen wir zu Phils Hotel.

Aber wir sind niemals dort angekommen.

Wir saßen drei Stunden in der Wartehalle des Hauptbahnhofs, Anette auf einer Zeitung neben mir. Dann kam der D-Zug nach Berlin.

Es war mir klar, daß ich mich selten in meinem Leben so töricht benommen habe. (Und das will was heißen!)

Ich reiste, von meinen Anverwandten getrieben, nach Düsseldorf, um meine Ehe zu retten. Ich habe nichts unternommen, um sie zu retten, aber auch nichts dagegen. Ich habe meiner Rivalin bloß unseren Hund weggenommen und bin mit ihm nach Hause gefahren. Ohne meinen Mann gesehen zu haben.

Hänschen wird mir einen Vogel zeigen, Anna wird mich verachten und nie mehr Respekt vor mir haben. Phil – ja, was wird Phil tun, wenn er erfährt, daß ich in Düsseldorf war und seinen Hund entführt habe? Sie spioniert mir nach, pfui Teufel, wird er sagen. Und verachten wird er mich auch. Aber Philine und Boogie und Eliza werden sich freuen, wenn ich heimkomme. Sie wenigstens werden sich freuen ...

Die Balkontür steht weit offen. Über seinem schmiedeeisernen Gitter hängt eines von Philines Faltenröckchen. Die gelben Dahlien sind aufgeblüht, seitdem ich fort war. Auf dem Geräteschuppen schläft die Katze Emma, und Anna kommt gerade, die Futterschüssel unter dem rotgeschrubbten Arm, vom Hühnerstall, als ich den Hof betrete.

»Frau Marschall!« kreischt sie. »Und Nettchen! Wir dachten schon, Sie hätten sich ein Leid getan, wo Se so plötzlich und stumm aus Düsseldorf verschwunden sind.«

In diesem Augenblick stürzen Boogie und Eliza auf mich zu, aber ich habe keine Kraft, ihre Freude zu erwidern: Hinter der halbgeöffneten Garagentür sehe ich Phils Wagen. Er ist also schon hier. Und mir wird so blaß und elend und endgültig zumute wie an jenem Morgen, da Vati an meinem Bett stand und sagte: »Steh auf, mein Kind, es ist soweit. Die Russen sind da!«

Es ist soweit!

»Also, Frau Marschall, ich hab ihm alles gesacht, wo mir auf der Galle drückte. Alles, Frau Marschall, und denn ha'm wir uns gekündigt. Herr Philip mir und ich ihm erst recht. Darauf rief er Jojo

Knopp (ich nehme an, daß es sich um Jou handelt) an und hat ihr aber sowas von fertichgemacht, weil se Ihnen was erzählt hat, und gesacht, wenn Sie sich was getan haben, denn schießt er ihr nieder. Und wie er mit unsern Doktor telefonierte und ihm anschiß, daß dis Telefon kaputtging. So – nun wissen Se, wie gemütlich es bei uns zugeht.«

»Wann ist mein Mann angekommen, Anna?«

»Vor 'ne gute Stunde, zirka.«

Ich gehe ins Haus. Phil wird bei Philine oben sein, aber ich möchte sie beide noch nicht sehen. Im Schlafzimmer setze ich meine Tasche ab. Die Hunde fallen über sie her und bohren ihre Schnauzen vergebens hinein – ich habe vergessen, ihnen etwas mitzubringen.

Und dann sehe ich Philip. Er steht im Badezimmer vor dem Becken und wäscht sich die Hände. Und schaut mich durch den Spiegel darüber an. Und sagt kein Wort. Nicht einmal »Hallo, Tin« oder so was. Nichts.

»Du – du bist schon hier?« Etwas Klügeres fällt mir nicht ein.

Phil nimmt ein Handtuch und trocknet seine Hände. Und sagt noch immer nichts.

»Anette ist draußen«, stottere ich. »Wir sind mit dem Zug gekommen.«

Jetzt wirft er das Handtuch ins Becken und dreht sich langsam zu mir um –

»Ich wollte sie nicht entführen, Phil. Ich wollte dir

auch nicht nachspionieren, bestimmt nicht. Ich schwöre es!«

– und verschränkt seine Arme über der Brust. Sein Gesicht ist glatt und seine Haltung zweifellos dekorativ. Dieser Kerl! knirscht Auguste in mir. So unerbitterlich und selbstbewußt, so – hassenswert in diesem Augenblick.

»Ich halt's nicht mehr aus!« höre ich mich aufschreien, meine Fäuste fahren in die Luft und finden ihr Ziel. Sie hämmern auf seine Brust ein, und er wehrt sich nicht. Da lasse ich die Arme sinken und mache die Augen zu. Es ist keine Kraft mehr in mir. Kein Gedanke. Gar nichts ...

»Mein dummes, liebes, kleines Mädchen«, sagt er, und seine Stimme ist ganz tief vor Zärtlichkeit, und seine streichelnden Hände auf meinem Gesicht sind ganz kühl und zart. »War ich ein Idiot?«

Aber ich kann's ihm nicht bestätigen, weil ich weinen muß. Ich glaube, ich habe eine halbe Stunde lang geheult.

»Das war das fünfte Taschentuch«, lächelt Phil und wirft ein weißes, klitschnasses Knäuel ans Fußende unseres Bettes. »Brauchst du noch ein sechstes?«

»Nein, ich glaub, jetzt ist aller Kummer draußen.«

Er küßt mein Gesicht und sagt das Wort, das Phil von jeher die größten Sprachschwierigkeiten bereitete, er sagt: »Entschuldige, Valentin.«

»Tu's nicht so bald wieder, nein?«

»Tin, ich verspr . . .«

Aber da ist schon mein Finger an seinem voreiligen Mund.

»Versprich mir nichts, Phil! Versuche lieber, das Nichtversprochene zu halten.« Und dann muß ich ihn trösten, den Armen! Er hat seit Anettes Entführung seine Nerven aufs äußerste strapaziert und wurde bald verrückt vor Sorge über mein Verschwinden.

»Ich bin 110 im Durchschnitt nach Berlin gefahren, Valentin!«

»Aber woher wußtest du denn, daß ich hierher zurückkommen würde?«

»Aus Erfahrung, Liebes.« Sein Kinn kratzt über meinen Hals – wie soll er bei 110 Durchschnitt Gelegenheit finden, sich zu rasieren? »Meine ›Kinder‹ pflegen ihren Kummer immer in ihr Körbchen zu tragen«, sagt er.

Mir ist plötzlich so leicht – so leicht wie dem Heinrich im »Froschkönig«. Sie kennen sicher noch die Stelle am Schluß, wo es plötzlich einen lauten Plumps gibt und der Herr ruft: »Heinrich, der Wagen bricht!« »Nein, Herr«, sagt da der Heinrich, »das war ein Ring von meinem Herzen.«

Und in diesem glück-leichten Augenblick ringe ich mir ein Versprechen ab, das gewiß keiner Frau leichtfällt. Ich verlange von mir: »Du hast ihm eben verziehen, Tine. Verfall nicht in den Fehler, ihm beim nächsten Streit ums Wirtschaftsgeld seinen Seitensprung vorzuhalten!«

Und während ich diesen Schwur stumm in seine warme Schulter spreche, sagt Phil: »Du bist ein dummes, liebes, kleines Mädchen, aber du bist auch eine kluge Frau. Du hast dich wundervoll benommen.«

Ich habe mich gar nicht benommen. Ich bin sogar allen Möglichkeiten, mich irgendwie »zu benehmen«, aus dem Weg gegangen. Aber Phils Lob macht mich stolz, und mein Stolz, eine kluge Frau zu sein, macht mich ungewöhnlich großzügig.

Ich sage: »Sie ist wirklich eine Dame. Ich mußte sie – ob es mir behagte oder nicht – sehr sympathisch finden.«

Er nimmt meine Hand von seiner Brust und küßt sie in die Innenfläche. »Die – Dame war ebenso entzückt von dir. Sie fand dich bezaubernd hübsch und liebreizend, doch, das hat sie wörtlich gesagt. Und wenn sie dich vorher gekannt hätte, dann ... sie ist nämlich wirklich eine Dame, Tin. Aber niemand kann für sein Herz.«

Nein, dafür kann niemand. In diesem Augenblick schließe ich einen Waffenstillstand mit der großen, »mondänen« Gesellschaft, zu der ja besagte »Dame« gehört. Es gibt wohl auch unter ihren Angehörigen »so'ne, solche und gesprenkelte«, wie Hänschen es auszudrücken pflegt.

Und dann fällt mir etwas ein. Ich richte mich erschrocken auf. »Unsere Tochter! Jetzt bin ich fast zwei Stunden zu Haus und habe sie noch nicht begrüßt. Rabenmutter! Ich hole sie zu uns herunter, ja?«

»Noch nicht.« Phils Arme umschlingen mich von hinten, er küßt ausführlich meinen Nacken, dann sagt er: »Jetzt darfst du gehen.«

Auf der Treppe begegne ich Anna. Sie betrachtet mich prüfend von oben bis unten. Ich ziehe den Morgenrock unwillkürlich fester um mich – sie hat wirklich etwas von einem Pastor! – und lache verlegen.

Und diesmal höre ich es ganz deutlich zum zweitenmal plumpsen: »Nein, Herr, diesmal war's ein Ring von Annas zerknittertem Herzen!«

». . . aber Se machen's ihm viel zu leicht, Frau Marschall! Sie sollten mehr von so was wie Charakterstolz haben!«

»Charakterstolz ist eine gute Sache, solange er einem nicht selber schadet«, sage ich weise. »Mein Stolz kann mich kaum so glücklich machen wie mein Mann . . .«

Anna zuckt die Schultern. »Zieh'n Se sich gefälligst was auf die Füße«, brummt sie, »sonst hol'n Se sich was wech!«

Ich bin schon die Treppe hinaufgelaufen, da fällt mir noch etwas ein. »Anna!«

»Ja doch?«

»Die wievielte Kündigung ans Haus Marschall ist das eigentlich, die Sie jetzt zurückziehen?«

Sie schnauzt etwas, das ich lieber nicht verstehe. Und ich hüte mich, sie an ihre Bemerkung über meinen fehlenden Charakterstolz zu erinnern, denn ... Sonst hätte sie ja wohl eine ihrer Kündigungen wahr gemacht, nicht wahr?

Vielleicht liegt es an meiner eigenen Glückseligkeit, daß Philine nicht zuerst »Papi da?« fragt, als ich sie aus ihrem Bettchen hebe, sondern strahlend »Mami da!« kreischt.

Jetzt liegt sie zwischen uns in dem großen Bett und findet es herrlich, daß Phil bereitwillig aufwimmert, sobald sie mit beiden Händen an seinen Brusthaaren ziept. (So erzieht man ein Kind frühzeitig zum Sadismus!)

»Du mußt zugeben, daß sie uns gut gelungen ist?« sagt er.

»Zweifellos. Übrigens hat sie ein Geschenk für dich – einen neuen Zahn.«

»Ach nee – wo denn?«

»Oben rechts.«

Aber Philine sträubt sich energisch, ihn zu zeigen.

»Armes Kind«, seufzt Papi mitfühlend, »jetzt hast du noch ein Stück mehr, das dir in Zukunft Schmerzen bereiten wird.«

»Wir Menschen leider alle insgesamt haben das Zähne Wehe, und zwar thun uns je und allzeit weh die Zähne, mit denen Adam in den verbotenen Apfel biß«, zitiere ich Abraham a Santa Clara.

»Du wirst schon wieder anzüglich, Tine Toppelschmidt«, seufzt Philip. Und dann fällt mir etwas schrecklich Wichtiges ein.

»Pfilipf!«

»Ja?«

»Halt dich fest!«

»An dir?«

»Wenn du's gern tust?«

»Ziemlich«, sagt er und: »Was gibt's denn?«

»Hänschen will heiraten!«

»Ach nee.« Dieser Ausruf zeigt mir, daß er keinen Groll mehr gegen seinen ehemaligen Busenfreund hegt, denn sonst hätte er bedeutend distinguierter reagiert.

»Es hat ihn so arg gepackt, daß er sogar seine Wohnung auf freundlich renovieren ließ und sich wie ein Gent kleidet. Nun frag schon endlich, wen er heiratet – oder weißt du es bereits?«

»Keine blasse Ahnung.«

»Also – es ist Siegi Knopf!«

»Nein!« Und dann lacht er ganz laut.

»Warum lachst du?« frage ich streng.

»Ja – warum lache ich? Weiß nicht. Jou ist ein hoch-anständiges Mädchen bis auf ihre private Glasperlenzucht, aber die kann man ihr abgewöhnen. – Sie wollte doch nur einen Mann mit Pensionsberechtigung!«

»Wer fragt danach, wenn er wirklich liebt!« sage ich.

»Eben. Erzähl mal, wie ist das denn mit den beiden gekommen?«

»Als sie damals bei uns waren, brachte er sie in dem gepumpten Auto in ihre Bleibe. Unterwegs hielten sie an einem Würstchenstand, weil Siegi sich nicht getraut hatte, sich bei uns satt zu essen. Und wie sie das dritte Paar verknackten, kamen sie so ins Erzählen – und ins Verlieben. Nächste Woche wollen sie gemeinsam nach Hamburg fahren. Segen holen.«

»Siegi und Hänschen, also nein, Tine – verzeih, daß ich noch einmal lache – aber – wie das Leben so spielt, Siegi und Hänschen!!!« Und mein Philip schuckelt vor Lachen, bis nicht nur Philine, sondern auch ich ihn ziepe, und da ruft er laut und zimperlich: »Au!«

Tja, und jetzt sollte ich eigentlich Anna hereinrufen. Und Boogie und Eliza und Anette, Emma, Gustav und all seine Liebsten. Damit sie sich malerisch um unser Bett gruppieren und mit uns den großen, opferhaften Schlußchor singen, bellen und gackern ... aber es ist ja noch nicht »Schluß«.

Ich möchte nur meinen Bericht von unserem Ruinenleben an einem glücklichen Tag beschließen, an einem besonders glücklichen ...

Morgen geht unser Leben weiter. Morgen gibt es vielleicht neue Gefahren. Masern. Staupe. Finanzielle Pleiten. Eine winzige Unvorsichtigkeit am

Steuer. Eine neue Dagy oder Maria. Es ist auch nicht ausgeschlossen, daß mir irgendwann einmal – in drei, vier, sechs Jahren und auf alle Fälle in einem sehr schwachen Augenblick – ein Jan Braun mit dem hinreißenden Temperament eines Don Juan begegnet.

Es ist eben alles möglich. Auch das, was man an einem besonders glücklichen Tag nie-nie-niemals für möglich halten würde ...

Barbara Noack

Was halten Sie vom Mondschein?

Eine Kampener Feriengeschichte

Leidenschaft ist vergänglich
wie Blüten und
Stürme und Schnupfen.
Kehrt wieder wie
Schnupfen, Stürme und
Blüten, jedoch
nicht immer in den
gleichen Garten und die
gleiche Nase zurück.

Wenn ich aus dem Fenster schaue, sehe ich den vom Sturm getriebenen Regen auf haarige Dünen niederpeitschen, sehe zwischen die Dünen geduckte, nasse Rieddächer mit blicklosen Giebelfenstern, hinter denen man das ungeheizte, muffig leerstehende Pensionszimmer der Nachsaison ahnt.

Ein hoffnungslos grauer Himmel jagt über die Insel.

Schaue ich hinter mich ins Zimmer, so sehe ich dich – und das ist beinah noch schlimmer.

Du liegst angezogen auf dem Hotelbett und drückst unablässig an den Knöpfen eines Kofferradios, das neben dir auf dem zerwühlten Laken steht. Wasserstandsmeldungen. Kirchenfunk. Holländische Nachrichten. Ein Wiener Lied aus einem dänischen Sender. Es schrammelt mit merklich fröstelnder Gefühlsseligkeit über die Schleiflackmöbel des Hotelzimmers.

Du liegst aggressiv – mit angewinkelten Beinen – da und lauerst darauf, daß ich dich anspreche, daß ich dich nicht anspreche, daß ich irgend etwas tue, was dir Gelegenheit gibt, einen Streit zu beginnen. Es ist nicht sehr angenehm mit dir. Du willst auch gar kein angenehmer Mann sein. Du bist geradezu vernarrt in deine Unausstehlichkeit. Wenn ich wenigstens eine Tätigkeit wüßte, die dich von deinem aktiven Mißmut ablenkte. Aber du hast dich ja bereits an allem versucht.

Auf deinem Nachttisch stapeln sich Zeitungen und Bücher. Anfangs beschäftigtest du dich noch mit Exemplaren deiner mitgebrachten Spielkartensammlung. Jetzt liegen sie achtlos herum – ich fand Tarockkarten aus dem 17. Jahrhundert unter deinem Bett und überall verstreut die runden indischen Elfenbeinkarten mit den freimütigen Miniaturmalereien. (Ja, was soll denn das Zimmermädchen von uns denken?)

Du hast die Koffer mit Schuhwichse poliert, sämtliche Kreuzworträtsel in Illustrierten geraten. Du telefonierst täglich mehrmals mit deiner Sekretärin, deinem Teilhaber, sogar mit den Kindern. Sie sind so viel Beachtung von deiner Seite nicht gewöhnt und wissen nicht, wie sie ihre Befangenheit ablegen und wo sie so schnell das Vertrauen zu dir hernehmen sollen.

Dein Fingerknöchel hämmert gegen das mitgebrachte Barometer. Wieder und wieder, mit dem unlogischen Trotz der Streitsüchtigen. Es ist nicht mehr mitanzuhören.

»Das Ding kann auch nichts dafür, wenn es Schlechtwetter anzeigen muß. Es kann deinetwegen keinen Betrug begehen.«

»Es war deine Idee«, sagst du anklagend. »Wer geht schon im November nach Kampen!?«

»Ja, ich weiß«, sage ich, »aber es ist deine lädierte Gesundheit, derentwegen wir hier sind. Übrigens soll das Wetter im Sommer auch nicht viel besser gewesen sein.«

»Im Sommer waren wenigstens unsere Freunde da«, sagst du.

Das stimmt. Im Sommer waren all die Leute hier, die wir ein Jahr lang zu Hause und überall dort treffen, wo etwas gesellschaftlich oder sportlich Wichtiges stattfindet. Immer die gleichen Gesichter. Immer das gleiche Bla-Bla. Nur der Klatsch wechselt wie die Verhältnisse, mit denen er sich befaßt.

»Im Sommer –«, fängst du schon wieder an.

»– warst du in Indien«, sage ich. »Da hättest du sowieso nicht hier sein können.«

»Na und? War das etwa ein Vergnügen für mich?«

»Nein«, sage ich, »es war eine Geschäftsreise.«

»Ich hatte überhaupt keine Ferien in diesem Jahr. Nicht einmal einen Skiurlaub. Du warst zweimal fort.«

»Ja«, sage ich, »mit den Kindern und deiner Mutter und deiner Schwester und den Kindern deiner Schwester ...«

»Was willst du damit sagen?« fragst du lauernd.

»Gar nichts. Ich stelle nur fest.«

– und wundere mich, woher ich noch die Geduld nehme. Ich spüre, es wird nicht mehr lange gutgehen. Noch eine Viertelstunde mit dir im selben Zimmer, und es passiert ein Malheur. Dann verliere auch ich die Beherrschung. Dann werden wir wie Kampfhähne aufeinander losgehen und hacken, hacken, blindwütig alles aufhacken, was uns im Laufe der gemeinsamen Jahre mißfallen hat – an deiner und an meiner Familie, an deinen und an meinen Freunden, wir werden uns an alles erinnern, was wir falsch gemacht haben. Du und ich. Wir werden dramatisch, bitterböse, unlogisch, tödlich ehrlich, schließlich ungerecht gegeneinander werden – und was dann?

Du leidest ja nicht nur am schlechten Wetter, an deiner brachliegenden Aktivität, an der Tatsache, daß du kein Mann für die Nachsaison bist.

Es ist viel schlimmer.

Wir haben hier feststellen müssen, daß wir nicht mehr in der Lage sind, fünf Regentage gemeinsam in einem Hotelapartment zu verbringen.

Zu Hause gehen wir uns aus dem Wege, wenn schlechtgestimmt. Da wird es nicht so spürbar, wie sehr wir uns auseinandergelebt haben. Zu

Hause hat der Tag seinen Rhythmus. Er ist ausgefüllt mit Pflichten und Gewöhnung. Wir sehen uns beim Frühstück, das heißt, wir sehen beide in die Zeitung, weil wir morgens noch nicht gerne viel sprechen. Wir begegnen uns erst am Abend wieder und selten allein. Du bist viel auf Reisen.

Diese Tage im novembertrüben Kampen bedeuten unser erstes, enges Beieinander seit Monaten, ein Aufeinanderangewiesensein auf begrenztem Raum – und es geht nicht gut.

Wie ist es nur möglich, daß zwei einigermaßen intelligente Menschen mit gemeinsamen Interessen und Hobbys sich so wenig zu sagen haben!? Dabei gab es einmal eine Zeit, da reichte keine Nacht für unsere Gespräche aus.

Du bist auch heute noch fähig, einer Frau unbegrenzt zuzuhören, sofern sie neu für dich ist.

Und es gibt viele neue Frauen für einen Mann wie dich.

Man sieht dir zwar an, daß du dein Leben ohne Rücksicht auf deine Gesundheit voll ausgelebt hast. Deine Muskeln haben bei nachlassendem sportlichen Training Fett angesetzt. Du wirkst viel älter, als du bist, aber noch immer ist dein Sex spürbar, fast aufdringlich da. Er wirkt auf alle Frauen, nur leider auf mich nicht mehr.

Man kann sich auch an Sex gewöhnen wie an

einen alten Latschen. Vor allem wenn der Sex zu Hause ausruht, ebenso wie dein vielgepriesener männlicher Charme, dein Witz, dein Humor – du sollst ja außer Haus mächtig geistreich auftreten. Aber irgendwo muß selbst ein Ausbund an Qualitäten ja einmal ausspannen und brummiger Durchschnitt sein, und wo sonst wäre das möglich als in der Familie. Wir – die Kinder und ich – haben unendlich viel von dir. Zum Beispiel am Sonntag. Sofern das Wetter nicht zum Golfspielen taugt, schläfst du – in der Sonne, im Schatten oder im Bett. Am Sonntag kannst du dir das Ausschlafen leisten. Da versäumst du schließlich nur Familienleben, nicht mehr. Manchmal frage ich mich, warum du überhaupt noch bei uns bleibst. Aber ein vielbeschäftigter Mann kehrt wohl meistens dahin zurück, wo es die wenigste Mühe macht.

Du hast Freundinnen. Ich glaube nicht, daß es sich um Liebe handelt. Für nachhaltige Gefühle lyrischen Charakters fehlt dir einfach die Zeit. Ich weiß nur mit Bestimmtheit eins: Sie sind jünger als ich.

Hier am Strand von Kampen hat einmal eine ebenso erfahrene wie verbitterte Frau zu mir gesagt: »Das Mädchen, das Sie eines Tages bei Ihrem zukünftigen Mann ausbooten wird, geht noch in den Kindergarten. Sie wird den Rahm abschöpfen, den beruflichen Höchststand Ihres Mannes, seine geistige und seelische Reife, seine grauen Schläfen – all das wird ihr gehören. Und Sie, Sie werden sich alt fühlen, viel älter, als Sie in Wirklichkeit sind, bei dem Gedanken an die Jugend des Mädchens, in das sich Ihr Mann verliebt hat . . .«

Hat sie hübsch gesagt, nicht wahr? Und so ermutigend.

Ich hätte es längst vergessen, wenn ich nicht gerade neulich beim Aufräumen meines Wandschranks auf die Tagebücher gestoßen wäre, die ich bis zu Tinas Geburt führte.

Du hast immer über meine »Buchführung« gelacht, so lange und so oft, bis es mir schließlich selbst lächerlich vorkam und ich sie aufgegeben habe. An sich war das schade. Man soll ruhig schriftlich mit seinem Leben umgehen, denn das Nachlesen der reportierten Erinnerungen ist meistens erfreulich. Gerät man an die düsteren Zeiten, sagt man sich erleichtert: ein Segen, daß sie vorüber sind. Die Stellen, die von törichten Episoden und ganz großen Fehlern handeln, werden zwar nachträglich immer noch als etwas peinlich empfunden, aber, bitte schön, man hat aus ihnen gelernt: Man hat – immer wieder die gleichen großen Fehler gemacht. Und die wenigen aufgezeichneten Höhepunkte, die kurzen, sorglosen, beglükkenden Perioden der Vergangenheit, erlebt man beim Nachlesen noch einmal.

Ich habe in Band VII die Eintragungen über meinen ersten Urlaub in Kampen wiedergefunden. Ich habe das Buch mitgebracht, um es dir hier, wo du nichts Wichtiges zu tun hast, zu lesen zu geben.

Fang auf Seite 19 an, alles davor ist uninteressant. Erwarte auch ab Seite 19 nichts Aufregendes.

Es waren ja nur Ferientage, die ich aufgezeichnet habe. Sommerferien . . .

Sommerferien mit dem Mann, den ich so sehr geliebt habe wie nie davor einen Mann. Und auch nie danach.

Sommerferien mit dem idealen Mann für Sommerferien.

Es war eine beinah vollkommen glückliche Angelegenheit, für die wir nur wenige Tage zur Verfügung hatten. Aber welche Vollkommenheit bringt es fertig, länger als ein paar Tage vollkommen zu bleiben!? Zumindest keine, an der Menschen teilhaben.

Tagebuch

26. Juni

Heute schien zum erstenmal eine zuverlässige Sonne.

Meine Hausgenossin, eine nicht sehr erfreuliche Person, aber die einzige, die ich bisher kenne, forderte mich auf, mit ihr zum Nacktstrand zu fahren. Ich trug ihren Golfschirm und ihre zweite Badetasche und ihr Radio und meinen Bademantel und meine Tasche und einen Picknickkoffer und zwei Illustrierte vom Parkplatz über endlose Dünen zum Meer hinunter und stand nun da – mit ausgeleierten Armen und total verblüfftem Schamgefühl.

Es war das erste Mal, daß ich einem Haufen völlig unbefangener Nackedeis aller Alters- und Gewichtsklassen auf einem öffentlichen Strand begegnete.

»Das ist nur am Anfang so«, klärte meine Nachbarin mich auf. »Was glauben Sie, was ich zu Beginn hier durchgemacht habe! Wer seinen Körper ein Leben lang als Wertgegenstand behandelt hat, der wirft seinen Anblick nicht so ohne weiteres dem Volke hin – und dazu noch

Ehefrauen und Kindern. Ich habe anfangs nur auf dem Bauch gelegen und die Hinterfront verschenkt. Ich sagte mir, am Rücken vergibt man sich noch am wenigsten. Aber inzwischen macht's mir gar nichts mehr aus. Im Gegenteil, es ist ein wundervolles Gefühl, so ohne Hüllen dem Wind und der Sonne preisgegeben ...«

Mein erster Eindruck war, daß nicht nur meine Nachbarin, sondern die meisten Menschen einfach zu nackt sind, wenn öffentlich ausgezogen. Vor allem, wenn sie hopsen!

Aber, wie gesagt, es ist alles Ansichtssache. Und es steht ja in den Broschüren der Sonnenfreunde, daß gemischte Nacktkultur die Natürlichkeit zwischen Mann und Frau ungemein fördere.

Ehrlich gestanden – ich hab's gar nicht so gern natürlich, wenigstens zu Anfang nicht. Ich habe lieber etwas an, wenn ich einem Mann zum erstenmal begegne. Er muß ja nicht gleich auf Anhieb alles von mir wissen, weder von meinem Herzen noch von meinem Busen. Ich möchte, daß sich seine Phantasie um meinen Ausschnitt rankt.

Aber Phantasie ist anscheinend dasjenige, was man hier am wenigsten zu vermissen scheint.

Ich behielt den Bikini an, während meine Nachbarin in freikörperkulturellem Mißmut so vor sich hingrillte. Ein dralles, hummerrotes, alterndes Baby auf einem grünen Chenillelaken. Ihr sandiger Popo wirkte sehr sentimental und später, im Verlaufe des Vormittags und unerfreulicher Betrachtungen, fast tragisch auf mich. Zumindest tragikomisch – das liegt häufig in der Natur des Nackten.

Meine Nachbarin – wohlhabend geschieden und auf der dringenden Suche nach einem neuen Glück – lud ihren schwerwiegenden Pessimismus auf mich ab. Gerade heute vormittag hatte sie durch Zufall einen Mann wiedergetroffen, der vor zehn Jahren die Absicht hegte, sie zu ehelichen. Aber meine Nachbarin wollte damals nicht. Wegen des Altersunterschieds. Der Mann ist siebzehn Jahre älter als sie. Meine Nachbarin sah weise voraus. Sie sagte sich: Wenn ich Anfang Vierzig und noch voller Wünsche bin, lahmt er bereits auf die Sechzig zu.

»Na und?« frage ich sie. »Lahmt er heute?«

»Ich habe ihn nicht geheiratet, weil er zu alt für mich war«, sagte sie. »Ich habe ihn wiedergetroffen und feststellen müssen, daß ich inzwischen zu alt für ihn geworden bin. Er stellte mir seine Braut vor. Sie ist Anfang Zwanzig.«

»Oh«, sagte ich, »das muß wahre Liebe sein.«

»Vor allem von ihrer Seite«, sagte sie und

schimpfte: »Wir haben eine kosmetische Industrie und Schönheitschirurgen, die uns das Geld aus der Tasche ziehen. Wir tun alles, um jung zu bleiben. Aber für wen, frage ich Sie!? Unsere Männer laufen trotzdem mit den Freundinnen unserer Töchter davon.«

Meine Nachbarin sprach noch eine Weile so bitterlich vor sich hin, ich wurde zusehends depressiver davon und älter. Torschlußpanik griff nach mir! Was sollte bloß in fünfzehn Jahren aus mir werden!

Meine Nachbarin sah alles haargenau für mich voraus. Sie sagte: »Heute sind Sie neunundzwanzig, nicht wahr, Fräulein Kiki? Und Ihr Verlobter, ist wie alt?«

»Einunddreißig«, sagte ich.

»Das Mädchen, das Sie eines Tages bei ihm ausbooten wird, geht noch in den Kindergarten. Sie wird den Rahm abschöpfen, den beruflichen Höchststand Ihres Mannes, seine geistige und seelische Reife, seine grauen Schläfen – all das wird ihr gehören. Und Sie, Fräulein Kiki, Sie werden sich alt fühlen, viel älter, als Sie in Wirklichkeit sind, bei dem Gedanken an die Jugend dieses Mädchens, in das sich Ihr Mann verliebt hat ...«

Nachdem sie mich so beunruhigt hatte, holte sie einen saftigen Pfirsich aus dem Picknickkoffer und biß hinein. Der Saft tropfte auf ihre sandigen Brüste – mein darauf gerichteter Blick geriet in einen klebrigen Ausnahmezustand.

Ich ertrug meine Nachbarin nicht länger und lief querstrandein davon. Das letzte, was ich von ihr hörte, war der bedauernde Seufzer:

»Warum hängt man bloß sein Herz an diese verflixten Männer!? Lesbisch müßte man sein! Aber man kann ja nicht alles haben.«

Beim Heimkommen fand ich zwei Briefe vor. Einen von Klaus, den anderen von seiner Mutter. Mama schreibt, sie habe ein bildschönes Schlafzimmer – weiß mit grünen Polstern, auch das französische Bett – für einen Spottpreis erstanden. Ich würde begeistert sein, schreibt sie, es sei genau das, was ich mir immer gewünscht hätte.

Klaus schreibt, das Schlafzimmer sei wirklich sehr, sehr schön und dafür enorm billig. Eine Okkasion.

Und kaum benutzt.

Ein Dr. Kühl, Bekannter von Mama, habe es nach Angaben seiner lieben Frau vor einem halben Jahr anfertigen lassen. Leider starb Frau Kühl vor wenigen Wochen, und nun fällt es Herrn Dr. Kühl zu schwer, allein darin zu schlafen.

Mama hat recht, ich bin begeistert. Ein einseitig verwitwetes Schlafzimmer ist genau das, worin ich immer meine Ehe beginnen wollte.

Es tut mir leid, daß ich ihr diese Ansicht nicht postwendend mitteilte. Schließlich hat sie es gut gemeint. Ich kann nur manchmal nichts weniger vertragen, als wenn man es so gut und preiswert mit mir meint wie meine zukünftige Schwiegermutter.

29. Juni

Vor zwei Vormittagen begegnete ich zufällig der verlassenen Sandburg »Rheinland-Pfalz«, einem imponierenden Bauwerk, von patriotischen Händen geschaufelt und mit Muschelintarsien verziert. Aufschrift und Loreley – alles aus Muscheln. Seither verbringe ich viele Stunden in ihrem windgeschützten Innern. Ich sonne nackt, von niemand gestört, ich friere angezogen, ich esse meine Mittagsbrote in ihr und stülpe eine Plane über den Kopf, wenn es regnet. Ich lese, ich schreibe so wie jetzt – oder versuche zu schlafen. Aber es gelingt nicht, es ist absolut keine Müdigkeit mehr in mir. Bei schlechtem Wetter gehe ich schließlich um sieben, bei gutem um neun Uhr abends zu Bett, und mehr als zwölf bis vierzehn Stunden Schlaf bringe ich beim besten Willen nicht fertig.

Zwei Männer haben sich vor meiner Sandburg niedergelassen. Sie bemerken mich nicht.

»Guck mal, Loreley«, sagte der eine. »Findest du sie gut gebaut?«

Der andere sagte gar nichts.

Seine Stimme malte einen atonalen Kringel in die Luft – es mag sich um einen unvollendeten Seufzer aus schwerer Brust handeln.

»Geht's dir schlecht, Liebchen?« fragte der erste mit mehr Schadenfreude als Mitgefühl. »Mußt nicht so viel saufen. Schau mich an. Kein Ölkopf. Ich hab' mir einfach den Finger in den Hals gesteckt.«

»Ach, du warst das!« Selbst kurze Sätze machen dem andern offensichtlich Mühe. So ein Kater ist ja auch was Schlimmes. »Wo waren wir eigentlich zuletzt?«

Sein Freund weiß das leider auch nicht mehr so genau. »Ich erinnere mich nur noch, daß wir in einem Haus waren, in dem wir noch nie waren. Ich glaube, beim Hesser – ja, es könnte beim Hesser gewesen sein. Und du hast mit seiner Freundin . . .«

»Was hab' ich?«

»Na, ganz schön.«

Der Mensch stöhnt: »Kann gar nicht an Alkohol denken!«

Nun ist der Alkohol schuld. Dabei, wer hat die beiden gezwungen, so viel zu trinken?

»Weißt du noch, daß du die ganze Clique für heute zu uns eingeladen hast?«

»Mach keine Witze, Anton!«

»Und nun frage ich dich, wer bei uns abwäscht«, sagt dieser.

»Bitte?«

»Du hast ganz gut verstanden. Ich hab' vorige Woche zweimal, und seither niemand mehr.«

»So etwas Sprunghaftes. Eben sprechen wir noch von gestern abend . . .«

»Du bist dran«, sagt Anton stur. »Schließlich sind das nicht meine, sondern deine Freunde, die heute zu uns kommen. Und wir haben nicht ein sauberes Glas mehr!«

Ein neues Stöhnen voll Überdrüssigkeit, Elend und Ekel wird tremolierend laut.

»Jetzt bist du wieder krank, wie?« fragt Anton und federt in die Höhe. Dabei registriert er mit leichtem Erstaunen meine Anwesenheit.

»Du, da ist jemand drin«, sagt er zu seinem Freund, den diese Feststellung überhaupt nicht interessiert.

Anton ist ein Typ, den man auf Anhieb furchtbar nett finden muß, und kein Typ, den eine Frau jemals als ihren Typ bezeichnen würde. Auf Antons Typ kommt sie gar nicht erst. Er ist von drahtiger Statur, weizenblond. Hamsterbacken. Spanielaugen (Spanielaugen sind wie lustige Witwen. Äußerlich voll melancholischer Trauer, aber dahinter, dahinter . . .).

Anton, weizenblond, mit dem Wind von hinten nach vorn durch den störrischen blonden Weizen, lacht aufmunternd in meine Sandkuhle hinunter.

»Guten Morgen.«

Was soll man darauf sagen, wo es doch schon beinahe Mittag ist?

»Sie schreiben ja. Etwa Tagebuch? Sagen Sie bloß, Sie haben mitgeschrieben, was wir eben . . .«

»So komisch war das gar nicht«, sage ich.

»Eben.« Er lacht, und ich lache zurück, es bleibt mir gar nichts anderes übrig.

Anton gehört zu jenen absolut natürlichen, bis zur Naivität herzlich-natürlichen Menschen, mit denen man übergangslos befreundet ist.

Von seinem Freund bekomme ich wenig zu sehen an diesem Vormittag. Er besteht aus bleifarbenem, dichtem kurzem Haar und elend gekrümmtem Rücken unter einem Bademantel.

Anton oder Toni, wie er lieber genannt wird, beschreibt ihn und seinen Zustand folgendermaßen: »Schauen Sie hin. Ein gefälliges Mannsbild. Da liegt es. Ein Siegfried mit verbeulter Achillesferse. Ein angestochenes Vollblut, aus dem – pchchcht – die Lebensfreude entwichen ist. Ein geplatzter, zusammengeschnurrter Luftballon. Ein Jammerlappen. Aber nur vorübergehend. Er kommt wieder, er kommt bald wieder – wie Phönix aus der Asche entsteht er völlig neu, sobald er seinen Rausch ausgelitten hat. Und dann – dann reitet er säbelschwingend Attacke. Und es gibt kein Mädchen, das sich nicht gern von ihm erbeuten ließe.«

Sein Freund vollführte unter Aufbietung aller Energie eine einzige, aber wirkungsvolle Stoßbewegung in Richtung Anton.

Derselbe landete mit einem Bauchklatscher neben mir in der Kuhle. Ich bin gleich darauf gegangen.

Am Nachmittag traf ich Toni zufällig vor einem Obst- und Gemüseladen. An seinem Arm schlenkerte ein leeres Netz, er hatte den Zettel vergessen, auf dem all das stand, was er einkaufen sollte. Jetzt trödelte er an den Geschäften entlang und ließ sich inspirieren und drückte mal eine Tomate, roch kurz an Pfirsichen, stieß dabei erfreut auf mich, die ein Pfund Johannisbeeren kaufte.

»Wie geht es Ihrem armen Freund?« fragte ich ihn. »Lebt er denn noch?«

»Aber nicht besonders gern«, sagte Toni. »Als ich ihn verließ, hockte er in verdunkeltem Zimmer auf dem Bettrand und sah einer Lokomotive zu.«

»Lokomotive?« fragte ich besorgt.

»So ein umständliches Ding –«, er zeichnete ihren Umfang in die Luft über der Auslage mit den Knubberkirschen. »Fährt ohne Schienen. Modell 1900.«

Nun gibt es einen Menschen in Kampen, der sich freut, wenn er mich trifft. Und ich freue mich auch, wenn ich Toni treffe.

Ferien sind ja schließlich nicht nur zum Ausschlafen da. Man braucht mal eine Ansprache, und wenn's auch nur ein Blödeln ist.

Zudem zersetzt ein längerer Gebrauch des hiesigen Reizklimas selbst standhaftere Naturen als mich. Die Menschen lockern sich so peu à peu an allen möglichen Stellen. Sie enthemmen sich geistig und physisch, knöpfen sich auf, ziehen sich aus und kaufen Mützen, die ihrem Typ zuweilen energisch widersprechen.

So weit bin ich zwar noch nicht, aber mein Bedürfnis nach Kompanie ist groß.

Gemeinsam stecken wir einen Brief an Klaus in den Schlitz des Postkastens, das heißt, ich steckte aus Versehen mein Portemonnaie hinein und behielt den Brief in der Hand. Toni leistete mir Gesellschaft, bis der Kasten geleert wurde.

Wir saßen am Straßenrand, an eine Gartenmauer gelehnt, den erhobenen Beinen vorbeiflanierender Hunde im Wege, und unterhielten uns.

Toni heißt Anton Eberhard Pudellowsky, ein Name, der ihm nicht geeignet erscheint, seine künstlerische Karriere als Dichter und Komponist zu fördern. Er ist sich noch nicht klar, ob er den Pudel oder den Lowsky an seinem Nachnamen fallenlassen soll. Ich riet ihm, sich Llowsky zu nennen: zwei L am Anfang machen die Menschen stutzig. Und wenn sie erst einmal stutzen – wir waren reichlich albern.

Aber mir gefiel es so – am Straßenrand zu hokken wie Tramps, aus Spaß am Lachen zu lachen, darüber das Zeitgefühl zu verlieren, einfach dazuhocken, egal, wie lange, man versäumt ja nichts, zufrieden und träge bis in die Zehenspitzen in nicht ganz sauberen Segelschuhen.

Auf einmal fingen die Ferien an, Ferien zu werden. Toni hielt mir eine verklebte, hosentaschenwarme Bonbontüte hin und freute sich: »Hätte schwören können, daß Sie einen Roten nehmen.«

Er sang mir einen Song vor, den er selbst gedichtet und komponiert hatte und von dem ich noch eine Strophe so weit beherrsche, um sie niederschreiben zu können.

Das ist sie:

»Süße, kleine lila Quallen
finden an der Gänsehaut
Zugereister viel Gefallen.
Mancher findet auch 'ne Braut.

Mir gefiel das Lied. Toni meinte, ich hätte so den rechten Tiefsinn fürs Törichte, und sein Kompliment machte mich stolz.

Aber daß solche Lieder geeignet sind, ihm den dringend benötigten Weltruhm einzubringen, bezweifle ich.

Nachdem wir das Portemonnaie wiederhatten,

gingen wir ins »Gogärtchen«. Dieses Lokal leidet jeden Nachmittag an chronischer Verstopfung. Man sitzt dort Backe an Backe. Wir fanden einen Stehplatz in der zweiten Reihe hinter den Barhokkern.

Toni grüßte nur so um sich herum.

»Alles Bekannte von Sascha, meinem Freund. Der Mensch wird hier nach der Menge der Leute beurteilt, die ihn kennen.«

»Und was sind das für Leute?«

»Solche, die unter sich sein wollen, und die andern, die gerne dabei zugucken. Snobs und Schnobs und Möchtegerns und Playgirls und richtig Nette. Nun gucken Sie bloß mal – wie heißen Sie eigentlich?«

»Kiki« sagte ich. »An sich Carola, aber . . .«

»Kiki! – Miß Kiki, beobachten Sie bitte unauffällig das Interesse, das Sie in den bedrückend jugendlichen Playboys entfacht haben. Sehen Sie die Lupen in ihrem Blick? Sie sind die Neuerscheinung auf dem Mädchenmarkt. Miß Kiki, hier lauert Ihre Chance, endlich zu einem alten Knacker zu kommen. Zum Beispiel der da drüben im rosa Hemd, Schal und so. Heißt Hesser. Achtzig Millionen Umsatz im Jahr. Wenn er betrunken ist, sind's sogar noch mehr. Er lauert nur darauf, Sie kennenzulernen. Wollen Sie?«

Tonis raketenhaftem Mundwerk zuzuhören machte atemlos. Ich stand – im Gewoge hilflos eingeklemmt – da und gackerte zu seinen Reportagen. In der einen Hand schwappte mein Drink, in der anderen hielt ich die Tüte mit den bedenklich suppenden Johannisbeeren, mein Portemonnaie und ein Taschentuch. Ich hatte vollbeschäftigte Hände und vollbeschäftigte Ohren. Und ich mochte Anton Eberhard Pudellowsky immer lieber.

So ein offenes, fröhliches Gesicht. Keine düsteren Geheimfächer im Innenleben. Das goldene Herz auf der redseligen Zunge. Eine Beruhigung für jede Schwiegermutter. – Diese Charakterisierung stammt übrigens von ihm selbst. Er nimmt sich gern auf die Schippe der Ironie – sich selbst, seine zukünftige Karriere als berühmter Songmacher –, ich glaube, er überspielt damit seine Unzufriedenheit über das, was er bisher mit seinen Talenten erreicht hat: Eine schlechtbezahlte Stellung in einem Musikverlag.

Im nächsten Brief werde ich Klaus von meinem neuen Freund Toni berichten. Wir müssen ihn zu unserer Hochzeit einladen. Ich stelle mir meine Schwiegermutter im Gespräch mit Toni vor, nachdem dieser fünf Whiskys getrunken hat. Es wird hinreißend schiefgehen!

Ein Mann betrat den Barraum des »Gogärtchens«.

Nachlässiges Dunkelblau auf einem kräftigen Körper. Und ein erstaunlich guter Kopf. Er wurde von allen Seiten im Überfluß begrüßt; sein antwortendes Lachen war so dezent, daß es sogar auf das Ausspielen der Wirkung seiner verblüffend echten Zähne verzichtete. Ich habe selten einen so leisen Auftritt mit so lautstarker Wirkung erlebt. Für diesen Mann war plötzlich an allen Tisch Platz frei.

»Anscheinend hat er von seiner Lokomotive genug«, sagte Toni neben mir.

Das war sein Freund Sascha. Am Vormittag hatte ich nicht mehr von ihm als kurzes bleifarbenes Haar und den das übrige Katerkleid gnädig verhüllenden Bademantel gesehen.

Gleich nach seinem Eintritt riß leider der durchweichte Boden meiner Obsttüte. Toni sah mich bekümmert an. Wir überlegten gleichzeitig, ob es nicht das beste wäre und dieses Beste so schnell wie möglich – aber er hatte ja noch nicht unsere Drinks bezahlt.

So seufzte er nur einmal leicht und tauchte unter.

Ab und zu wurde sein ausholender Musikerschädel oder eine Hand von ihm sichtbar, die emsig zwischen Füßen und Hockerbeinen vermatschte Johannisbeeren aufklaubte, mit denselben und hochrotem Kopf ans Tageslicht zurücktauchte, nicht wissend, wohin mit dem saftigen Malheur, dasselbe schließlich auf den Bartresen stülpte.

Das hatte der Mixer nicht gern.

Toni durchstand viele Unannehmlichkeiten für mich. Ich schaute indessen nach seinem Freund Sascha.

Er war neben einem Mädchen, so einem schick verschlafenen Typ mit dem langhalsigen Sex einer jungen Giraffe, untergekommen. Das war Gaby, wie ich später erfuhr, die Monatsbraut des Industriellen Hesser, höchstens dreißig Jahre jünger als er. Na ja, das ging ja noch. Es gab hier ganz andere Fälle von Großvaterkomplexen, auf die mich Toni im Laufe des Nachmittags aufmerksam machte.

Gabys Hand kraulte mit fünf sehnsüchtig-geschickten, dünnen Fingern über Saschas Hinterkopf, kraulte so lange, bis er ihre sehnsüchtig-geschickten Finger mit einem leicht wehrenden Rekeln abschüttelte.

Und da war noch ein Mädchen am Nebentisch. Es lächelte ihm gleichzeitig verletzt und vertraulich zu. Sascha lächelte sein Bestes zurück, die altmodische Spielzeuglokomotive noch immer im entgeistigten Katerblick.

»Die auch?« fragte ich Toni.

»Genau drei Tage«, sagte er und: »Hat nichts weiter zu bedeuten. An sich wollte Sascha mit seiner Zukünftigen herfahren. Sie brach sich aber den Fuß.«

»Ach«, sagte ich, »die Arme.«

»Ich bin nicht traurig darüber«, sagte Toni. »Es ist lustiger mit ihm allein hier. Da können wir so hausen, wie's uns paßt.«

»Kennen Sie ihn schon lange?« fragte ich.

»Meine Mutter besitzt ein Foto von uns. Sascha hat da drauf die Hosen voll und brüllt, und ich brülle aus Gesellschaft mit. Das ist dreißig Jahre her. Stellen Sie sich mal vor, Miß Kiki.«

Ich weiß nicht, warum er mich »Miß Kiki« nennt. Fräulein erscheint ihm wohl zu lang und konventionell und Kiki allein noch etwas verfrüht.

»Mein Vater«, erzählte Toni, »war Arzt im Werk von Saschas Vater. Boehrn & Haacke. – Ist Ihnen kein Begriff?«

»Tut mir leid, ich lese keinen Wirtschaftsteil. Was stellen sie denn her?«

»Draht.«

»Und das geht gut?« fragte ich skeptisch, an

das bißchen Draht denkend, was wir so im Haushalt brauchen.

Toni sah mich zärtlich an. »Sie sind in solchen Sachen noch unschuldiger als ich, wie?«

»Klar«, sagte ich.

»Schaun Sie, das fängt bei Brückenseilen und Seilen für Schwebebahnen an und endet beim Blumendraht.«

»Und was macht Ihr Freund dabei?«

»Sascha? Na, der ärgert sich mit dem geerbten Draht herum.«

Nachdem Toni gezahlt hatte, verließen wir das »Gogärtchen«. Die Johannisbeeren schenkten wir dem Lokal zur Erinnerung an unvergeßliche halbe Stunden.

Ich sah mich am Ausgang noch einmal um. Ich versuchte, mir Tonis Freund Sascha, der Mädchen vernaschte, sich zuweilen betrank und Spielzeuglokomotiven liebte, als seriösen Geschäftsmann vorzustellen. Meine zweifellos begüterte Phantasie reichte dafür leider nicht aus.

Überhaupt – je länger ich diese Leute hier betrachtete, die flotten alten Herren mit ihren jungen Mädchen, die Mädchen, die keine Playopas nötig hatten, die teuer verheirateten, betrogenen Frauen, die unvorteilhaft geschiedenen auf der Suche, die hungrigen Witwen mit kostbarem

Schmuck am kleinen Finger und Whiskylook, die energischen Unternehmerinnen im teuren Seidenanzug, die paar Zufriedenen dazwischen, die jungen Männer, zum Teil aus teuren Internaten, zum Teil obskurer Herkunft, die Knaben mit sechs Vergasern im Blick, die lauten, lässigen Schnauzen, die Künstler und Industriekapitäne, als Seebären verkleidet, die vielen Schmarotzer am Tisch der wenigen Großen ...

Es kostete Mühe, sich diese Menschen, Leute, Mitläufer in ihrem normalen Alltag vorzustellen.

Als ich hinter Toni und seinem Marktnetz in den windigen, kühlblauen Spätnachmittag hinaustrat, war plötzlich sein Freund Sascha neben uns.

»Hallo«, sagte er.

»Hallo«, gab ich witzig zurück.

Wir kreuzten aufmerksame Blicke. In seinem sausten nun keine Lokomotiven mehr herum. Er wirkte völlig entkatert und konzentriert.

»Wo geht ihr hin, Toni?«

In dieser nach überstandenem Leiden frisch erwachten Stimme kreuzten sich Florettklingen. Eine erregende, leise Stimme.

Toni raffte sich zu einer beinahe konventionellen Vorstellung auf: »Das ist Sascha – und das ist Miß Kiki.«

»Hören Sie, Miß Kiki«, sagte Sascha, mich ausführlich begutachtend und einstufend, »wir haben nachher ein paar Leute bei uns. Wollen Sie nicht auch kommen? Toni sagt Ihnen, wo wir wohnen. Kommen Sie um halb sieben, ja? – Fein. Bis nachher.« Er schenkte mir ein spontanes Strahlen, dessen Ausläufer noch für einen ankommenden Bekannten ausreichten, mit dem er in das Lokal zurückging.

Toni und ich standen da.

Ich hab's nicht gern, überfahren zu werden.

Aber was soll ich machen, es liegt in meiner Natur. Sobald meine Energien den stärkeren Energien einer selbstbewußten männlichen Persönlichkeit begegnen, sind sie keine Energien mehr, sondern zur Hauskatze degenerierte Tigerinnen, die kuschen und schnurren . . .

Es ist wirklich ärgerlich, wenn man sich zuweilen nicht einmal auf sich selbst verlassen kann.

»Also bis nachher«, sagte Toni. »Wir wohnen Haus ›Vogelfutter‹. Jotwedee am Wattenmeer. Ist nicht größer als eine Garage für zwei Autos. Mit einem runden Rieddach. Sieht aus wie ein verschreckter Igel. Finden Sie bestimmt, Miß Kiki . . .«

Das Haus ist wirklich sehr klein und macht den Eindruck, als ob es sich in der Einsamkeit fürchtet. Neben der Eingangstür hängt eine Galionsfigur – Blondine mit fratzenhaft verzogenem Mund und apfelsinenförmigen Brüsten. Anscheinend leidet sie unter Zahnschmerzen, denn man hat ihr einen alten Wollstrumpf um Gesicht und hölzerne Locken gebunden.

Sobald man das Grundstück betritt, kollern einem vom Wind getriebene leere Konservendosen gastfreundlich vor die Füße. Butterbrotpapiere, auf der Fettseite mit Asche paniert, flattern von den Mülltonnen her.

Toni öffnete, noch ehe ich den Türklopfer berührt hatte, und streckte mir eilfertig einen bereits gemixten Martini entgegen. Er sagte, er habe mich kommen sehen, und ich wäre die erste; die anderen Gäste würden erst später erwartet.

Es machte mich stutzig, daß man mich früher als Saschas Clique bestellt hatte. Toni stieß mich vor lauter Gastfreundschaft in einen mit einem Schaffell bedeckten Stuhl, dann kam sein Freund Sascha. In beider Liebenswürdigkeit lauerte eine Unbekannte, mit der ich rechnen mußte.

Dazu der harte Männerdrink in meiner Hand. Und die große, windige Einsamkeit um das kleine, verwahrloste Haus »Vogelfutter«. Wer weiß!

Man hört ja manchmal so allerlei, was man gar

nicht für möglich hielte – zumindest nicht, daß es einem selbst zustoßen könnte.

Mir fiel plötzlich ein, wie kurz ich Toni kannte und wie beinahe überhaupt nicht seinen Freund Sascha. Nach wenigen Minuten, angefüllt mit schleppender Konversation, entschuldigten sich die beiden Männer und gingen in die angrenzende Küche.

Dort stritten sie sich flüsternd. Saschas Stimme klang beschwörend, Tonis anfangs ablehnend, dann immer weniger ablehnend. Ein ungutes Gefühl bedrängte meine Magengegend.

Nach einer Weile kam Toni herein, mit einer schmutzstarrenden Küchenschürze bekleidet. Er entschuldigte sich wortreich, weil er mich noch einen Augenblick allein lassen müßte, und ob ich vielleicht inzwischen eine Illustrierte, sie hatten da irgendwo eine von der vorletzten Woche ...

Die Tür zur Küche ließ er sperrangelweit auf. Ich hörte seinen Freund anzüglich seufzen und mit Geschirr klappern, ich hörte einen Tütekessel pfeifen, Wasser plätschern, Porzellan klirren, eine Kehrichtschaufel über den steinernen Fußboden kreischen und begann plötzlich – von Herzen erleichtert, allerdings auch ein wenig verbittert – zu ahnen, warum Sascha mich überhaupt und warum er mich früher als die anderen Gäste eingeladen hatte. Vor der Tür des »Gogärtchens« mußte er beschlossen haben: Die ist genau der Typ, der Toni beim Abwaschen helfen wird.

Ich ließ die beiden ruhig in der Küche wüten, seufzen, klappern, plätschern. Etwa eine Viertelstunde lang, dann stand ich auf und sagte den erlösenden Satz:

»Kann ich vielleicht helfen?«

»Aber nicht doch«, riefen beide ganz entrüstet, »Sie sind unser Gast!« Und dabei band Sascha bereits seine Schürze ab und reichte sie mir.

Es war eine schlimme Küche. Auf dem Fußboden standen angebrannte Töpfe ineinander, daneben Tragetüten mit Abfällen, die der Mülleimer vorm Haus nicht mehr fassen konnte. Es gab kein sauberes Geschirrstück an Bord. Auf den Fensterbrettern krümmten sich alte Wurstbrote über den Tellerrand.

Mitten im Raum thronte auf einem dreibeinigen Hocker ein Holzzuber, bis zum Rand mit schmutzigem Geschirr und öligem Wasser gefüllt. Dieses sollte mein Arbeitsplatz für die nächste Stunde werden.

Die Party fand nebenan statt. Wir in der Küche wußten nicht, wie viele Personen – es kamen immer noch mehr.

Wir hörten ihr Lachen und Trampeln beim Tanzen.

Einmal erschien Gaby, das Mädchen mit dem langhalsigen Sex einer jungen Giraffe, und fragte nach Gläsern.

Toni fiel über sie her: »Erstens heißt das ›Bitte‹, zweitens haben wir keine mehr, drittens dürfen Sie ruhig guten Tag sagen, wenn Sie hereinkommen, und damit Sie viertens Bescheid wissen: Es zeugt von Größe, wenn hier eine bei uns abwäscht. Nur eine wirkliche Dame ist sich für nichts zu fein. So.« Gaby zog sich völlig verstört zurück. An sich hatte sie ja nur nach Gläsern gefragt und dieses nicht einmal unhöflich ...

»Ich kann ihren Typ nicht leiden«, sagte Toni, nachdem sie gegangen war. »Sie lacht nie, spricht kaum – und das bißchen, was sie zu sagen hat, klingt, als ob sie's maßlos gelangweilt aus dem linken Hosenbein schüttelte.«

»Bist du sicher, daß es das linke ist?« fragte sein Freund von der Tür her.

»Das Schlimmste kommt erst noch«, fuhr Toni unbeirrt fort. »Mädchen wie diese Gaby kennen keinen Übergang zwischen Kind- und überdrüssigem Erwachsensein. Wenn sie eines Tages nach einem Heer von Liebhabern, Ehemännern und Whiskyfässern vierzig Jahre alt geworden sind, dann fällt ihnen plötzlich ein, daß sie ihre Jugend versäumt haben. Und dann holen sie sie nach. Und ein vierzigjähriger Teenager, also das ist wirklich was Schlimmes.«

»Du bist so schlau, Anton«, sagte Sascha, ehe er zu seinen Leuten zurückging.

»Ich brauche frisches Wasser«, sagte ich.

»Sofort.« Toni wuchtete meinen Abwaschzuber hoch und trug ihn, die Gartentür mit dem Fuß aufstoßend, ins Freie. Ehe ich es verhindern konnte, kippte er das Schmutzwasser in die Gegend.

Es platschte und klirrte, und Toni kehrte etwas kleinlaut in die Küche zurück.

»Da war wohl noch Geschirr drin«, sagte er. »Hat man in der Brühe gar nicht gesehen.«

»Und nun?«

»Kaputt«, sagte er. »Ich hab' sowieso keine Lust mehr. Sie?«

»Ich hab' noch nie gern abgewaschen.«

Er nahm eine Flasche aus dem Eisschrank, zwei Zahnputzgläser vom Bord über dem Ausguß, schüttete Bürsten und Pasta auf den Tisch und groß Kognak hinein.

»Da. Schnaps fürs Gesinde. – Prost, Miß Kiki!«

»Prost, Mister Toni«, sagte ich.

»Bleiben Sie noch lange hier?« fragte er.

»Noch anderthalb Wochen«, sagte ich.

»Wie wir. Kann keiner keinem nachwinken. Hat auch was Gutes. – Ich habe übrigens über Sie nachgedacht. Ich habe mir gedacht, ich mach mal einen Song auf Miß Kiki. Etwas mit Mondschein und Strandkorb und 'ner Tüte Johannisbeeren vielleicht – gefiele Ihnen so was?«

»Ich fürchte, nein.«

»Es geht auch nicht«, sagte Toni. »Ich kriege die Endsilben nicht unter einen Hut.« Er sah mich sehr herzlich an und wußte wohl selbst noch nicht, daß er auf dem kürzesten Wege war, sich zu verlieben. »Ich möchte so gern was mit Mondschein dichten. Ich hab' noch nie. Ich muß mal schnulzen, daß es nur so trieft – vielleicht hab' ich damit mehr Erfolg. Was halten Sie vom Mondschein?«

»Meinen Sie die Frage ernst?«

Er wurde verlegen. »An sich ja.«

Ich dachte nach und sagte: »Es gibt kein Licht, das so viel mißbraucht worden ist.«

»Haben Sie einen Freund, Miß Kiki?«

»Wieso?«

»Ich frage wohl ein bißchen viel«, sagte er einsichtsvoll.

»Mein Verlobter –«

»Ach«, sagte er enttäuscht, aber nur einen Augenblick (ein Verlobter ist schließlich nichts Endgültiges). Dann fragte er: »Und mit dem?«

»Bitte?«

»Ich meine, um noch mal auf den Mondschein zu kommen: Sind Sie romantisch?«

»Es kommt darauf an.« In diesem Augenblick bemerkte ich zum erstenmal bewußt das dichte Rauschen vor den Fenstern. »Sagen Sie, regnet es?«

»Es gießt«, sagte Toni, und: »Ich habe übrigens auch eine Freundin. Es geht schon zwei Jahre mit uns, aber es ist nicht das Richtige. Wann begegnet man dem schon. Man lebt mit Menschen, mit denen einen der Zufall zusammenbringt. Man kann dem Zufall keinen Vorwurf machen, wenn ihre Liebe oft mehr von dem Bedürfnis, jemand zu lieben, als von der Persönlichkeit des zur Verfügung stehenden Partners beflügelt wird. Früher war ich naiv genug, an Schicksal zu glauben. Ich dachte, eines Tages wird sie schon vor mir stehen, sie, die mir zuliebe auf die Welt gekommen ist. Kein Stück, Miß Kiki. Ich gerate immer in fremder Leute Schicksale, und es ist manchmal gar nicht so einfach, da ungeschoren wieder herauszukommen. Als ich Sie heute in der Sandburg ›Rheinland-Pfalz‹ liegen sah – so blond, so braun und selbst im Ruhestand so temperamentvoll wie ungarische Operettenstiefel –«

Ein junger Mann schaute fragend in die Küche. Er hatte offenbar ein Anliegen, das ihn bescheiden stimmte.

»Wo ist das hier, bitte schön?« wollte er zu gern wissen.

Toni zeigte auf eine Tür in der Wand, die wie eine Schranktür aussah: »Da.«

Der Mann dankte und ging hinein. Toni stellte den Plattenspieler an, der auf einem Hocken neben bewußter Tür stand. Er tat das ganz mechanisch. Eine moderne Version der »Sentimental Journey« klang auf.

»Warum?« fragte ich.

»Aus Zartgefühl«, sagte er. »Die Tür ist so dünn.« Dann setzte er sich zu mir und seine Mitteilsamkeit fort: »Sehen Sie, Miß Kiki, mit Hilfe von Phantasie, Sehnsucht und dem Wunsch, zu wissen, wohin man schließlich gehört, und einem tüchtigen Schuß uneingestandener Berechnung versetzt man sich in einen Zustand, den man so gerne als Liebe bezeichnen möchte. Aber was ist schon Liebe!? In den meisten Fällen Suggestion, Goodwill, Bescheiden mit dem, was man schließlich erhält.«

Ich dachte an meinen zukünftigen Klaus. Ich

dachte, Toni hat nicht ganz so unrecht. Aber: »Wann begegnet man schon einem Mann, den man bedingungslos liebt, ohne beschönigende Phantasie bemühen zu müssen? Einem Mann, mit dem alles stimmt?«

»Sind Sie sehr anspruchsvoll, Miß Kiki?«

»Ich fürchte, ja.«

Der Partymann verließ das Kabuff in der Wand, verlor ein paar Worte über den strömenden Regen und ging ins Zimmer zurück. Toni stellte die »Sentimental Journey« ab.

»Sie suchen einen Superlativ, nicht wahr?« sagte er. »Der Mann für Sie muß herzlich, klug, verwegen tüchtig, erfolgreich und ein großartiger Liebhaber sein. Stimmt's?«

Ich mußte lachen, denn Toni hatte leider recht.

»Den finden Sie mal, Miß Kiki. Und wenn Sie ihn finden, glauben Sie, er wird Ihnen allein gehören!? Sie träumen von der stürmischen Romantik eines Goethegedichtes zu Pferde, das zufällig im 20. Jahrhundert stattfindet.«

Ich lachte noch viel mehr, denn bisher hatte es noch niemand so genau formuliert, wovon ich träumte.

»Solche Männer kennen selten Beständigkeit, es treibt sie immer weiter. Für sie sind Frauen nur Relaisstationen, auf denen sie das Reitpferd wechseln«, sagte Toni.

»Vielleicht liebt man gerade das am meisten, was man nie ganz besitzt«, sagte ich.

»Diese Feststellung ist nicht ganz neu«, sagte er und dann: »Mein Freund Sascha ist so ein Typ.«

Welch Zufall, an den hatte ich auch gerade gedacht.

»Wollen wir zu den anderen gehen?« fragte ich Toni. Er schien enttäuscht, stand dennoch sofort auf und ging vor mir her ins Partyzimmer.

Der kleine Raum war blau vor Zigarettenrauch und leer. Das Radio spielte noch, und auf dem Tisch, auf dem Fußboden, auf dem Radio und den Fensterbrettern standen Gläser und Kaffeetassen mit Resten von Alkohol.

»Sie sind alle fort«, sagte Toni und mochte es nicht glauben. Mechanisch räumten wir Aschenbecher und Gläser in die Küche. Plötzlich schrie er: »So eine Gemeinheit von Sascha! Wenigstens Bescheid hätte er sagen können. Wahrscheinlich sind sie alle essen gefahren. Auf die Idee, uns mitzunehmen, sind sie nicht gekommen. Als ob wir keine knurrenden Mägen hätten. Zum Abwaschen sind wir gut genug!« Er riß eine Kaffeekanne vom Tisch und in Wurfstellung. Ich fiel ihm erschrocken in den Arm.

»Nicht die! Die ist schon sauber.« Wir sahen uns an. »Ich muß nach Haus«, sagte ich.

»Wie denn? Womit? Haben Sie mal aus dem Fenster geschaut, Miß Kiki? Es schüttet vom Himmel. Wir haben keinen Wagen hier. Sie müssen warten, bis Sascha zurückkommt. Nicht einmal einen Wagen und nichts zu essen!« Er fand Bier, einen Rest Kirschmarmelade und Tomatenketchup im Eisschrank. Brot war genügend da, uralt zwar, aber das konnte man genießbar rösten.

»Diese verfluchten Snobs!« schimpfte er lauthals und befand sich in einer Stimmung, in der er sich für jede Revolution, egal wo, hätte anheuern lassen. Hauptsache, sie richtete sich gegen die vermögende, motorisierte Klasse, die dahin fahren konnte, wo man keine Marmeladeschnitten zum Abendbrot essen mußte.

»Ich verachte sie alle«, wetterte Toni mit vollem Mund. »Oberflächlich sind sie, geradezu phantastisch sorglos im Nehmen und Leben. Ihre Selbstgefälligkeit, ihr totales Desinteresse für Menschen, die nicht zu ihren Cliquen gehören, ihre tödliche Gedankenlosigkeit . . .«

»Nun beschimpfen Sie die andern nicht, sie können ja nichts dafür«, sagte ich. »Nur Ihr Freund . . .«

»Das ist es ja, was mich so wurmt.« Er goß sich

einen gewaltigen Schnaps ins Zahnputzglas. »Der Hund mißachtet unsere Küchenleistung. Er mißachtet Sie und mich – und Zigaretten habe ich auch keine mehr!«

Er ging in Saschas Zimmer hinüber, um welche zu holen, dabei stolperte er über die Lokomotive seines Freundes, versetzte ihr einen Tritt und berührte zufällig den Einstellungshebel.

Die Lokomotive ratterte, bläßlich leuchtend, aus dem Zimmer in die dämmrige Küche. Zuweilen stieß sie ein heiseres »Tuuut« aus, eine makabre Stimmung verbreitend. Ich sah ihr schweigend zu, auch Toni stand in der Tür und sah zu, wie sie unter dem Tisch durchfuhr, ratterte, tutete.

»Neunzehnhundert«, sagte er, »Rußland, Winternacht. Einsamkeit. Anna Karenina«, sagte er. »Gleich wirft sich Anna vor die Lokomotive, und der Roman ist zu Ende.« Als sie an ihm vorbeifuhr, stellte er sie ab und sah mich bedrükkend an. »Glauben Sie mir, Miß Kiki, es ist nicht immer lustig, im Schatten eines erfolgreichen Freundes zu leben. Sascha ist alles und hat alles – und vor allem, er kann und schafft alles, was er will.«

»Aber Sie sind wahrscheinlich der gebende Teil in dieser Freundschaft.«

»Darauf kommt's nicht an«, sagte Toni. »Es ist nur so – man fühlt sich an der Seite eines Erfolgreichen noch mehr als Versager.«

»Na, na –« Etwas Tröstenderes fiel mir im Augenblick nicht ein.

»Ich habe mindestens fünfzig Schlager komponiert und getextet. Nicht einer ist angekommen. Was ich beginne, geht schief. Solange man noch den anderen die Schuld an seinem Mißgeschick zuschieben kann, geht es ja – aber wenn man eines Tages einsieht, daß der Fehler einzig und allein in der eigenen Unzulänglichkeit zu suchen ist . . . In mir wuchern die Komplexe nur so, Miß Kiki.« Und dann brach er in Tränen aus. Aber nicht Kummer war der Anlaß dieses salzigen Regens, sondern Müdigkeit, eine ebenso plötzlich wie heftig über Toni hereinbrechende Müdigkeit, ausgelöst durch das halbe Zahnputzglas voll Kognak und zweifellos verständlich nach der durchfeierten Nacht. Toni hatte seit gestern abend nur zwei Stunden geschlafen, das ist an sich ein bißchen wenig.

»Wenn Sie mal Lust haben – ich – ich spiele und singe – was vor – hab' Gitarre mit –« Da, wo die Gedankenstriche sitzen, fanden Gähner statt, die ihm beinah den Kiefer ausrenkten und seine Augen auslaufen ließen. Es war ein herzergreifender Anblick, der mich vom Friesenstuhle riß und eilig Abschied nehmen ließ.

»Aber Sie können doch nicht bei dem Wolkenbruch – Sie laufen mindestens zwanzig Minuten – danach sind Ihre Schuhe zwei Nummern größer – vor Nässe – Sascha muß ja gleich – er fährt Sie – und ich bin auch sofort – wieder – frisch –«, was ich bezweifelte. Schließlich bot er mir das Bett des Freundes als vorübergehende Ruhestätte an, es sei frisch bezogen, ziemlich frisch zumindest, und ich könnte ohne Sorge mit ihm allein bleiben, auch die ganze Nacht, falls Sasche wider Erwarten nicht zurückkommen sollte. Er, Toni, würde mir bestimmt nichts tun. Er sei froh, wenn man ihm heute nichts antäte.

Die »Sentimental Journey« ließ er noch laufen, aber zum Waschen reichte es nicht mehr. Ich hörte im Zimmer, in dem vorher die Party stattgefunden hatte, das Plumpsen seiner Schuhe auf den Boden, dann krachende Bettfedern und war sicher, daß er sich in voller Montur dem süßen Schlaf in die Arme geworfen hatte.

Da saß ich nun allein in der Küche und hörte den Wecker ticken und den Regen rauschen, und auf alle Fälle war es eine feine Party.

Wenn so ein Mädchen wie ich schon mal ausgeht, bleibt es gleich über Nacht.

Bis zehn Uhr wartete ich auf Saschas Rückkehr, dann ging ich in sein Zimmer und legte mich angezogen aufs Bett.

Der Raum war klein und peinlich ordentlich, alles Persönliche schien in den Bauernschrank geräumt worden zu sein. Auf dem Fußboden und auf einem der Stühle lagen zottige Schaffelle, solche, wie sie Motten gerne haben. Gegen das kleine Fenster tobte der Regen.

Auf dem Kissen war ein feiner Duft, der mich am Einschlafen hinderte.

Meersalz, Sonnenöl und irgendein Eau de Toilette, von reiner Körperhaut absorbiert und als eigener Geruch auf dem Kopfkissen zurückgelassen. Ich erwischte mich dabei, daß ich die Nase wie ein Jagdhund in den Leinenbezug steckte und mich dabei sehr intensiv an Saschas bleifarbenes, kurzes, hartes Haar erinnerte, das seinen Kopf wie ein Helm umschloß.

Ich weiß nicht, wie lange ich schlief, es wunderte mich, daß ich überhaupt geschlafen hatte. Auf alle Fälle stand er an meinem, das heißt, an seinem Bett und schien sehr erleichtert, als ich aufwachte.

»Es tut mir so leid«, sagte er. »Ich wollte ein paar Leute nach Hause fahren und Abendbrot für uns in einem Lokal besorgen. Dabei traf ich zufällig Freunde, mit denen ich auf dem Internat war. Ich habe sie seither nicht gesehen. Es ist ein Wunder, daß ich überhaupt schon wieder hier bin. Möchten Sie etwas essen? Muschelsuppe, Seezunge, Sekt . . .«

Ich kam aus dem Schlaf. Appetit war ein Ding, das im Augenblick nicht existierte. Ich wollte nur einen Spiegel.

»Sie brauchen keinen«, sagte Sascha und lächelte sehr nett. »Es ist alles in Ordnung.«

Er fuhr mich nach Hause.

Vor der Haustür verabschiedete er sich mit einem angedeuteten Handkuß und der schuldbewußten Versicherung: »Wenn Sie mal jemand zum Abwaschen brauchen – ich möchte gern gutmachen. Nacht, Miß Kiki . . .« Auf dem Weg zum Wagen sah er sich noch einmal um. Der Regen färbte seine Schultern dunkel und lief über sein Gesicht. »Ich kann auch Knöpfe annähen . . .«

Toni lag bereits in der Sandburg »Rheinland-Pfalz«, als ich heute vormittag den Strand erreichte. Er hatte seine Gitarre mitgebracht.

»Wir haben ihm unrecht getan«, rief er mir befriedigt entgegen, als ich mein Gepäck vor der Burg in den Sand lud. »Sascha wollte uns gestern abend nicht sitzen lassen, im Gegenteil . . .«

»Seezunge und Muschelsuppe, ich weiß.«

»Hab' ich alles zum Frühstück gegessen«, sagte er. »Drei Zungen von *der* Größe und die ganze Suppe. Sie haben nicht zufällig Tabletten bei sich? Egal, was für welche.«

Wir schmorten nebeneinander in der Kuhle. Toni hatte einen Helm aus Zeitungspapier zum Schutz gegen die starke Sonne aufgesetzt und zupfte Akkorde aus seiner Gitarre. Gitarre ist ein Instrument, das ich immer hören kann. Es greift nicht die Nerven an, fördert die Stimmung – egal, welche. Gitarre ist immer schön. Am schönsten in den Ferien.

Ferien bei strahlend goldenem Wetter. Der Horizont verschwindet in Diesigkeit. Weit draußen schweben Boote im himmelblauen Dunst. Die Hitze flimmert. Es gibt keine Probleme außer dem einen, rundherum schön braun zu werden, ohne dabei anzubrennen. Es gibt keine Sorgen, sehr wenig Geist, und all unser Tun hat keinen Sinn mehr, nur Unsinne. Ich bin bloß noch Ferienkiki, von oben bis unten Ferienkiki ...

Ein Schatten fällt über unsere ausgestreckten Körper. Es ist Sascha in knappen blauen Shorts, ein Hemd auf den Schultern und die Ärmel über der nackten Brust verschlungen.

»Ich denke, du galoppierst als Schimmelreiter über die Insel«, sagte Toni.

»Bin vom Pferd gefallen«, berichtet er lachend.

In der Kuhle ist nur Platz für zwei Erwachsene und eine Gitarre. Daher etabliert er sich auf dem Burgrand in Höhe der Muschelloreley, entfaltet seine mitgebrachten Zeitungen und beginnt zu lesen. Der Wind raschelt mit den Seiten.

Neben mir ärgert sich Toni, seine Beine einschmierend. »Sehen Sie sich das an, Miß Kiki, alles voller Sand. Meine Beine, die Flasche, meine Hände, mein Haar – wenn ich mich schubbere, rieselt es, selbst aus der Nase. Das sind die Nachteile am Strand.« Er räsoniert noch eine Weile vor sich hin, dabei nimmt sein Schimpfen unmerklich Rhythmus an: »Augen, Ohren – Sand – alles voller Sand – wartet mal –«, horcht mit erhobenem Zeigefinger in sich hinein, dabei bedeutungsvoll verkündend: »Anton hat heute seinen schöpferischen Vormittag. Augen, Zähne, Ohren – da haben wir's:

> Augen, Ohren, Zähne, Poren
> Alles, alles voller Sand.«

Fünf Minuten später haben wir gemeinsam die dritte Zeile ausgebrütet (das zweite Wort von mir):

> »Dick paniert statt schaumgeboren«,

und Sascha hinter seiner Zeitung liefert den Rest:

> ». . . selbst die Liebe knirscht am Strand.«

»Das ist gut«, lobt Toni, »das ist sogar sehr gut für einen, der sonst bloß geistig mit Draht umgeht.«

Irgendwann einmal klettere ich aus der Sandburg, um baden zu gehen. Saschas Stimme fängt mich ab.

»Kiki . . .«

Er legt die Zeitung zusammen und sieht mich, gegen die Sonne blinzelnd, an.

»Was haben Sie für ein Parfüm?«

»Ich? Wieso?«

»Es war heute nacht auf meinem Kopfkissen und machte mich nervös«, sagt er.

Und das ist der erste intensive Augenblick zwischen uns, zu kurz, um von Toni bemerkt zu werden.

Sascha steht auf, es sieht aus, als ob er sich an sich selbst in die Höhe zöge.

»Kommen Sie mit ins Wasser?« frage ich.

»Tut mir leid, ich habe jetzt eine Verabredung. – Bis nachher.« Und schon im Fortgehen: »Ehe ich's vergesse: Ich möchte euch für heute abend einladen.«

Toni und ich sagen wie aus einem skeptischen Mund: »Wo sollen wir denn diesmal abwaschen?«

»Nix Abwasch. Konzert.« Er geht davon, sein Hemd an einem Ärmel über die Schulter schlagend.

»Konzert?« frage ich Toni. »Klassisch?«

»In Westerland findet heute abend eins statt«, sagt Toni.

»Ist Ihr Freund denn musikalisch?«

»Wie ein Känguruh. Aber wir beide sind es dafür, und er möchte uns ja eine Freude machen.« Toni sieht mich herzlich an. »Miß Kiki, heute abend ziehe ich für Sie mein einziges weißes, noch beinah sauberes Hemd an.«

Das Konzert war ausverkauft.

Auf der Bühne, hinter verzierenden, abgehetzt wirkenden Primeltöpfen – sie eilen schließlich von Veranstaltung zu Veranstaltung –, fiedelten namhafte Herren, welche man vom Strand her als unbekümmerte Nackedeis kannte. Jetzt trugen sie Frack, und derselbe schubberte schmerzhaft auf ihren sonnenbrandigen Schultern herum. Aber das merkte man ihrem Spiel nicht an. Es klang sehr seelenvoll.

Toni an meiner linken Seite dirigierte geschlossenen Auges mit. Zuweilen war er mit den Musikern nicht einverstanden; er trieb sie mit beschwörenden Gesten zu rascherem Tempo an oder versuchte, sie zu mäßigen. Beim Fortissimo pufften seine leidenschaftlich ausholenden Ellbogen in die Weichteile seiner Nachbarin hinein, er merkte es nicht einmal.

An meiner rechten Seite saß Sascha.

Erfahrungen – bei etlichen Konferenzen und Vorträgen gesammelt – hatten ihn gelehrt, seine Langeweile nur innerlich stattfinden zu lassen. Äußerlich wirkte er wie ein versierter Kammermusikzuhörer.

Er saß gelassen vor sich hin, die Arme verschränkt, das Profil zurückgeschoben, sein rechtes Bein zuweilen über das linke schlagend oder umgekehrt. Seine Blicke wechselten zwischen der Saaldecke und seiner wippenden Schuhspitze.

Einmal begegnete ich rein zufällig diesem gerade unbeschäftigten Blick.

Seine Augen. Verflixt noch mal, seine Augen! So wach, so strahlend, so preußischblau, so ohne jede Hemmung – Himmel und Hölle gleichzeitig. Vernünftige Frauen schauen einfach fort, wenn es prekär wird. Ich konnte nicht. Ich war nicht sehr vernünftig, wenn es einem Mann gelang, meine Sinne aus ihrem Dornröschenschlaf zu reißen.

Sascha war es gelungen.

Mein Parfüm auf seinem Kopfkissen hatte in der vergangenen Nacht seine männliche Neugier geweckt. Die Langeweile während des Konzerts brachte ihn auf den Gedanken, sich die Zeit bis zur erlösenden Pause mit einem Blickflirt zu vertreiben.

Er hatte wohl nicht mit meiner Reaktion gerechnet.

Ich war kein Mädchen, das flirten konnte. Ich fühlte nicht lässig genug dafür, wenn ich einmal wirklich fühlte. Dazu war ich zu konsequent. Entweder – oder nicht.

Mit Staunen und steigendem Interesse registrierte er meine Antwort auf seine provozierenden Blicke. Es ist mir selbst am peinlichsten, ein Stück Naturgewalt zu sein, ein Vulkan, jahrelang harmlos ruhend, doch wenn ich ausbreche – Herrgott noch mal, wenn ich ausbreche, dann kann mich nichts und niemand vom Feuerspeien abhalten. Ich bin wohl zu elementar für diese schicke, oberflächlich genießende Welt hier. Ich mag nicht diät essen, und ich kann auch nicht diät leben.

Noch ist alles Beginn – absichtsvolle Zufälligkeit beim Sichanschauen. Noch braucht ein plötzlich erwachtes Gefühl seine Reifezeit, und die Öffentlichkeit ist gut dafür. Noch braucht es Publikum, die Anwesenheit Dritter, die gleichzeitig verhindert und schürt.

»Kiki«, sagt Sascha so vor sich hin und sieht mich an. Elektrisierende Schläge, von den Augen direkt in den Schoß und dort eine spürbare Last, völlig ungeeignet für Kammermusikbegleitung. Noch ist Sascha ein Fremder für mich, mit dem ich Belanglosigkeiten gesprochen und gelacht habe. Und doch wissen wir beide in diesem Augenblick bereits, wie es weitergehen wird.

Ich nahm das Programm von Tonis Knien und blätterte darin mit dem einzigen Ziel, meine Augen ordentlich unterzubringen.

Sascha neben mir lachte leise und sagte, sich zu mir beugend: »Ich hatte eben eine abstrakte Vorstellung beim Anblick Ihres Profils.«

»Psch«, machte Toni.

»Sie wirkten so, als ob Sie sich in Ihren eigenen heftigen Blick gebissen hätten, um mich nicht mehr ansehen zu müssen.«

In der Pause strebte ich einem Garderobenspiegel zu, während Sascha auf den applaudierenden Toni wartete.

Als ich mich einmal suchend nach ihnen umsah, standen sie den flanierenden Konzertbesuchern im Wege und sprachen heftig aufeinander ein. Toni schaute zu mir herüber. Ich lächelte ihm zu, er reagierte nicht. Schließlich kam Sascha allein zu mir, nahm meinen Ellbogen und führte mich aus dem Kurhaus.

»Ich habe Toni gesagt, daß wir jetzt fortgehen. – Ahnen Sie, wo ich geparkt habe?« fragte er, schon unter der Laterne.

»Aber wir können ihn doch nicht so einfach sitzenlassen!«

»Wieso nicht?« fragte Sascha unbefangen. »Er liebt Kammermusik.«

»Es geht nicht«, sagte ich entschlossen und blieb stehen. »Schließlich hat er mich kennengelernt und ein bißchen – na – eben gern. Er wird sehr verletzt sein. Er hat sowieso schon so viele Komplexe. Soll man einen Fisch quälen, der eh schon auf dem Trockenen zappelt?«

Sascha fragte: »Ist es Ihre Absicht, Tonis Komplexe zu vertreiben, indem Sie ihn glücklich machen?«

»Wenn ich's könnte . . .«

»Sind Sie verliebt in ihn?«

»Nein. Leider nein.«

»Dann können Sie's auch nicht«, sagte er sachlich. »Da drüben steht mein Wagen . . .«

Er stieg ein, öffnete die rechte Tür von innen für mich und wartete darauf, daß ich – aber ich stieg nicht ein.

»Ich komme mir irgendwie gemein vor.«

»Dann gehen Sie ins Konzert zurück, noch ist Pause«, sagte er. Ich sah im Schein des Innenlichts seine Hände am Steuerrad. Erst beim zweiten Hinschauen erkannte man unter ihrer sensiblen Schönheit die Härte.

»Toni wird sich freuen, wenn Sie hierbleiben, aber er wird es nicht recht begreifen. Er ist doch nicht blind, Kiki. Er hat längst bemerkt, was los ist.«

»Gar nichts hat er bemerkt«, rief ich, wütend über so viel selbstverständlichen Egoismus. »Sie haben es ihm eben gesagt.«

Darauf ging er nicht ein. Es war einen langen Augenblick lang still im Innern des Wagens, dann sagte Sascha: »Hören Sie, Kiki, die Frau, die Toni und mich auseinanderbringen könnte, gibt's einfach nicht.«

»... weil Toni immer derjenige sein wird, der zurücksteht«, ergänzte ich seinen Satz.

»Irrtum«, sagte Sascha. »Ich würde ihm nie eine Frau fortnehmen. Im Gegenteil, ich verzichte sofort, wenn ich merke, daß sich ein Mädchen für ihn interessiert und er sich für das Mädchen.«

»Haben Sie schon einmal verzichtet?« fragte ich.

Er überlegte sekundenlang, dann siegte seine Ehrlichkeit. »Nein«, sagte er, »bisher nicht. Aber ich kann ja heute abend damit anfangen. Was meinen Sie, Kiki?«

Wir landeten in einer Bar.

Später, sehr viel später, brachte er mich noch immer nicht nach Hause. Wir fuhren in die Nacht hinaus. Ich wußte nicht, wohin und wie spät es war. Mein Leben lang mußte ich sagen, wohin ich ging und wann ich wiederkäme, immer gab es jemand, der Rechenschaft von mir verlangte, ich kam nie aus der Rechenschaft heraus. Heute wartete niemand mit der Uhr in der Hand und Vorwürfen auf mich. Es würde kein Mensch je wissen – es sei denn, wir fuhren gegen einen Baum.

Es gab nicht viele Bäume auf diesem Teil der Insel, wir hatten sie bereits passiert. Sie bogen sich, vom Sturm verkrüppelt, weit hinter uns im Nachtwind.

Aus dem Autoradio litt eine rauchige Frauenstimme auf französisch. »Die weiß, wie es im Leben zugeht«, lachte Sascha neben mir. Ich werde es auch bald wissen. In genau neun Tagen. Dann fängt das Büßen und Leiden für all das an, was ich noch nicht getan habe, aber mit Sicherheit und Sehnsucht tun werde. Wenn ich mich recht erinnere, bin ich verlobt und werde bald heiraten. Der Gedanke berührt mich nicht einmal. Ich denke nicht daran, wie es weitergehen wird.

Auf meinem Sitz zusammengerollt, betrachte ich Saschas Profil im spärlichen Licht des Armaturenbretts. Mit dem Kinn ist nicht zu spaßen. Aber seine leise, intensive Stimme, sein Lachen besitzen jungenhaften Zauber. Wie hatte Toni noch gesagt? Die stürmische Romantik eines Goethegedichtes zu Pferde ... verrückte Vorstellung.

Wir haben viel getanzt heute nacht. Sascha sagte, ich tanze gut, und ich sagte, wir tanzen nicht das Richtige miteinander. Ich sagte, daß ich lieber Mazurka mit ihm tanzen würde oder Palotás oder

Krakowiak, und ob er denn nicht meine vielen weiten Röcke fliegen sähe ...

Als seine Clique in die Bar einbrach, flüchteten wir ins Auto.

Sascha fuhr auf einen Parkplatz weit draußen, nahe dem Meer. Es stand dort nur ein verlassener Opel. Nachdem er das Licht und den Motor und das Radio ausgeschaltet hatte, war es sehr einsam um uns. Wir stiegen aus.

Sascha sagte: »Schaun Sie mal!«

»Sie wollen mir doch nicht etwa den Mond zeigen?«

Es war gerade Hochflut. Sie wälzte sich schwerfällig den Strand hinauf und glitzerte wie flüssiges Silber, wenn die jagenden, blassen Wolken das Zahnwehgesicht des Mondes für Augenblicke freigaben. Wir sahen zwei bronzene Körper in dem rauschenden, sich überschlagenden, auf dem Strand erschöpft ausrollenden Quecksilber auf- und niedertauchen. Einen Mann und eine Frau. Wir hörten ihre unbedenklichen Stimmen, ihr Lachen und ihre Wünsche.

»Daß einem nicht jegliches Gefühl bei 16 Grad Nordsee einfriert!?«

»Es kommt auf das Gefühl drauf an«, sagte Sascha. Also meins würde frieren. Ich fragte ihn, ob er schon mal nachts gebadet hätte.

»O ja. Herrlich«, sagte er. »Vor allem wenn man hinterher feststellt, daß man kein Handtuch mit hat. Nachts trocknet die Haut so langsam.«

Ich lachte. Sascha küßte meinen noch lachenden Mund.

Es gab keine Einleitung, keinen Übergang, keine natürliche Steigerung zwischen uns. Es gab nichts Romantisches. Es gab ganz einfach einen Kurzschluß bei dieser ersten Berührung. Man konnte das Ganze als außergewöhnliche Leidenschaft bezeichnen, und dieselbe fand mit einer für unsere Verhältnisse erschreckend wilden Humorlosigkeit statt.

»Das geht nicht gut«, stellte Sascha so zwischendurch einmal ohne jedes Bedauern fest.

Ich hatte schon viel mehr über uns nachgedacht als er und wußte längst: Das geht bestimmt nicht gut.

Irgendwann einmal murmelte er meinen Namen mit kaum zu bändigender Genußfreudigkeit – ich pfiff die Reste meiner Vernunft aus allen schattigen Ecken, in die sie sich bereits verkrümelt hatten, und trieb dies jämmerliche Häuflein zu einem letzten Widerstand gegen Saschas betörende, sinnverwirrende Künste an die Front. Es tönte kläglich: »Nei-ein!«

»Kiki« – ganz heiß an meiner Kehle.

(Kiki, Kiki!! Hallo, Kiki!!!!! Bist du denn noch zu retten!??)

»Nein!!!!!!«

»Warum schreist du?« fragte er.

»Hab' ich geschrien?«

»Ich tu dir nichts«, lachte er leise, »obgleich es ein Jammer ist um die schöne Nacht und den schiefen Mond und unsere angebrochene Leidenschaft, so ein Jammer, Kiki.«

Das fand ich ja auch.

Wir standen voreinander und atmeten erschöpft wie nach einer anstrengenden körperlichen Leistung. Dabei, wir hatten – ja, was hatten wir schon?

Aber Verzicht ist auch eine Leistung. Kann unter Umständen mehr Kräfte verzehren als – als – na, eben als verzichten.

Wir standen da und sahen uns leicht zerrauft in die Augen, sahen nicht viel in der Dunkelheit. »Ich bringe dich jetzt nach Haus. Es ist deine Sache, wie du heute nacht Schlaf findest . . .«

Die beiden Liebenden aus dem Opel hatten wirklich kein Handtuch mit. Sie rannten sich noch trocken, als wir vom Parkplatz Richtung Kampen zurückfuhren.

Es war heute ein kühler Tag. Sogar die konsequentesten Nackten hatten zu Pullovern, Mützen und Schals, auch Socken gegriffen. Nur die Mitte trugen sie frei, selbst auf die Gefahr hin, sich die Nieren zu verkühlen. Sein Klubabzeichen versteckt keiner gern.

Sascha kam nicht – wie verabredet – zur Sandburg »Rheinland-Pfalz«.

Mittags traf ich Toni zufällig auf dem Postamt. Er verließ gerade eine Telefonzelle und stolperte armschwenkend auf mich zu. »Miß Kiki! Hallo! Ich habe in Ihrem Haus angerufen. Schon mehrere Male, eben wieder. Ich soll Sie noch schön von Sascha grüßen. Er mußte leider weg.«

»Abgereist?« Es war wie ein flacher Schlag ins Gesicht. »Aber warum denn?«

»Irgend etwas mit einer großen Lieferung ist schiefgegangen. Ziemlich dickes Ei. Den ganzen Vormittag über hat Sascha telefoniert und gehofft, er könnte es von hier aus in Ordnung bringen. Aber dann hatte er keine Ruhe und ist doch gefahren.«

Ich war so sehr enttäuscht. Ich hätte mich in den Rinnstein setzen und zwischen den Knien durchheulen mögen.

Toni lud mich in eine Teestube ein und unterhielt mich so pausenlos, als ob er aus einem Buch vorläse.

Nach einer Weile sagte er: »Auch wenn Sie überhaupt nicht zugehört haben – es war richtig schön, sich mal auszusprechen. Man sollte sich immer bei den Tauben aussprechen, dann bereut man hinterher wenigstens nicht, zuviel gesagt zu haben.«

»Kommt er wieder?« fragte ich ihn.

»Oh, das ist sehr unbestimmt. Wenn er länger mit der Geschichte zu tun hat, lohnt sich's ja nicht mehr.« Und dann tat ich ihm wohl leid. Er bedeckte meine Hand mit seiner Hand. »Traurig, Miß Kiki? Vielleicht ist es besser so. Jetzt vergessen Sie ihn noch leicht. Wahrscheinlich hat Sie Saschas Abreise um eine viel, viel größere Traurigkeit gebracht. Was glauben Sie, was ich schon mit seinen Lieben durchgemacht habe. Bei mir heulen sie sich gerne aus. Keine hat es leicht mit ihm.«

»Und außerdem bin ich ja auch verlobt«, sagte ich, »Sascha ist wahrscheinlich ein Idealmann für Ferien – aber seinetwegen gibt man doch keinen ordentlichen und zuverlässigen Freund auf. Ferienlieben halten sowieso nicht an. Mein Verlobter ...« Ich brach ab und sah Toni unglücklich an.

Er streichelte meine Hand. »Wollen wir Sascha

richtig mies machen? Soll ich Ihnen ein paar Gemeinheiten von ihm erzählen? Um so leichter fällt es, ihn zu vergessen. Sie werden noch Ihrem Schöpfer dafür danken, daß Sascha rechtzeitig abgereist ist!«

Ich danke ihm nicht.

Nebenan unterhalten sich die beiden Studienrätinnen. Ich höre ihre exaltierten Stimmen durch die Wand, sie sprechen ununterbrochen miteinander. Verstehen kann ich kein Wort, aber ich höre das Bedeutungsvolle in ihren Stimmen. Sie nehmen sich sehr wichtig. Eine von ihnen hat einen Herrenschnitt, die andere schwere Hüften. Sie sind mit sich und miteinander vollauf zufrieden. Sie haben Pensionsberechtigung, dürfen von Berufs wegen alles besser wissen und vermissen keinen Mann. Die Glücklichen ...

Das Mädchen, das jetzt im Zimmer links wohnt, ist ein außerordentlich gutmütiges Mädchen. Es kann nicht nein sagen, wenn es um eine kleine Gefälligkeit gebeten wird. Darum hält beinah jeden Abend ein anderer Wagen vor der Tür, um sie abzuholen.

Dazwischen liege ich und weiß nicht, wie spät es ist, es interessiert mich auch nicht. Nichts interessiert mich mehr. Ich möchte so liegenbleiben und meinetwegen verhungern, alles, nur mich nicht rühren müssen. Sascha ist fort. Ohne Sascha sind die Ferien kein Leben mehr.

Vor dem Haus hupt es zweimal kurz. Im linken

Zimmer läuft das Mädchen zum Fenster, um »Komme gleich« hinunterzurufen. Rechts laufen die beiden Lehrerinnen, um zu sehen, wer das linke Mädchen heute abholt. An sich interessiert mich das gewöhnlich auch, aber ich stehe nicht auf – ich bleibe bis in alle Ewigkeit so liegen und träume meine Ferien mit Sascha zu Ende.

Noch vor wenigen Wochen funktionierte das Leben ohne ihn. Es wird auch ohne ihn weitergehen. Aber jetzt geht's noch nicht hier in Kampen, wo mich selbst der leere Platz unglücklich macht, auf dem einmal sein Wagen parkte.

Draußen hupt es wieder. Die Lehrerinnen laufen von neuem, denn ein Freund des linken Mädchens kann es nicht sein. Vielleicht ist es ein neuer Verehrer der Verbitterten, deren Gesellschaft ich seit jenem Morgen am Nacktstrand tunlichst meide. Ich muß doch einmal gucken –

Auf der Straße steht Saschas Wagen. Er und Toni winken herauf, so natürlich, als ob wir uns erst vor wenigen Stunden getrennt hätten.

»Hallo, Miß Kiki! Wir fahren nach Keitum. Fischessen. Kommen Sie mit?«

Sascha –

Ich sitze auf dem Bettrand und heule vor Erleichterung. Er ist wieder da. Sascha ist da. Mein Gott, ist das schön, daß er wieder da ist!

4. Juli

Ferien –

Man hatte sie mir schon fortgenommen, und ich litt unter ihrem Verlust. Ich bekam sie zurück. Nun sind sie ein Geschenk.

Wir haben noch sieben gemeinsame Tage vor uns. Es ist eine aufregende Sache, sieben Tage vor sich zu haben, aus denen man eine lebenslange Erinnerung machen kann, wenn man es sorgfältig anstellt: Eine kleine Insel, hell aus dem Dunkel verlöschter Jahre ragend.

Es ist betörend an Saschas Seite. Seine Fröhlichkeit, seine Lust zu leben stecken an. Er versteht es, die wenigen sorglosen Tage im Jahr mit einer Intensität auszukosten, die zuweilen an Maßlosigkeit grenzt.

Ich habe noch nie so bewußt gelebt, so genußsüchtig gegessen, so viel getrunken, so herzlich gelacht wie mit ihm. Ich könnte immerzu lachen, über alles.

Meine Stimmung tanzt mit knallenden Hacken auf dem Tisch, und Sascha schlägt anfeuernd den Takt dazu. Immer schneller, immer wilder – seine Augen lachen. In seinen Augen ist seine Phantasie. Seine Phantasie stellt herrliche, verrückte Dinge mit mir an –

Nun lebe ich nicht nur nachts, sondern auch tagsüber gefährlich.

Meine Leidenschaft verlangt mir noch gewisse Grenzen ab, meine Tapferkeit hat sie bereits überschritten.

Wir waren heute auf dem Festland, das heißt, wir sind aufs Festland gefahren, ziemlich weit sogar, um in die Luft zu steigen, und dieses mit einem zweisitzigen, insektenartigen Maschinchen, das so aussah, als ob es schon dem jungen Lindbergh Freude gemacht hätte.

Auch innen so gar nichts, woran man sich seelisch hätte aufrichten können. Nicht mal eine Tüte.

Aber ich sagte nichts. Ich gebe niemals Laut auf dem Wege zu einem Schafott. Ich bin eine heroisch Verbleichende. Ich habe das Zeug zu einer historischen Figur in mir, genau wie Sascha. Er kennt nur weniger Schiß als ich. Mein Heroismus ist demzufolge höher zu bewerten.

Wir brummten über Kuhweiden und Waldstücke und Gehöfte und Tümpel und Felder und eine die Landschaft zerschneidende Landstraße, auf der kleine, bunte Autos rollten. Die Sonne brannte sengend auf unsere Kanzel.

»Schön?« erkundigte sich Sascha, der vor mir saß. Sein Hinterkopf stand manchmal schief, und manchmal sackte er vornüber. Ich sackte nach, vor allem im Magen.

»Herrlich«, versicherten meine blassen Lippen.

»Das mag ich so an dir«, brüllte er rückwärts, gegen den dröhnenden Motor an. »Du machst alles mit.«

Ich mag das auch so gern an mir. Dadurch, daß ich kein Spielverderber bin, sehe ich mich laufend außergewöhnlichen Mutproben ausgesetzt. Und so was frißt an den Nerven.

Wie beruhigend war doch das Leben an der Seite meines vorsichtigen Verlobten. Seine sportlichen Ambitionen beschränkten sich auf das Zuschauen bei einem Fußballspiel, und dieses auch nur bei angenehmer Witterung.

»Gib mir einen Kuß«, verlangte Sascha.

Ich wählte dafür sein Ohr aus. Das machte ihn nervös, er ließ den Steuerknüppel los und griff rückwärts in meinen Haarschopf, und das wiederum machte mich sehr nervös.

»Kiki!«

»Ja?«

»Ich habe Sehnsucht nach dir!« schrie er. Und als ich nicht gleich antwortete, erkundigte er sich in derselben Lautstärke:

»Was ist los? Ist dir schlecht?«

»Nein. Nicht schlecht – auch Sehnsucht.«

Wiesen, baumbestandene Alleen, Dächer, galoppierende Pferde und ein kleiner, unscharfer, über alles hinwegsegelnder Schatten. Das waren wir.

Das war sehr komisch, daß wir das sein sollten.

Was für ein Tag!

Wir sind auch Kutsche gefahren. Die stammte aus Kaiser Wilhelms Zeiten. Aber sie roch wie eine Kutsche und schuckelte hart federnd wie eine Kutsche über unebene Wiesenwege, und die Geräusche waren die Geräusche einer Kutsche, und alles zusammen war eine lebendig gewordene Erinnerung an einen lange zurückliegenden Sommertag auf dem mecklenburgischen Lande.

Eine Kindheitserinnerung, an der das Beste war, daß man nicht mehr Kind sein mußte.

Sascha spielte römisches Wagenrennen. Er stand breitbeinig auf dem Bock und trieb den plattdeutschen Holsteiner Wallach auf lateinisch an. Anfangs wollte der Gaul nicht mitmachen, aber dann, dann ja. Ich hatte Mühe, in den Kurven nicht in die Gegend zu fliegen.

Und hörte mich kreischen wie auf der Achterbahn.

Später band Sascha die Zügel fest und kletterte über den Bock zu mir. Wir lagen nebeneinander im Fond, die Füße auf dem Rücksitz, und vermißten absolut gar nichts.

»Du, das muß man sich ganz genau einprägen«, sagte ich zu ihm. »Wir zwei in einer ollen Kutsche – es ist ein träger, warmer, duftender Sommertag – die Lerchen singen – das Pferd zottelt lässig äpfelnd immer geradeaus – wir haben keine Ahnung, wohin – es ist uns egal, es ist dir egal und dem Zossen wahrscheinlich auch – die Kutschräder rumpeln und knarren – ich bin wunschlos zufrieden – ich bin verliebt in dich. In wenigen Tagen werde ich wieder in Köln sein. Dann ist alles vorbei. Ich werde mir vor dem Einschlafen diesen Nachmittag vorzustellen versuchen – er wird mir vorkommen wie das, was man unter Glück versteht – ich hab's wirklich gehabt. Ich habe es jetzt, in diesem Augenblick – mein Gott, wie geht's mir schön!«

Saschas Kopf in meinem Schoß, seine Gedanken in den sonnendurchfunkelten Blättern der Kirschbäume über uns, Saschas beinah schönes, zufriedenes Gesicht in meinem träge schuckelnden Schoß. Wir trödeln irgendwohin. Sascha und ich und der Sommer und – Sascha.

Es ist mir so egal, was danach kommt. Und

wenn nichts mehr käme, wenn das Leben plötzlich aufhörte – auch das wäre mir egal.

Irgend etwas änderte sich auf dieser Kutschfahrt in seinem Verhältnis zu mir. Bisher hatte ich ihm als Frau gefallen und ihn amüsiert. Wir hatten den gleichen Humor. Wir verstanden uns großartig. Und dann kam noch diese ungewöhnlich starke körperliche Anziehungskraft dazu.

An diesem Nachmittag fand sie nur so am Rande statt. Sascha war vor allem nachdenklich. Schließlich begann er, zögernd erst, dann immer flüssiger, über seine Arbeit zu sprechen.

Er sprach von Draht. Eisen- und Stacheldraht. Blank. Geglüht. Verkupfert. Verzinkt.

Es war ein Höhepunkt für mich, als er von unmagnetischem Bandstahldraht erzählte. Denn ein Mann, der eine Ferienfreundin mit solch kompliziertem Krempel langweilt, beginnt, dieselbe wirklich liebzuhaben.

Dieses Pensionszimmer benutze ich nur noch zum Waschen, Umziehen und für den notdürftigen Schlaf.

Zu schriftlichen Arbeiten wie Ansichtskartenschreiben und Tagebucheintragungen fehlt mir die Zeit und ein erforderliches Mindestmaß an Verstand.

Sascha –

Solange er nicht bei mir ist, höre ich auf, ein brauchbarer, liebenswürdiger Mensch zu sein. Ich finde nur noch in seiner Nähe statt. Ansonsten existiere ich nicht. Weder bei Ebbe noch bei Flut.

Auf meinem Nachttisch liegen zwei ungeöffnete Briefe von Klaus und gucken mich anklagend an. Sie haben ja so recht. Es läßt sich trotzdem keine Reue darüber, daß ich meinen Verlobten mit ständig steigendem Entzücken betrüge, in mir auftreiben. – Ich habe die Briefe in den Kleiderschrank unter die Wäsche geschoben. Mehr kann ich im Augenblick leider nicht für sie tun.

Ich liebe Sascha. Das muß Liebe sein. Sonst ist es wohl Irrsinn.

Toni sagt, er hätte einen schwierigen Charakter. Ich kann das nicht beurteilen. Wir befinden uns in einem Stadium des Herzens und der Sinne, in dem man nur Gemeinsamkeiten aneinander entdeckt, keine Widersprüche. Liebe macht sanft und gefügig, auch diejenige, welche vorzüglich bei Einbruch der Dunkelheit in Zustände ausartet, welche man weder als sanft noch gefügig bezeichnen könnte.

Sascha –

Seit drei Tagen muß ich einen Knopf an meine Jeans nähen. Heute müßte ich wirklich, denn die Sicherheitsnadel, die den Knopf drei Tage lang ersetzte, hat ihren Kopf verloren. Sie auch. Ich bin eine Schlampe geworden.

Dank Sascha –

Ich bin eine glückliche Schlampe!

Noch vier Tage.

Ich lebe von Stunde zu Stunde.

Mein Herz schaukelt in einer Hängematte, die Matte hängt in der Luft ohne Bäume, die zueinander und zu der Matte passen. Meine Phantasie probiert die Tragfähigkeit rosaroter Wölkchen aus. Und keins meiner Gefühle tröpfelt mehr durch den Filter der Selbstironie.

Klaus hat einmal behauptet, ich wäre herrisch und mein Selbstbewußtsein trüge Nerz.

Mag sein, solange ich nicht liebe, aber wenn ich liebe, dann bin ich nur noch Veilchen und Gefühl.

Dann wachsen mir wieder Zöpfe, so kleine, mickrige Rattenschwänze. Mit Bindfaden drin.

8. Juli

Heute hat mich Toni gefragt, ob ich auf die Hilfsschule gegangen wäre. Ich sagte ihm, ich hätte Abitur.

Darauf sah er mich richtig verschreckt an. Er fragte, ob ich vielleicht in meiner Familie irgendwelche Fälle von –

»Nein«, sagte ich. »Alles korrekte Preußen aus Potsdam und Berlin, bis zu ihrem späten Lebensende.«

»Tja«, fragte er, »wie ist es dann möglich, daß du in wenigen Tagen deine Sonnenbrille, deinen Paß, fünfzig Mark und deinen gesunden Menschenverstand verlieren konntest!?«

»Du weißt noch nicht das Schlimmste«, sagte ich. »Heute nacht habe ich von Draht geträumt!«

Sascha hat alles Strahlende aufgegeben. Die Lichtreklame ist ausgeschaltet. Es leuchtet nur noch eine erwärmende Funzel, gerade hell genug für uns beide.

»Die stürmische Romantik eines Goethegedichtes zu Pferde« ist tagsüber ein Mann, der nur noch unbemerkt und in Prosa leben möchte.

Saschas Clique nimmt übel, daß wir so offensichtlich ausreißen, wenn wir ihr begegnen, daß wir niemand brauchen außer uns selbst. Einzig Toni hat noch begrenzten Zutritt zu unserem Verhältnis.

Er sitzt vor uns auf dem Wall der Sandburg, nur mit seiner Gitarre bekleidet, melancholisch aufs Meer hinausblinzelnd, und erzählt sich eine selbstmitleidige Geschichte. Da, wo in der Gitarre die Punkte vorkommen, macht die Gitarre »Blum«.

Toni erzählt: »Es war einmal so ein richtig netter junger Mann, der fuhr jedes Jahr mit seinem Freund nach Kampen und war Jahr für Jahr so manches gewöhnt, auch an das Bringen von Opfern. Blum. Sie wohnten in einem kleinen Haus, da, wo es so einsam ist, daß sich die Einsamkeit vor sich selber grault. Blum. Der nette, arme junge

Mann fürchtete sich auch, denn sein Freund ließ ihn jeden Morgen im Stiche, was noch zu verschmerzen gewesen wäre, wenn er nicht das einzige Kraftfahrzeug, welches den beiden zur Verfügung stand, mitgenommen hätte. Blum. Nun war der nette, arme junge Mann so einsam wie die Einsamkeit, und es regnete vielmals, und wenn sein trauriger Sinn nach Geselligkeit stand, mußte er weit, sehr weit, durchs Nasse marschieren, um dieselbe im nächsten Ort zu suchen. Und nicht immer fand er sie. Blum.

Aber das war noch nicht das Schlimmste. Blum. Viel schlimmer war es für den armen, netten jungen Mann, sich in Bars, in Gottes windiger Natur oder – wenn es denn gar nicht zu vermeiden war – im Arme einer Zufallsbraut herumtreiben zu müssen, dieweil er das Haus ›Vogelfutter‹ zwar verlassen, aber nicht jederzeit dorthin zurückkehren durfte, dieweil sein Freund dasselbe für sich beanspruchte, dieweil sein Freund – Blum, Blum.«

»Was jammerst du, Anton?« fragt Sascha, der neben mir in der Sandkuhle schmort. »Haben wir dich heute etwa nicht mitgenommen?«

»Ja«, seufzt Toni, »aber es ist keine helle Freude für den armen, netten jungen Mann. Ihr liebet euch, und er hat das Wegsehen.«

Nach dieser Feststellung legt er seine Gitarre auf den Bademantel, steht auf und spaziert zielstrebig über den vereinsamten Strand und so, als ob er sich ohne Umschweife ertränken wolle, ins Meer hinein.

Sascha richtet sich halb auf und sieht ihm zärtlich nach. »Ist er nicht ein Schatz?«

»Du auch«, sage ich, »wir alle, selbst ich. So sanft und gefügig hab' ich mich noch nie erlebt. Dein Wille geschieht. Ich schnurre. Oder ist irgend etwas an mir, was dich stört?«

»Kiki –« Sascha küßte meine sonnenheiße Brust, » – oh, Kiki. – Was für eine lächerliche Bezeichnung für eine beinah ernste Angelegenheit.«

In gewissen Situationen gibt mein Taufname Carola wirklich mehr her. Aber Sascha will nun nicht mehr umlernen. Er streckt sich neben mir aus.

»Was glaubst du, wie lange hält es ein Mensch durch, ein idealer Mensch zu sein? Wie lange kommst du ohne deine Launen und Charakterfehler und kleinen Miesigkeiten aus?«

Sascha lacht. »Zur Zeit vermisse ich sie noch nicht.«

»Was ist dein schlimmster Fehler?«

»Vielleicht bezeichne ich meine schlimmsten

Fehler nicht einmal als Fehler, weil sie mir nur Vorteile einbringen?«

Seine Zunge spielt über die Innenfläche meiner Hand.

»Du bist von Natur aus treulos, nicht wahr?« frage ich.

»Wer sagt das?« Er schaut mich amüsiert an. »Hören Sie, Miß Kiki – nicht, daß ich Gleiches mit Gleichem vergelten – oder etwa anzüglich werden möchte – um Himmels willen –, aber wie ist das eigentlich mit Ihnen? Wie ist das mit Ihrem Verlobten?«

Tja, wie ist das noch mit dem!? Die Frage ist zweifellos berechtigt. »Als ich herkam, hatte ich ihn gern genug, um mit ihm ein großes Stück Leben gemeinsam verbringen zu wollen.«

»Und jetzt?« fragt Sascha.

»Ist man treulos, wenn man so gar kein schlechtes Gewissen ... Ich weiß, die Feststellung ist naiv – trotzdem – ich habe einfach vergessen, daß es Klaus gibt. Er existiert nicht mehr in mir. Ich denke überhaupt nicht weiter als bis zu unserer Abreise. Als ob ich unter Drogen stehe – sehr rezeptpflichtigen Drogen. Sie bewahren mich vor schmerzhaften Erkenntnissen und jeder vernünftigen Überlegung. O Himmel, wird das ein ›lustiges‹ Erwachen geben!«

Mittags bummeln wir über Westerlands Hauptgeschäftsstraße, in den Schaufenstern nach beziehungsreichen Präsenten suchend, kleinen greifbaren Erinnerungen an ein paar absolute Tage.

»Das Borkenstück mit Meeresblick bei Sonnenuntergang! Ist das nicht ein schöner lila Sonnenuntergang! Soll ich ihn dir schenken, Sascha? Für dein Büro? Jedesmal, wenn er dich an der Wand aufs äußerste irritiert, wirst du dich daran erinnern, wie wir vor einem Westerländer Andenkengeschäft Hand in Hand gestanden und den schönen lila Sonnenuntergang betrachtet haben.«

Seine Hand legt sich schmerzhaft um meinen Ellbogen. »Ist dir klar, daß wir morgen unseren letzten Tag hier haben?«

»Nein, will ich auch gar nicht wissen. Ich will dir den Sonnenuntergang schenken.«

»Lieber den Leuchtturm mit Schnaps drin«, sagte Sascha.

»Der ist teurer. So viel wollte ich für dich nicht anlegen . . .«

Sascha kaufte einen Seehund mit Glubschaugen für mich. Er steht jetzt neben mir auf dem Laken. Es ist zehn Uhr. So früh war ich lange nicht abends zu Haus. Aber irgendwann muß der Mensch einmal früh schlafen. Ich muß jetzt früh schlafen, morgen ist unser letzter Tag hier.

Kampen, 9. Juli

Lieber Klaus,

es ist gleich Mitternacht, aber ich kann nicht schlafen. Ich habe in den letzten beiden Stunden etwas getan, was ich seit Tagen versäumte: Ich habe nachgedacht. Und nun muß ich Dir leider einen ziemlichen Schock versetzen, Klaus, ich kann Dich nicht heiraten.

Es paßt alles äußerlich so schön bei uns. Wir haben denselben Beruf, unsere Familien vertragen sich gut. Du bist ein zuverlässiger, ordentlicher Charakter, und meine Mutter wird mir nie verzeihen, daß ich sie um Dich als Schwiegersohn bringe. Ich setze eine gesicherte Zukunft aufs Spiel. Wahrscheinlich werde ich das in dunklen, verzagten Augenblicken einmal sehr bereuen.

Diese Augenblicke werden bald kommen, und es wird mir gar nichts schaden, wenn es so mit mir kommt, wie Ihr mir alle nach diesem Brief prophezeien werdet. Klaus, ich habe Dich betrogen und es nicht einmal als Betrug empfunden. Er ist ein Mann, auf den romantische, leidenschaftliche und sehr törichte Frauen hereinfallen. Ich bin alles. Romantisch, leidenschaftlich (verzeih, ich bin's viel mehr, als Du ahnst) und töricht. Vor allem töricht. Ich gebe so unendlich viel Beruhigendes auf für eine kurze, heftige Ferienliebe, von der mir – das weiß ich mit Sicherheit – nicht mehr bleiben wird als ein dicker Kopf und eine lange, schmerzhafte Verlassenheit.

Ich bin dumm. Ich gehe mit meinen Gefühlen hausieren, statt sie klug zu verschweigen. Ich könnte schweigend zu Dir zurückkehren und manchmal unmotiviert in Dein Jackett heulen und mit der Zeit vergessen und wieder ins rechte, lauwarme Gleis mit Dir finden. Aber ich kann nicht lügen. Und ich müßte wohl öfter lügen – jedesmal, wenn ich diesem oder einem anderen Mann begegnete, der so ist wie dieser Mann. Dann finge alles von vorne an, ob ich will oder nicht.

Verdammt mich. Ihr habt ganz recht. Ich werde durch diese Einsicht trotzdem nicht klüger. Es ist mir leider nicht zu helfen. Amen.

Kiki

10. Juli

Was für ein unliebenswürdiges Wetter!

Der Sturm fegt die Straßen leer. Singt hoch in den Telegrafendrähten. Wirbelt Papier und Steinchen durch die Luft. Ein unbesetzter Kinderwagen fegt, Gas gebend, an uns vorbei, als wir zum Strand gehen. Auf der Höhe der Dünen ist der Sturm beinah stärker als wir selbst.

Das Meer wälzt sich dröhnend, gelbgischtig überschlagend, von einem weißen, flüchtigen Sonnenstrahl aus dem dunkelgrauen Schatten auftreibender Wetterwolken gerissen, den Strand hinauf. Gischtfetzen bleiben im feuchten, hartgespülten Sand zitternd zurück, an verdorbene Schlagsahne erinnernd. Treibgut überall – Latten, Glühbirnen, alte Flaschen. Wir kommen an den flachgespülten Ruinen der Sandburg »Rheinland-Pfalz« vorbei. In ihrer Kuhle steht das Wasser.

Sascha dreht mit dem Zeh das schwarze, stachelige, kissenartige Ei des Nagelrochens um. »Hier war einmal die Loreley . . .«

Hier war einmal –

Vor einer Woche sonnten wir uns in der trutzigen Sandburg und hatten noch eine Woche Ferien vor uns und waren so töricht, zu glauben, sieben Tage dauerten endlos.

Die Sonne ist so lange her.

Der Sturm bläht unsere Mäntel ballonartig auf, während wir landeinwärts trödeln – verwildert, zerzaust, mulattenbraun.

Es ist keine Unternehmungslust mehr in uns, nur Frieden. Alles klingt langsam ab. Klingt Hand in Hand aus.

Toni steht, um einen Besenstiel drapiert, in der Tür von Haus »Vogelfutter« und sieht uns augenklappernd entgegen: »An so einem Abschiedstag weiß man als Hausfrau gar nicht, wo einem der Kopf steht. Gefegt und gewischt habe ich schon. Was meinst du, Sascha, müssen wir noch Fenster putzen? Eigentlich ist es nicht nötig, wo wir doch erst im vorigen Jahr ...«

Sascha interessiert der Haushalt überhaupt nicht. Er geht in die Küche. Toni und sein Besen folgen ihm.

»Euch kneift der Abschied, was?« fragt er verständnisvoll, und daran gewöhnt, nur noch selten eine Antwort von uns zu erhalten, fragt er gleich darauf etwas Praktisches: »Tee?«

Sascha gibt ihm die Wagenschlüssel. »Hol Kuchen. Aber aus Westerland.« Der Kuchen ist dort nicht besser als in Kampen, er ist nur viel weiter entfernt.

Toni bindet die Schürze ab, dabei fällt ihm ein Telegramm aus der Tasche. Es ist bereits geöffnet, er knittert es schuldbewußt vom Küchenboden auf. Ich spüre, ich soll nichts davon wissen.

»Für mich?«

Sascha nimmt es ihm aus der Hand, liest es, ohne eine Miene zu verziehen, und knüllt es kommentarlos in seine Hosentasche.

Er bringt Toni zum Wagen. Jetzt werden sie über das Telegramm sprechen.

Zurückkehrend, stellt er seine Lokomotive an. Wir sitzen auf dem Bettrand in seinem Zimmer und sehen zu, wie sie, dumpf tutend und verschneite Einsamkeit verbreitend, über die Dielen rattert. Sascha sitzt vornübergebeugt, die Arme auf den Schenkeln, mit seinen Gedanken weit fort. Ich frage nicht. Ich warte ab und sehe und höre die Lokomotive, bis ich die Lokomotive nicht mehr sehen und hören kann und mich, zurücklehnend, auf seinem Bett ausstrecke. Nun sehe ich die Zimmerdecke und höre die Lokomotive noch immer – die Zimmerdecke hat Risse und Buckel.

»Ich wollte mit dir in Hamburg Abschied feiern«, sagt Sascha, »aber es klappt leider nicht.« Er zieht das zerknüllte Telegramm aus der Tasche und reicht es mir. (Auch Ehrlichkeit sollte ihre Grenzen haben).

Ich muß leider lesen: »Erwarte dich morgen Vier Jahreszeiten Kuß Iren.«

Saschas »ständige Begleiterin«.

Ich hatte weder ihn noch Toni über sie ausgefragt.

Sie existierte in diesen Tagen einfach nicht für mich, ebensowenig wie Klaus.

Die Brücken zu ihm hatte ich durch meinen nachts geschriebenen, heute früh zur Post gebrachten Brief unreparabel gesprengt. Ich ließ ihm nicht einmal die rare Chance, verlorenzugehen, indem ich ihn per Einschreiben schickte.

Es kommt nicht oft vor, daß man eine Verlobung per Einschreiben löst. Ich gab Klaus auf und erzählte Sascha nichts davon. Sascha gab unsere Abschiedsfeier in Hamburg auf und ließ mich auch noch den bitteren Grund wissen.

»Es ist besser, wenn ich Iren treffe«, sagte er. »Sie ist zu allem fähig.«

Man muß wohl den Männern Angst machen. Man muß sie immer in dem Glauben zittern lassen, man sei zu allem fähig. Ich bin viel zu bequem. Ich resigniere ohne Szene.

»Was ist, Kiki?«

»Ich habe dich wohl zu lieb«, sage ich. »Aber nun . . .«

»Was ist nun – sag schon!« drängte er.

»Die Flügel sind gebrochen.«

Er begreift, was ich meine. Das zerknüllte Telegramm fliegt gegen den Schrank, fällt zu Boden und – tja –

»Ich rufe im Hotel an und sage ab, Kiki. Ich war ein Idiot. Morgen, in Hamburg, werden wir beide . . .«

»Nein«, sage ich, »denn bei jedem Lokal, das wir betreten, bei jeder Straße, über die wir gehen, wirst du in Sorge sein, ihr zu begegnen. Und das möchte ich mir gern ersparen.«

Ich höre sein Herz durch den rauhen Pullover, ich höre das eilige Ticken seiner Armbanduhr an meinem Ohr, ich höre die Eisenbahn . . .

»Stell endlich das verflixte Ding ab!«

Sascha erhebt sich und beendet die melancholische Petersburger Lokfahrt mit einem Fußtritt.

»Heute abend feiern wir hier Abschied«, sage ich. »Und was glaubst du, wie teuer ich sein werde. Hummer und viel Chablis.«

Er steht vor dem Bett und betrachtet mich voll Zärtlichkeit.

»Kiki«, sagt er, »ich muß dich unbedingt wiedersehen.«

Toni kehrt vor lauter Taktgefühl erst gegen sieben Uhr abends mit seinem Kuchenpäckchen zurück. Leider hat um sieben Uhr keiner von uns mehr Appetit auf Liebesknochen und Schweinsohren und Kirschtörtchen.

11. Juli

Eine Nacht geht schnell um, wenn es eine Abschiedsnacht ist. Eine trübe, warme Nacht, windstill und lichtlos. Die Nacht nach einem heftigen Sturm.

Das schüttere Haar der Dünenköpfe bewegt sich kaum. Und das Meer atmet mit einem Seufzer aus. Eine zahme, erschöpfte Nordsee leckt lustlos am Strand.

Die Nacht auf der bloßen Haut. Saschas nachtkühle Haut. Seine harten Muskeln. Seine Hände, die meine Arme an den Boden fesseln. Seine ansteckende, den Verstand auslöschende Heftigkeit, Sascha, Sascha, oh, Sascha –

Eine Nacht vergeht so schnell, wenn es die letzte gemeinsame Nacht ist.

Irgendwo – am Strand oder in den Dünen – habe ich einen Schuh verloren. Es passiert einem wohl bloß einmal im Leben, daß man einen Schuh verliert und nicht weiß, wo –

Mir passiert es bestimmt nie wieder.

Das erste schwache Dämmerlicht. Wir sitzen im Wagen und sehen dem blaßfarbenen Gähnen des erwachenden Tages zu.

Ich kann mir plötzlich nicht mehr vorstellen,

wie es sich weiterlebt ohne Sascha. Ich habe mich an ihn gewöhnt, als ob er ein Teil meines Herzens, meiner Gedanken, meines Körpers wäre – und zwar der wichtigere Teil.

Mag es an der Übermüdung liegen, an der plötzlich greifbaren Erkenntnis der bevorstehenden Trennung – ich öffne sehr schnell den Handschuhkasten und nehme seine Sonnenbrille heraus und setze sie auf, und Sascha fragt: »Wieso? Es scheint doch noch gar nichts.«

Es geht ohne Schluchzen ab, aber die Tränen laufen in den Brillenrand und um den Rand über mein Gesicht und tropfen, tropfen, auch auf Saschas zärtliche Hände.

»Kiki, mein Liebling, es ist doch nicht zu Ende, im Gegenteil. Es fängt erst an. Laß mich nur erst die Geschichte mit Iren in Ordnung bringen.«

Es ist ja nicht Iren. Ob Iren oder eine andere – seine Gefühle haben starke Schwingungen, die ihn überall hintragen werden, kurz oder länger, während meine Gefühle Wurzeln schlagen möchten. Aber das sage ich nicht. Ich möchte ihn nicht verschrecken durch meinen Wunsch nach Dauerhaftigkeit.

Helligkeit breitet sich schwerfällig über die Insel aus. Der Morgen nimmt langsam Farbe an.

Gegen halb sechs Uhr früh betreten wir Haus »Vogelfutter« durch die unverschlossene Küchentür. Herumstehende Koffer und Taschen erinnern mich daran, daß ich selbst noch nicht gepackt habe. Auf dem Tisch liegt ein Zettel mit den zu erledigenden Hausarbeiten. Der größte Teil ist bereits durchgestrichen. Ein Wecker tickt verbissen und hell.

Ich setze mich auf einen Küchenstuhl.

Sascha kniet vor mir und hält meinen nackten strumpfbraunen Fuß, der seinen Schuh verloren hat, in der Hand und betrachtet ihn voll zärtlichem Staunen. »So ein langer Fuß . . .«

Das weiß ich selbst, und es ist mir peinlich, aber Sascha hält ihn fest. »Was mich an anderen Frauen stört, das rührt mich bei dir. Ich muß dich wirklich liebhaben.« Er küßt meine Zehen. »Kiki, ich liebe dich sehr.«

Aus einer der Stubentüren schießt Toni verschlafen hervor, nackt bis auf eine Pyjamajacke. »Spät is'n das?«

Erst jetzt bemerkt er mich und flüchtet juchzend wie eine überraschte Jungfrau.

»Am Strand«, lachte Sascha, »da zeigt er erbarmungslos alles, was er hat, aber hier geniert ihn selbst das Vorführen seiner urigen Beine.«

Wir trinken Kaffee, den Toni bereits vorm

Schlafengehen gebraut und in eine Thermosflasche gegossen hat. Nachts fällt ihm das Kochen leichter als morgens, behauptet er. Auf nüchternen Magen kann er rein gar nichts leisten. Ich bekomme einen mächtigen, biedermeierlichen Tassenkopf mit abgewaschener, gerade noch erkennbarer Goldaufschrift: »Für Mütterchen.«

»Um Himmels willen«, sage ich.

»Mach dir nichts draus«, sagt Toni. »Sascha trinkt schon seit Jahren daraus, ohne diesbezügliche Folgen.«

Nach dem Kaffee geht er in den Garten und nimmt die Wäsche von der Leine und schimpft: »Naß – naß – genauso naß, wie ich's aufgehängt habe. Kann man doch nicht so in den Koffer pakken.«

Es ist der letzte Augenblick, den wir für uns allein haben. Es ist Abschied. Sascha lächelt: »Du schaust mich an, als ob ich bereits ein Ferienfoto wäre.«

Dabei haben wir noch die Fahrt nach Hamburg. Hinter uns auf dem Sitz, auf dem höchstens ein quergestelltes Kleinkind Bequemlichkeit finden könnte, klemmt Toni. Er unterrichtet uns laufend darüber, welcher seiner Körperteile gerade eingeschlafen ist und welcher schmerzhaft kribbelnd aufwacht, während er seine Socken und Taschentücher beobachtet, die – übereinandergeklammert – an der voll ausgefahrenen Radioantenne im Fahrtwind knattern. Und er singt eine neue, selbstvertonte Dichtung:

»Braun und traurig denkt ein Mädchen
an 'nen braungebrannten Mann.
Ferienlieben halten selten
länger als die Bräune an.«

»Anton, ich erschlag' dich«, sagt Sascha, der Streichhölzer zwischen seine schlafschweren Augenlider klemmen möchte. »Anton, ich erschlag' dich erst in Hamburg«, sagt er und fährt an den Straßenrand. »Die Bäume – kennst du das, wenn die Chausseebäume Beine kriegen und auf einen zukommen?« Er steigt aus.

»Fahr du.« Sie wechseln die Plätze, und zwei Minuten später ist Sascha, an meinen Rücken gelehnt, eingeschlafen.

»Stell dir vor, ein Baum wäre uns direkt vor den Kühler gelaufen, Miß Kiki. Warum ist er denn so müde? Habt ihr geschlafen heute nacht?«

»Gar nicht.«

»Dann wundert's mich nicht, wenn die Chausseebäume Beine kriegen.« Er guckt sich kurz nach

Sascha um. »Sieht er nicht richtig edel aus? Wie Napoleon, bloß so schön, wie er gerne gewesen wäre. Ich hab' schon oft zu Sascha gesagt: Du hast den richtigen Kopf für eine historische Leiche. Dieses Profil, aufgebahrt zwischen Blumen und Kerzen . . .«

»Hör auf«, sage ich.

»Und er schnarcht nie beim Schlafen, nicht einmal, wenn er betrunken ist. Es gibt keine Gerechtigkeit in der Verteilung der irdischen Güter, Miss Kiki. Die einen kommen als Präsent auf die Welt und andere als Fußabtreter. Sascha ist ein Präsent, das ihm selbst vom Schicksal gemacht wurde.«

»Und was bin ich?«

»Du? – Ein Fußabtreter in Geschenkpackung. Du bist ein feines Mädchen, Miß Kiki. Du bist echt und praktisch und gar nicht berechnend, und zu allem Übel bist du auch noch ehrlich. Du bist der Typ, der es schwer hat im Leben. Solchen Mädchen wie dir wird alles aufgeladen, weil du es tragen kannst. Die dummen, kleinen, hilflosen Frauchen mit dem verschreckten Rehauge – auf die nimmt jeder Rücksicht. Selbst das Schicksal.«

»Und Iren?« frage ich.

Toni stockt, sieht mich aus dem Augenwinkel tastend an. »Wie kommst du denn auf die?«

»Ich weiß, daß ihr in Hamburg mit ihr verabredet seid, zumindest Sascha.«

»Hat er dir das erzählt?« fragt Toni.

»Wie ist sie?«

»Na –«, auf einmal hat Toni Schwierigkeiten, hervorgerufen durch sein Taktgefühl, » – ziemlich hübsch, erst einundzwanzig – kompliziert, unberechenbar, mit dem nervösen Schick der Tochter aus unbegrenzt wohlhabendem Hause, in dem sich keiner um den andern kümmert. Wenn ich ihr günstig gesonnen bin, vergleiche ich sie mit einem kleinen Salamander.«

Ich hatte eine Vorstellung: huschende Salamander in sonnenbeschienenen südlichen Terrassengärten.

»Man kann sie aus Versehen zertreten, aber greifen lassen sie sich nicht«, erinnerte ich mich.

»Und das findet mancher Mann sehr reizvoll«, sagt Toni.

Sascha stöhnt leicht im Schlaf.

»Jetzt kribbelt's in seinem rechten oder linken Bein«, überlegt Toni, der vorher auf der Querbank gelitten hat.

Wir sprechen nicht mehr von Iren auf der Fahrt nach Hamburg. Aber wir singen. Wir singen zweistimmig:

»Braun und traurig denkt ein Mädchen
an ’nen braungebrannten Mann.
Ferienlieben halten selten
länger als die Bräune an.
Tätädämdada . . .«

Und das Ganze als Kanon.

Toni grölt: »Braun und traurig denkt ein Mädchen – he, Kiki, dein Einsatz! Noch mal von vorn!«

Braun und traurig denkt ein Mädchen an ’nen braungebrannten Mann. Ferienlieben halten selten länger als die Bräune an.

Ich schaue mich nach Sascha um, aber er wacht nicht auf von unserem Gesang. Er muß wirklich sehr müde sein.

Noch vor einer Viertelstunde waren wir eine geistige und körperliche Einheit, ein fester Bestandteil im Ferientag des anderen. Wir waren wir und konnten nicht selbstverständlicher und vertrauter miteinander sein. Mit einer raschen Umarmung, einem Lachen und letzten Winken, schon durch Sperren getrennt, hat alles rasch und unfeierlich geendet.

Jeder von uns fährt für sich allein in seinen eigenen Alltag zurück, zu seinen Sorgen und Gewohnheiten und Pflichten und auch Vergnügungen.

Noch habe ich Saschas Stimme im Ohr, sein Lachen, meine Hände spüren noch die feste Wärme seines Körpers. Ich schmecke seine Haut. Noch ist fast alles schmerzlos, betäubt von Übernächtigung – und ist schon Erinnerung. Eine Erinnerung zum An-die-Wand-hängen.

Im Hotel wartet Iren auf Sascha.

Eine Woche lang hatte er über dem seltenen Erlebnis, einer Frau begegnet zu sein, die seine Sprache sprach und sein Lachen lachte, die dachte, fühlte, reagierte, genoß wie er selbst, die ihm vertraut war wie ein eigener Gedanke, der besser unausgesprochen blieb, wie ein intimer Teil seines Selbst, so gut, so schlecht, so zärtlich, so hemmungslos, so ganz unmöglich und bei allem so rein wie ein Kindergutenachtgebet – eine Woche lang hatte er darüber vollkommen die Existenz anderer Frauen vergessen.

In den »Jahreszeiten« wartet Iren. Sie wird wenig Freude an ihm haben.

Wahrscheinlich ginge er am liebsten sofort schlafen, aber das wäre unhöflich.

Unter der Brause duscht er die Ferien von seinem sonnenverbrannten Körper, dann steigt er in einen Zivilanzug und wird mit ihr essen gehen.

Möge ihm jeder Bissen im Halse – nein, nein! Möge um Himmels willen nicht!!!

Mir fällt plötzlich auf, daß ich in die falsche Richtung fliege. Was will ich noch in Köln? Ich habe dort keine Wohnung mehr und keinen Job – beides hatte ich in dem Hotel, das den Eltern meines schriftlich gekündigten Verlobten gehört. Ich habe da auch keine Freunde mehr, denn alle Menschen, die ich kannte, kannte ich durch Klaus. Sie werden immer einen aus ihrer alteingesessenen Gesellschaft einer Zugereisten vorziehen, auch wenn sie noch so nett ist (wie ich).

Zu meinen Eltern kann ich auch nicht. Sie sind bitterböse wegen der gelösten Verlobung.

Ich besitze noch hundert Mark und etwas Kleingeld.

Ich besitze hinreißende Erinnerungen, für die mir niemand einen Penny zahlt.

Langsam beginne ich zu ahnen, was ich mir da überschwenglichen Herzens eingebrockt habe.

17. August

»Liebe Kiki, wie geht's Dir? Denke oft an Dich. Habe wahnsinnig viel zu tun. Muß übers Wochenende nach London, melde mich bei Dir, sobald ich zurück bin. Alles Liebe. In Eile

Sascha«

Das Londoner Weekend dauert nun schon vier Wochen. Zumindest habe ich so lange nichts mehr von Sascha gehört.

»Ferienlieben halten selten länger als die Bräune an ...« Saschas Haut scheint restlos verblichen zu sein.

Toni hat es mir prophezeit. Ich hab's mir prophezeit, bloß mit gerechnet habe ich nicht. Wenn man jemand sehr lieb hat, dann ist schon ein solider Hammer nötig, um die Hoffnung auf ein Weiterbestehen dieser Liebe zu zertrümmern.

Ich hätte nie gedacht, daß es so weh tut, sitzengelassen zu werden. Daß man einen Mann so schmerzhaft vermissen kann. Daß man des Nachts, um seine eigene Verlassenheit gerollt, sich erinnert, halb verrückt wird vor Sehnsucht, sich aufbäumt gegen diese Sehnsucht und schließlich nur noch den einen dringenden Wunsch hat: eine Schlaftablette, die man leider nicht besitzt.

Hier enden das Tagebuch und meine Sommerliebe. Wie es dann weiterging ... Ja, da war zuerst und vor allem der Anton Eberhard Pudellowsky, der über Nacht Karriere machte. Niemand war verdatterter darüber als er selbst. Seine vielstrophigen Balladen über süße lila Quallen, verregnetes Stullenpapier im Park, über kleine Jungen, die in einer Pfütze Brausetabletten schäumen lassen, und seine drollig-traurigen Liebesmoritaten, von ihm selbst gesungen und auf der Gitarre begleitet, kamen plötzlich groß in Mode.

Toni rief mich beinah täglich in dem Düsseldorfer Hotel an, in dem ich jetzt arbeitete. Zudem schrieb er Briefe. Einen davon habe ich aufgehoben.

»Frankfurt, den 20. Oktober

... Ob Du's glaubst oder nicht, Kiki, man reißt sich um mich. Ich sage nicht mehr ›Danke schön, besten Dank auch‹, wenn man etwas von mir will. Ich schlucke dreimal tüchtig, bis die geduckte Krämerseele mit Hilfe von viel Spucke irgendwo unten ankommt, wo sie nichts mehr anrichten kann. Ich stelle lässig Ansprüche, wenn man Geschäfte mit mir machen will. (Da sie sofort akzeptiert werden, nehme ich an, daß sie wahnsinnig bescheiden sind. Aber wie soll ich auch wissen, wie, was und wieviel!?) Ich bin noch so neu im Erfolg und scheue weder Ausgaben noch Mühe, um es ihm so gemütlich wie möglich bei mir zu machen, damit er ja noch ein wenig dableibt. Heute bin ich ihm zuliebe sogar der Stange untreu geworden, das heißt, ich habe mir einen Anzug bei Saschas Schneider bestellt – den ersten Maßanzug meines Lebens. Blum! Bloß sein Muster macht mir nachträglich Sorge. Ich war so nervös beim Aussuchen, vielleicht hätte ich erst Proben an Dich schicken sollen, denn Du mußt dem Prachtstück ja eines Tages gegenübersitzen – oh, Miß Kiki!

Um es kurz zu fassen, aber Du darfst nicht lachen! Also, es ist nämlich so. Immerhin bist Du eine ehemalige Liebe meines Freundes Sascha, und bisher haben die nachträglichen Tränen, welche seine Damen auf mein Oberhemd vergossen, niemals mir, sondern immer dem treulosen Hund gegolten.

Miß Kiki, das soll um Himmels willen nicht bedeuten, daß Du heulen möchtest, wenn Du mich am nächsten Samstag siehst, ich meine nur – Herrgott, ist das schwierig, wenn man's ernst meint. Will sagen, Du sollst lachen. Aber nicht auslachen. Anlachen. Mich.

Miß Kiki, versuch doch bitte, mich ernst zu nehmen.

Auch als Mann.

Blum, Blum!

Der Toni

PS. Zu dem Maßanzug gehört eine Weste.«

Dreißig Jahre lang trollte er als Randfigur durch sein und anderer Leute Dasein. Vor lauter Hilfsbereitschaft und Gutmütigkeit kam er nicht dazu, ein befriedigendes Eigenleben zu führen. Er war der Besitz der Selbstsüchtigen und Schwachen und sammelte Kummer und Sorgen anderer wie Lumpen ehrenamtlich ein.

Innerhalb von ein paar Wochen änderte sich das alles. Da wurde Toni zur Hauptperson. Man stieß seine Kammerseele ins grelle Publicitylicht. Da stand er nun, unbehaglich um sich blinzelnd, bis er sich langsam an die Beachtung gewöhnte. Auch an das Tragen eines maßgeschneiderten Selbstbewußtseins.

Von Sascha hörte er angeblich auch wenig, und wenn sie sich einmal trafen, so nie allein.

Ich fragte Toni lieber nicht mehr nach ihm, um uns beiden peinliche Augenblicke zu ersparen.

Mit dem Ruhm kamen die Mädchen in Tonis Leben, hübsche, langbeinige, den Erfolgsmenschen um mehrere Zentimeter überragende »Störche«, ganze Nester voll. Gleichzeitig beglückte er mich mit Heiratsanträgen, von vornherein gewiß, daß ich sie ablehnen würde. Es hatte immer einen Teil seines Charmes ausgemacht, den »armen, sitzengelassenen Toni« zu spielen.

Anfang Dezember desselben Jahres weihte er sein neues Apartment in Frankfurt ein. Es waren etwa fünfundzwanzig Personen eingeladen, ich auch. An diesem Abend sah ich Sascha wieder.

Er kam viel später als die andern, kurz nach Mitternacht. »Essen mit Geschäftsfreunden.«

Anscheinend hatte ihm Toni nichts von meiner Anwesenheit gesagt, denn seine herzliche Überraschung wirkte echt.

»Ja, Kiki, grüß dich! Wie geht's dir denn? Du, das ist großartig, dich wiederzusehen!« Und alles ohne den leisesten Anflug von Gewissensbissen.

»Grüß dich, Sascha«, lächelte ich und dachte: Du krummer Hund. Ich kannte ihn nur strahlend, ausgeruht und bronzebraun. Zum erstenmal begegnete ich seinem strapazierten Alltagsgesicht. Er wirkte enttäuschend auf mich und dennoch so verblüffend vertraut. Profil, Gesten, Gang, Stimme gehörten zu dem Sascha, den ich so sehr geliebt hatte.

»Was glaubst du, Kiki, was sich bei mir in den letzten Monaten getan hat! Privatleben kenne ich gar nicht mehr.«

Er hatte mich wohl schon vergessen gehabt. Ich glaubte, nie über ihn hinwegzukommen. Nun standen wir uns gegenüber. Ich empfand nur grenzenlose Verwunderung darüber, daß ich nichts empfand. Es ging ganz leicht, dachte ich.

Aber im Verlaufe der Nacht stellte sich die alte Vertrautheit wieder ein. Wir sprachen noch immer die gleiche Sprache und lachten das gleiche Lachen ... und überhaupt.

Irgendwann begegneten sich unsere Augen. Er reichte mir Feuer für die Zigarette und behielt das Streichholz in der Hand und sagte: »Ich glaube, es wird Zeit, daß ich dir wieder einmal den Mond zeige.«

Ich fragte: »Scheint denn überhaupt einer?«

Und dann sengte das heruntergebrannte Streichholz seinen Daumen an. So war das damals ...

Vor genau zehn Jahren war das. Und es war schön.

Du gabst Iren auf und andere unserer Liebe schädliche Angewohnheiten.

Daß unsere Leidenschaft eines Tages nachlassen würde, war mir von vornherein klar. Leidenschaft ist vergänglich wie Blüten und Stürme und Schnupfen. Kehrt wieder wie Schnupfen, Stürme und Blüten, jedoch nicht immer in den gleichen Garten und die gleiche Nase zurück.

Ich machte mir auch keine Illusionen über deine Treue.

Aber wenn ich geahnt hätte, daß im Laufe der gemeinsamen Jahre aus einem jungen, hinreißenden Geliebten so ein unausstehlicher Stinkstiebel werden würde . . .!

Ja, wenn ich das geahnt hätte!

Du guckst gerade herüber, während ich schreibe.

Du liegst genau in meiner Blickrichtung – grauhaarig, kompakt, mißgelaunt, streitsüchtig . . .

Ich ziehe aus. Ich gehe jetzt. Mir reicht dieses trübsinnige Hotelapartment, aus dem deine Launen ein Minenfeld gemacht haben. Du mußt dich von jetzt an mit dir selbst zanken oder dem Hausmädchen klingeln, wenn du Händel suchst.

Ich ziehe ins »Vogelfutter«. Auch wenn ich mich in der gottverlassenen, verwehten Einsamkeit von ganzem Herzen graulen werde, auch wenn seine Öfen lieber qualmen als wärmen – ich freue mich auf den alten Schuppen, als ob ich zum erstenmal seit damals dorthin zurückkehrte. Ich besuche glückliche Erinnerungen.

November ist die geeignete Zeit, um sich an einen unwiederbringlichen Sommer zu erinnern.

Begreifst du, warum ich dich noch immer liebe!?

Tschau

Kiki

geht jetzt.

Frau Kiki Boehrn
Haus »Vogelfutter«
Durch Boten

1. Habe mit Interesse Dein Tagebuch gelesen. Stellte fest, daß mir vieles, unsere ersten gemeinsamen Ferien betreffend, entfallen war.

2. Deinem Vor- und Nachwort entnahm ich, daß es sich bei mir um einen widerlichen Lümmel handeln muß. Was machst du bloß so mit mir durch! Auf die Idee, daß Du auch nicht mehr der Zauberschatz sein könntest, der Du einmal warst, bist Du wohl noch nicht gekommen.

3. Das Barometer steigt.

4. Toni hat vorhin angerufen. Er ist zu Fernsehaufnahmen in Hamburg und wird uns übers Wochenende im »Vogelfutter« besuchen. Freut sich schon, stellt aber Bedingung: will nicht abwaschen. (Erfolg verdirbt den Charakter.)

5. Bin wieder umgänglich.

6. Aber nimm den Stinkstiebel zurück!!!

Sascha

Anlagen: Alkohol. Fressalien. Elektrische Öfen. Koffer. Ich.

Bitte beachten Sie
die folgenden Seiten